한국어역 만엽집 5

- 만엽집 권 제7 -

한국어역 만엽집 5

- 만엽집 권제7 -

이연숙

도서
출판 박이정

대장정의 출발

이연숙 박사의 『한국어역 만엽집』 간행을 축하하며

　이연숙 박사는 이제 그 거대한 『만엽집』의 작품들에 주를 붙이고 해석하여 한국어로 본문을 번역한다. 더구나 해설까지 덧붙임으로써 연구도 겸한다고 한다.

　일본이 자랑하는 대표적인 고전문학이 한국에서 재탄생하게 된 것이다. 다만 총 20권 전 작품을 번역하여 간행하기 위해서는 오랜 세월을 기다리지 않으면 안 된다. 현재 권 제4까지 번역이 되어 3권으로 출판이 된다고 한다.

　『만엽집』 전체 작품을 번역하는데 오랜 세월이 걸리는 것은 틀림없다. 그러나 대완성을 향하여 이제 막 출발을 한 것이다. 마치 일대 대장정의 첫발을 내디딘 것과 같다.

　이 출발은 한국, 일본뿐만이 아니라 전 세계적으로도 대단한 일이라고 할 수 있다.

　사실 『만엽집』은 천년도 더 된 오래된 책이며 방대한 분량일 뿐만 아니라 단어도 일본 현대어와 다르다. 그러므로 『만엽집』의 완전한 번역은 아직 세계에서 몇 되지 않는다.

　영어, 프랑스어, 체코어 그리고 중국어로 번역되어 있는 정도이다.

　한국어의 번역에는 김사엽 박사의 번역이 있지만 유감스럽게도 전체 작품의 번역은 아니다. 그 부분을 보완하여 이연숙 박사가 전체 작품을 번역하게 된다면 세계에서 외국어로는 다섯 번째로 한국어역 『만엽집』이 탄생하게 되는 것이다. 중국어 번역은 두 사람에 의해 이루어졌으므로 이연숙 박사는 세계의 영광스러운 6명 중의 한 사람이 되는 것이다.

　『만엽집』의 번역이 이렇게 적은 이유로 몇 가지를 들 수 있다.

첫째, 이미 말하였듯이 작품의 방대함이다. 4500여 수를 번역하는 것은 긴 세월이 필요하므로 젊었을 때부터 시작하지 않으면 안 되는 것이다.

둘째로, 『만엽집』은 시이기 때문이다. 산문과 달라서 독특한 언어 사용법이 있으며 내용을 생략하여 압축된 부분도 많다. 그러므로 마찬가지로 방대한 분량인 『源氏物語』 이상으로 번역하기가 어려울 것이다.

셋째로, 고대어이므로 정확한 의미를 파악하기가 힘이 든다는 것이다. 더구나 천년 이상 필사가 계속되어 왔으므로 오자도 있다. 그래서 일본의 『만엽집』 전문 연구자들도 이해할 수 없는 단어들이 있다. 외국인이라면 일본어가 웬만큼 숙달되어 있지 않으면 단어의 의미를 찾아내기가 불가능한 것이다.

넷째로, 『만엽집』의 작품은 당시의 관습, 사회, 민속 등 일반적으로 문학에서 다루는 이상으로 광범위한 분야에 대한 지식이 없으면 이해하기 어려운 것이다. 번역자로서도 광범위한 학문적 토대와 종합적인 지식이 요구되는 것이다. 그러므로 어지간해서는 『만엽집』에 손을 댈 수 없는 것이다.

간략하게 말해도 이러한 어려움이 있는 것이다. 과연 영광의 6인에 들어가기가 그리 쉬운 일이 아님을 누구나 알 수 있을 것이다.

그러나 이연숙 박사는 이것이 가능하다고 생각된다. 아직 젊을 뿐만 아니라 오랜 세월 동안 『만엽집』의 대표적인 연구자로서 자타가 공인하는 업적을 쌓아왔으므로 그 성과를 토대로 하여 지금 출발을 하면 그렇게 오랜 세월이 걸리지 않을 것이라 생각된다. 고대 일본어의 시적인 표현도 이해할 수 있으므로 번역이 가능하리라 확신을 한다.

특히 이연숙 박사는 향가를 깊이 연구한 실적도 평가받고 있는데, 향가야말로 일본의 『만엽집』에 필적할 만한 한국의 고대문학이므로 『만엽집』을 이해하기 위한 소양이 충분히 갖추어졌다고 생각되기 때문이다.

이러한 여러 점을 생각하면 지금 이연숙 박사의『한국어역 만엽집』의 출판 의의는 충분히 잘 알 수 있는 것이다.

김사엽 박사도『만엽집』한국어역의 적임자의 한 사람이었다고 생각되며 사실 김사엽 박사의 책은 일본에서도 높이 평가되고 있고 山片蟠桃상을 받은 바 있다. 그러나 이 번역집은 완역이 아니다. 김사엽 박사는 완역을 하지 못하고 유명을 달리하였다.

그러므로 그 뒤를 이어서 이연숙 박사는『만엽집』을 완역하여서 위대한 업적을 이루기를 바란다. 그런 의미에서도 이 책의 출판의 의의가 큰 것을 알 수 있다.

이러한 대장정의 출발로 나는 이연숙 박사의『한국어역 만엽집』의 출판을 진심으로 기뻐하며 깊은 감동과 찬사를 금할 길이 없다. 전체 작품의 완역 출판을 기다리는 마음 간절하다.

2012년 6월

中西 進

책머리에

『萬葉集』은 629년경부터 759년경까지 약 130년간의 작품 4516수를 모은, 일본의 가장 오래된 가집으로 총 20권으로 이루어져 있다. 『만엽집』은, 많은(萬) 작품(葉)을 모은 책(集)이라는 뜻, 萬代까지 전해지기를 바라는 작품집이라는 뜻 등으로 해석되고 있다. 이 책에는 이름이 확실한 작자가 530여명이며 전체 작품의 반 정도는 작자를 알 수 없다.

일본의 『만엽집』을 접한 지 벌써 30년이 지났다. 『만엽집』을 처음 접하고 공부를 하는 동안 언젠가는 번역을 해보아야겠다는 꿈을 가지게 되었다. 그러나 작품이 워낙 방대한데다 자수율에 맞추고 작품마다 한편의 논문에 필적할 만한 작업을 하고 싶었던 지나친 의욕으로 엄두를 내지 못하여 그 꿈을 잊고 있었는데 몇 년 전에 마치 일생의 빚인 것처럼, 거의 잊다시피 하고 있던 번역에 대한 부담감이 다시 되살아났다. 그것은 생각해보니 다음과 같은 이유에서였던 것 같다.

먼저 자신이 오래도록 관심을 가지고 연구한 분야가 개인의 연구단계에 머물고만 있을 것이 아니라, 보다 많은 사람들에게 실질적인 도움을 줄 수 있었으면 하는 바람 때문이었던 것 같다. 『만엽집』을 번역하고 해설하여 토대를 마련해 놓으면 전문 연구자들이 연구 대상 작품을 번역해야 하는 부담을 덜고 시간을 절약할 수 있을 것이며, 국문학 연구자들도 번역을 통하여 한일 문학 비교연구가 가능하게 되어 연구의 지평을 넓힐 수 있을 것이기 때문이었다.

다음으로 일본에서의 향가연구회 영향도 있었던 것 같다.

1999년 9월 한일문화교류기금으로 일본에 1년간 연구하러 갔을 때, 향가에 관심이 많은 일본 『만엽집』 연구자와 중국의 고대문학 연구자 6명이 향가를 연구하자는데 뜻이 모아져, 산토리 문화재단의 지원으로 향가 연구를 하게 되었으므로 그 연구회에 참여하게 되었다. 정기적으로 모여 신라 향가 14수를 열심히 읽고 토론하였다. 외국 연구자들과의 향가연구는 뜻 깊은 것이었다.

한국·중국·일본 동아시아 삼국의 고대 문학 연구자들이 한자리에 모여 각국의 문헌자료와 관련하여 향가 작품에 대한 생각들을 나누며 연구를 하는 동안, 향가가 그야말로 이상적으로 연구되고 있다는 생각이 들었다. 연구 결과물이 『향가−주해와 연구−』라는 제목으로 2008년에 일본 新典社에서 출판되었다. 이 책이 일본의 연구자들뿐만 아니라 일반인들도 한국의 문화와 정신을 잘 이해할 수 있는 계기가 될 수 있듯이, 마찬가지로 『만엽집』이 한국어로 번역된다면 우리 한국인들도 일본의 문화와 정신을 이해하는데 도움이 될 수 있을 것이라 생각되었다. 그래서 講談社에서 출판된 中西 進 교수의 『만엽집』(1985)을 텍스트로 하여 권제1부터 권제4까지 작업을 끝내어 2012년에 3권으로 펴내었다.

책이 출판되고 나서 여러분들께서 깊은 관심을 보이시고 많은 격려를 하여주셨으므로 용기를 얻었다. 힘들기는 하지만 꼭 필요한 작업이므로 반드시 해내어야겠다는 각오를 다시 하게 되었다.

마침 작년 9월부터 1년간 연구년이었으므로 작업에 집중할 수 있었다. 그리하여 이번에 우선 『만엽집』 권제 5, 6, 7을 2권으로 출판하게 되었다. 권제5는 講談社에서 출판된 中西 進 교수의 『만엽집』1(2011)을, 권제6과 권제7은 『만엽집』2(2011)를 텍스트로 사용하였다.

권제7은 권제3과 마찬가지로 작품들이 雜歌·비유가·挽歌로 분류되어 있다. 雜歌가 228수(短歌 204수, 旋頭歌 24수), 비유가가 108수(短歌 107수, 旋頭歌 1수), 挽歌 14수(長歌 14수)로 총 350수가 수록되어 있다. 雜歌는 〈詠天〉, 〈詠月〉 등과 같이 詠物이며, 그 중에는 相聞으로 볼 수 있는 작품들이 있다. 권제7은 작품에 제목도 거의 없으며 따라서 작자나 창작 배경을 알 수 없는 작품들이 대부분인데, 일부 작품의 경우는 『人麻呂歌集』·『古歌集』에 수록된 것이라고 하였다.

『만엽집』권제5는 한문이 많을 뿐만 아니라 체제가 복잡하여 꽤 번거로운 작업이었는데 끝내고 나니 한 고개를 넘었다는 느낌이었다. 권제6은 長歌가 비교적 많았으므로 나름대로 한 고개였다. 『만엽집』권제7은 작자미상의 작품이 많은데다 短歌여서, 마치 힘든 고개를 넘은 뒤 시원한 바람이 부는 들판을 걷듯 비교적 즐겁게 작업할 수 있었지만 작품이 어느 부분에서 순서대로 되어 있지 않아서 역시 작은 고개를 넘는 기분이었다.

힘든 고개들을 잘 넘을 수 있도록 인도해주시는 하나님께 영광을 돌려 드리며, 마지막 교정 작업을 도와준 가족들에게도 고마움을 표한다.

講談社의『만엽집』을 번역할 수 있도록 허락하여 주시고 추천의 글까지 써주신 中西 進 교수님, 많은 격려를 하여 주신 辰巳正明 교수님께 깊이 감사를 드린다.

이번에도『만엽집』노래를 소재로 한 작품들을 표지에 사용할 수 있도록 허락하여 주신 일본 奈良縣立萬葉文化館의 中山 悟 관장님과 자료를 보내어 주신 西田彩乃 학예원께 감사드린다.

그리고 이 책이 출판될 수 있도록 도와주신 박이정의 박찬익 사장님과 편집부에 감사드린다.

2013. 12. 2.

四뿔 向靜室에서

이 연 숙

일러두기

1. 왼쪽 페이지에 萬葉假名, 일본어 훈독, 가나문, 左注(작품 왼쪽에 붙어 있는 주 : 있는 작품의 경우에 해당함) 순으로 원문을 싣고 주를 그 아래에 첨부하였다.
2. 오른쪽 페이지에는 원문과 바로 대조하면서 볼 수 있도록 작품의 번역을 하였다.
   그 아래에 해설을 덧붙여서 노래를 알기 쉽게 설명하면서 차이가 나는 해석은 다른 주석서를 참고하여 여러 학설을 제시함으로써 이해를 돕고자 하였다.
3. 萬葉假名 원문의 경우는 원문의 한자에 충실하려고 하였지만 훈독이나 주의 경우는 한국의 상용한자로 바꾸었다.
4. 텍스트에는 가나문이 따로 있지 않고 필요한 경우에 한자 위에 가나를 적은 상태인데, 번역서에서 가나문을 첨부한 이유는, 훈독만으로는 읽기 힘든 경우가 있으므로 작품을 정확하게 읽을 수 있도록 돕기 위함과 동시에 번역의 자수율과 원문의 자수율을 대조해 볼 수 있도록 하기 위함이었다. 권제5부터 가나문은 中西 進의『校訂 萬葉集』(1995, 초판)을 사용하였다. 간혹『校訂 萬葉集』과 텍스트의 읽기가 다른 경우가 있었는데 그럴 경우는 텍스트를 따랐다.
5. 제목에서 인명에 '천황, 황태자, 황자, 황녀' 등이 붙은 경우는 일본식 읽기를 그대로 적었으나 해설에서는 위 호칭들을 한글로 바꾸어서 표기를 하는 방식을 택하였다. 한글로 바꾸면 전체적인 읽기가 좀 어색한 경우는 예외적으로 호칭까지 일본식 읽기를 그대로 표기한 경우도 가끔 있다.
6. 인명이나 지명과 같은 고유명사는 현대어 발음과 다르고 학자들에 따라서도 읽기가 다르므로 텍스트인 中西 進의『萬葉集』발음을 따랐다.
7. 고유명사를 일본어 읽기로 표기하면 무척 길어져서 잘못 띄어 읽을 수 있기 때문에 가능하면 성과 이름 등은 띄어쓰기를 하였다.
8. 『만엽집』에는 특정한 단어를 상투적으로 수식하는 수식어인 마쿠라 코토바(枕詞)라는 것이 있다. 어원을 알 수 있는 것도 있지만 알 수 없는 것도 많다. 中西 進 교수는 가능한 한 해석을 하려고 시도를 하였는데 대부분의 주석서에서는 괄호로 묶어 해석을 하지 않고 있다. 이 번역서에서도 괄호 속에 일본어 발음을 그대로 표기를 하고, 어원이 설명 가능한 것은 해설에서 풀어서 설명하는 방향으로 하였다. 그러므로 번역문을 읽을 때에는 괄호 속의 枕詞를 생략하고 읽으면 내용이 연결이 될 수 있다.
9. 『만엽집』은 시가집이므로 반드시 처음부터 읽어 나가지 않아도 되며 필요한 작품을 택하여 읽을 수 있다. 그런 경우를 위하여 필요한 사항은 가능한 한 작품마다 설명을 하려고 하였다. 그러므로 작자나 枕詞 등의 경우, 같은 설명이 여러 작품에 보이기도 하는 것은 이런 이유 때문이다.
10. 번역 부분에서 극존칭을 사용하기도 하였는데 이것은 음수율에 맞추기 힘든 경우, 음수율에 맞추기 위함이었다.

11. 권 제7은 텍스트에 작품번호 순서대로 배열되지 않은 부분들이 있는데 이 책에서는 번호 순서대로 배열을 하였다. 그러나 목록은 텍스트의 목록 순서를 따랐다.
12. 해설에서 사용한 大系, 私注, 注釋, 全集, 全注 등은 주로 참고한 주석서들인데 다음 책들을 요약하여 표기한 것이다.

大系 : 日本古典文學大系『萬葉集』1~4 [高木市之助 五味智英 大野晉 校注, 岩波書店, 1981]
全集 : 日本古典文學全集『萬葉集』1~4 [小島憲之 木下正俊 佐竹昭廣 校注, 小學館, 1981~1982]
私注 : 『萬葉集私注』1~10 [土屋文明, 筑摩書房, 1982~1983]
注釋 : 『萬葉集注釋』1~20 [澤瀉久孝, 中央公論社, 1982~1984]
全注 : 『萬葉集全注』1~20 [伊藤 博 外, 有斐閣, 1983~1994]

차례

작품 목록

- 사물에 부쳐서 생각을 노래한 1수 (1270)
- 여행 노래 1수 (1271)
- 세도우카(旋頭歌) 24수 (1272~1295)

비유가

- 옷에 비유한 8수 (1296~1298, 1311~1315)
- 실에 비유한 1수 (1316)
- 일본 거문고에 비유한 1수 (1328)
- 활에 비유한 2수 (1329~1330)
- 구슬에 비유한 16수 (1299~1303, 1317~1327)
- 산에 비유한 5수 (1331~1335)
- 나무에 비유한 8수 (1304~1305, 1354~1359)
- 풀에 비유한 17수 (1336~1352)
- 꽃에 비유한 7수 (1306, 1360~1365)
- 벼에 비유한 1수 (1353)
- 새에 비유한 1수 (1366)
- 짐승에 비유한 1수 (1367)
- 구름에 비유한 1수 (1368)
- 천둥에 비유한 1수 (1369)
- 비에 비유한 2수 (1370~1371)
- 달에 비유한 4수 (1372~1375)
- 붉은 흙에 비유한 1수 (1376)
- 神에 비유한 2수 (1377~1378)
- 강에 비유한 7수 (1307, 1379~1384)

- 埋木에 비유한 1수 (1385)
- 바다에 비유한 9수 (1308~1310, 1386~1391)
- 해변의 모래에 비유한 2수 (1392~1393)
- 해초에 비유한 4수 (1394~1397)
- 배에 비유한 5수 (1398~1402)
- 세도우카(旋頭歌) 1수 (1403)

挽歌

- 雜挽 12수 (1404~1415)
- 어떤 책의 노래 1수 (1416)
- 여행 노래 1수 (1417)

만엽집

권제7

雑謌

詠天[1]

1068　天海丹　雲之波立　月船　星之林丹　榜隱所見

　　　天の海[2]に　雲の波立ち　月の船　星の林に　漕ぎ隱る見ゆ

　　　あめのうみに　くものなみたち　つきのふね　ほしのはやしに　こぎかくるみゆ

　　　左注　右一首, 柿本朝臣人麿之謌集[3]出.

詠月

1069　常者曾　不念物乎　此月之　過匿卷　惜夕香裳

　　　常はさね　思はぬものを　この月の　過ぎ隱らまく[4]　惜しき夕かも

　　　つねはさね　おもはぬものを　このつきの　すぎかくらまく　をしきよひかも

1　詠天 : 이하 **詠物歌**를 배열하였다. '正述心緒'로 다음의 비유가(1296번가 이하)가 '寄物陳思'인 것과 대응한다. 배열 순서는 **天像上**에서 시작하여 당시 중국의 **類聚**를 모방하였다.
2　天の海 : 이하 **天·雲·月·星**을 각각 **海·波·船·林**에 비유하였다. 한자의 조어법을 모방한 것으로 그 흥을 중심으로 한 작품이다.
3　柿本朝臣人麿之謌集 : 이하 권제10·11·12의 주요한 자료로서 어디나 첫 부분을 장식하는 의도로 채용되었는데, 당시의 대표적인 無名歌群을 모은 것이다. 傳誦되던 人麿의 노래이며 다른 사람들의 작품도 많이 포함되어 있다.
4　隱らまく : 숨을 것이라는 것이다.

雜歌

....

하늘을 노래하였다

1068 하늘 바다에/ 구름 파도가 일어/ 달의 배가요/ 별들의 숲속으로/ 저어 숨는 것 보네

🌸 **해설**

넓은 하늘 바다에 구름의 파도가 일어나서 초승달의 배가 별 숲 사이 저 멀리 떠가는 것이 보이네라는
내용이다.

좌주 위의 1수는 카키노모토노 아소미 히토마로(柿本朝臣人麿)의 歌集에 나온다.

달을 노래하였다

1069 평소엔 전연/ 생각지 못했는데/ 이 달님이요/ 사라져 숨는 것이/ 안타까운 밤이네

🌸 **해설**

보통 때는 전연 생각하지도 못했던 것인데 오늘 밤은 이 달이 떠가서 숨는 것이 안타까워지는 밤이네라
는 내용이다.
私注에서는 이 작품을 '달빛 아래 열린 연회석에서의 작품일까. 그렇지 않으면 중추절과 같은 특정한
날에 달을 즐기는 풍습이 이미 행해지고 있었던 것인가'라고 하였다『萬葉集私注』 4, p.6]. '常者曾'을 渡瀬昌
忠은 'つねはかつて'로 읽었다『萬葉集全注』 7, p.23].

1070 大夫之　弓上振起　獦高之　野邊副清　照月夜可聞

大夫の　弓末振り起し[1]　獦高の　野邊[2]さへ[3]清く　照る月夜かも

ますらをの　ゆずゑふりおこし　かりたかの　のへさへきよく　てるつくよかも

1071 山末尓　不知夜歴月乎　将出香登　待乍居尓　夜曾更降家類

山の末に　いさよふ[4]月を　出でむかと　待ちつつ居るに　夜そ更けにける

やまのはに　いさよふつきを　いでむかと　まちつつをるに　よそふけにける

1072 明日之夕　将照月夜者　片因尓　今夜尓因而　夜長有

明日の夕　照らむ月夜は[5]　片よりに　今夜に寄りて　夜長くあらなむ

あすのよひ　てらむつくよは　かたよりに　こよひによりて　よながくあらなむ

---

1 弓末振り起し : 사냥을 하는 모습으로, '獦高の 野'에 이어진다.
2 獦高の 野邊 : 高圓의 들판 근처.
3 さへ : 황량한 들판까지도 아름답게라는 뜻이다.
4 いさよふ : 주저하다, 망설이다. 음력 16일 밤의 달을 '이자요히'라고 한다.
5 月夜は : 달 그 자체를 말한다.

1070 사내대장부/ 활 끝 들어 사냥하는/ 카리타카(獦高)의/ 들까지 아름답게/ 비추는 달이네요

✿ 해설

사내대장부가 활의 끝을 높이 들어서 사냥을 한다고 하는 이름을 지닌 카리타카(獦高)의 들판까지 아름답게 비추는 달이네요라는 내용이다.

'大夫の 弓末振り起し'는 '獦高'를 수식하는 序詞이다.

지명 獦高의 '獦(카리)'이 사냥(카리)과 발음이 같으므로 수식하게 된 것이다.

1071 산 끝 쪽에서/ 머뭇거리는 달을/ 나올까 하고/ 기다리고 있다가/ 밤도 깊어버렸네

✿ 해설

산 끝 쪽에서 머뭇거리는 달이 떠오를까 하고 기다리고 있다가 밤도 깊어버렸네라는 내용이다.

私注에서는 '下弦의 달을 기다리는 마음'일 것이라고 하였다『萬葉集私注』 4, p.7]. 渡瀨昌忠은 이 작품을 '음력 16일 밤 무렵에 달 아래서 연회를 시작할 때의 의례가일 것이다. 이 노래가 바탕이 되어 비슷한 노래들이 나오게 되는데 그 작품들에는 사람을 기다린다는 愚意가 있다. 그것은 연인과 만나지 못하고 밤이 깊어버렸다는 것을 탄식하는 相聞의 유형이기 때문인데, 그런 만큼 이 작품의 의례성·雜歌性은 특이한 것이다'고 하였다『萬葉集全注』 7, p.27].

1072 내일 밤에요/ 비출 것인 달은요/ 일방적으로/ 오늘밤에 기울어/ 밤이 길었으면 하네

✿ 해설

내일 밤에 비출 것인 달은 일방적으로 오늘밤에 같이 비추어서 밤이 그만큼 두 배로 더 길어졌으면 좋겠네라는 내용이다.

渡瀨昌忠은 이 작품을 '좌중의 갈채를 받은 연회가일 것이다'고 하였다『萬葉集全注』 7, p.28].

私注에서는 반대로 '실로 바보스러운 생각이지만 이러한 노래도 이미 창작되고 있었다는 것은 일본인의 사고법의 역사의 하나의 자료가 될 것인가. 더구나 이러한 것도 대륙문학에 있는 것인지도 모르겠지만, 平安朝 이후의 歌風의 타락은 결코 하루아침에 일어난 것은 아니다. 옛날부터 일본인들에게 내재되어 있던 한 요소였던 것을 알 수 있다'고 하였다『萬葉集私注』 4, p.7].

1073　玉垂之　小簾之間通　獨居而　見驗無　暮月夜鴨

　　　　玉垂の¹　小簾²の間通し³　ひとり居て⁴　見る驗なき　暮月夜⁵かも

　　　　たまだれの　をすのまとほし　ひとりゐて　みるしるしなき　ゆふづくよかも

1074　春日山　押而照有　此月者　妹之庭母　清有家里

　　　　春日山　おして⁶照らせる　この月⁷は　妹が庭にも　清けかりけり⁸

　　　　かすがやま　おしててらせる　このつきは　いもがにはにも　さやけかりけり

1075　海原之　道遠鴨　月讀　明少　夜者更下乍

　　　　海原⁹の　道遠みかも　月讀¹⁰の　光すくなき¹¹　夜は更けにつつ

　　　　うなはらの　みちとほみかも　つくよみの　ひかりすくなき　よはふけにつつ

1　玉垂の : 小簾을 아름답게 형용한 것이다.
2　小簾 : '小'는 美稱이다.
3　間通し : 제4구의 '見る'에 이어진다.
4　ひとり居て : 함께 잠을 자지 않고 멍하게 혼자 앉아 있는 모습이다.
5　暮月夜 : 저녁달을 가리킨다.
6　おして : 산을 압도할 정도로 전체에라는 뜻이다.
7　この月 : 눈앞의 달을 말한다.
8　淸けかりけり : 헤어져 온 연인의 집의 달빛에 대한 추억이다.
9　海原 : 달은 바다를 통해서 오는 것으로 생각되어졌다. 2367번가 참조.
10　月讀 : 달을 말한다. 月齡을 세는 것에 의한 표현이다.
11　光すくなき : '夜'에 연결된다.

1073　구슬 드리운/ 발 사이를 통해서/ 혼자 있으며/ 보는 보람도 없는/ 저녁달인 것인가

해설

　　구슬을 실에 꿰어서 드리운 아름다운 발 사이를 통해서 저녁달을 보고 있지만, 그것도 단지 혼자서만 보고 있으면 보람도 없는 저녁달이네라는 내용이다.
　　渡瀬昌忠은, '1071~1074번가의 4수중에서 두 번째 노래가 내일 '夕(밤)'의 '月(달)'은 비추지 않아도 좋으므로 오늘밤 그 만큼 더 비추면 좋겠다고 하였다. 그것을 받아서 세 번째 노래인 이 작품에서는 아무리 좋은 '夕月'도 오늘밤 이 즐거운 연회에서가 아니라, '혼자 있으며' 보는 것은 아무런 보람도 없다고 한다. 혼자서 보는 '夕月'을 부정적으로 영탄함으로써 연회석에서 마음이 맞는 사람들과 함께 보는 오늘밤의 달을 찬미함과 동시에 한편으로는 '여성의 노래다운' 것에 의해, 네 번째 노래의 '妹'에 대한 회상을 유도하는 것이다. 여성의 원망하는 노래를 연회석에서 轉用한 것이겠다'고 하였다[『萬葉集全注』 7, p.29].

1074　카스가(春日)산을/ 강하게 내비추는/ 오늘밤 달은/ 그녀의 정원에도/ 아름다웠었지요

해설

　　카스가(春日)산을 강하게 비추는 오늘밤의 이 달은 사랑하는 그녀의 정원에도 아름답게 비추었었네라는 내용이다.
　　渡瀬昌忠은, 이 작품에 카스가(春日)산이 나오므로 1071~1074번가의 4수는 카스가(春日) 산기슭의 연회석에서 지어진 것을 암시한다고 하였다[『萬葉集全注』 7, p.30].

1075　바다를 통한/ 길이 멀어서인가/ 비추는 달의/ 빛이 적어 희미한/ 밤은 깊어만 가네

해설

　　달의 배가 멀리서 찾아온 바다길이 멀기 때문에 달빛도 희미한 것인가. 밤은 깊어만 가는데라는 내용이다.
　　달이 좀처럼 뜨지 않는 것을 이렇게 표현한 것이다. '月讀'은 달을 신격화한 표현이다. 일본 신화에서 달을 '月讀命(츠쿠요미노 미코토)'이라고 하였다.
　　1078번가까지 4수가 한 세트가 되어 있다.

1076 百師木之　大宮人之　退出而　遊今夜之　月清左

　　　　ももしきの¹　大宮人の　退り出て　あそぶ今夜の　月の清けさ

　　　　ももしきの　おほみやびとの　まかりでて　あそぶこよひの　つきのさやけさ

1077 夜干玉之　夜渡月乎　將留尓　西山邊尓　塞毛有粳毛

　　　　ぬばたまの²　夜渡る月を　とどめむに　西の山邊に　關もあらぬかも

　　　　ぬばたまの　よわたるつきを　とどめむに　にしのやまへに　せきもあらぬかも

1078 此月之　此間來者　且今跡香毛　妹之出立　待乍將有

　　　　この月の　此間に來れば　今と³かも　妹が出で立ち　待ちつつあるらむ

　　　　このつきの　ここにきたれば　いまとかも　いもがいでたち　まちつつあるらむ

---

1 **ももしきの**: 百石敷, 즉 많은 돌로 견고하게 쌓은 성이라는 뜻이다. **大宮人**을 찬미한 것이다. 찬미가 **清月**과 대응한다. 'あそぶ'까지 마찬가지다. **大宮人**들이 그러하므로 달까지 밝다고 한다.
2 **ぬばたまの**: 烏扇(범부채). 열매의 검은 색으로 인해 검은 것을 수식한다. 관문이 없으면 캄캄하다는 뜻을 담았다.
3 **今と**: 오는 것은 지금인가 하고. 원문 '且今'은 지금인가 하는 뜻을 나타낸다.

1076 (모모시키노)/ 궁중의 관료들이/ 퇴출하여서/ 놀고 있는 오늘밤/ 달은 밝게 빛나네

🌸 해설

　　많은 돌로 견고하게 쌓은 궁중에서 근무하는 관료들이 궁중을 퇴출하여서 즐거움을 다하여 놀고 있는 오늘밤의 달은 밝게 빛나네라는 내용이다.

　　私注에서는, '작자 미상이지만, 어떤 입장에서의 사람이 지은 것일까? (중략) 大宮人 자신의 입장으로는 번잡하며 제삼자의 비판적 입장이라고도 생각되지 않는다. 大宮人들의 연회석의 흥을 돋우기 위한 吟誦用의 작품으로, 그러한 명확한 입장을 의식하지 않은 작품일 것이다'고 하였다『萬葉集私注』4, pp.9~10].

　　'ももしきの(百磯城)'는 많은 돌로 견고하게 한 울타리라는 뜻으로 堅牢(견고한 울타리)를 비유한 표현이다. 옛날에는 궁전에 돌을 사용하지 않았으며 天智천황 이후의 새로운, 중국·한국풍의 건물 관념에 의한 표현이다[中西 進 『萬葉集』1, p.64. 29번가의 주20 참조]. 大宮을 수식하는 枕詞다.

　　渡瀬昌忠은, "ももしきの 大宮人の 退り出て 遊ぶ까지는 鴨君足人의 香具山歌(3·257)에도 사용되고 있다'고 하였으며, '…さやけさ'는 『萬葉集』에 6회 나오는데 5회는 권제7의 잡가에 보이며 5회 중에서 4회는 川, 波의 '音のさやけさ', '礒のさやけさ'이므로 아마도 물가에서의 연회석에서의 작품의 그러한 표현을 月下의 연회석에서 달을 즐기는 작품에 차용한 것이라고 보았다『萬葉集全注』7, p.33].

1077 (누바타마노)/ 밤을 떠가는 달을/ 멈추게 해줄/ 서쪽의 산 부근에/ 관문이 있었으면

🌸 해설

　　칠흑같이 어두운 밤하늘을 떠가는 달이 서쪽으로 지지 않고 그대로 떠서 비출 수 있도록 멈추게 하기 위해서는 서쪽의 산 부근에 검문을 하는 관문이라도 있었으면 좋겠네라는 내용이다.

　　渡瀬昌忠은, '西の山'은 동쪽의 산 '春日山(1074번가)'에 대해서 서쪽의 生駒連山 부근을 가리키는 것일까 하였으며, '하늘을 떠가는 달을, 길을 가는 사람에 비유하여, 그것을 멈추게 할 관문을 두어서 서쪽으로 모습을 감추는 것을 멈추게 할 수가 있다면 하고 의인화하여 노래한다'고 하였다『萬葉集全注』7, p.34].

1078 이제 달님이/ 여기까지 왔으니/ 지금 올까고/ 그녀가 나와 서서/ 기다리고 있겠지요

🌸 해설

　　오늘 달이 이제 여기까지 왔으니 지금쯤 올 것인가 하고 그녀가 문밖에 나와 서서 나를 기다리고 있겠지라는 내용이다.

　　달밤에 자신을 기다릴 여성을 생각한 작품이다.

1079 眞十鏡　可照月乎　白妙乃　雲香隱流　天津霧鴨

　　　まそ鏡¹　照るべき²月を　白妙の　雲³か隱せる　天つ霧⁴かも

　　　まそかがみ　てるべきつきを　しろたへの　くもかかくせる　あまつきりかも

1080 久方乃　天照月者　神代尓加　出反等六　年者經去乍

　　　久方の⁵　天照る月は　神代にか　出でかへるらむ⁶　年は經につつ⁷

　　　ひさかたの　あまてるつきは　かみよにか　いでかへるらむ　としはへにつつ

1081 烏玉之　夜渡月乎　亻可怜　吾居袖尓　露曾置尓鷄類

　　　ぬばたまの⁸　夜渡る月を　おもしろみ⁹　わが居る袖に　露そ置きにける¹⁰

　　　ぬばたまの　よわたるつきを　おもしろみ　わがをるそでに　つゆそおきにける

---

1 **まそ鏡** : 맑은 거울이다.
2 **照るべき** : 비추어야만 하는데 비추지 않는다는 뜻이다.
3 **白妙の 雲** : 아름다운 흰 천과 같은 흰 구름을 말한다.
4 **天つ霧** : 하늘을 의인화한 느낌이다.
5 **久方の** : 아득하게 먼 저쪽이라는 뜻이다.
6 **出でかへるらむ** : 神代에 떠서 그 후로 뜨는 것을 반복하는 것인가라는 뜻으로 변함이 없는 모양을 말한다.
7 **年は經につつ** : 年をは經につつ.
8 **ぬばたまの** : 달빛이 밝음을 강조한 것이다.
9 **おもしろみ** : 흥취를 느낀다는 것이다. '미'는 '～하기 때문에'라는 이유를 나나낸다.
10 **置きにける** : 회상을 나타낸다. 이슬로 무겁게 되어 있던 것도 하나의 재미라고 느낀 것이다.

1079 (마소카가미)/ 비춰야만 할 달을/ (시로타헤노)/ 구름이 가리는가/ 하늘의 안개인가

　빛을 반사하는 빛나는 청동 거울처럼 밝게 비추어야만 하는 달인데, 그 달을 흰 천과 같은 흰 구름이 가리고 있는 것인가. 아니면 하늘 위의 안개가 그렇게 가리고 있는 것인가라는 내용이다.
　구름에 가려진 달을 아쉬워하는 내용이다.

1080 (히사카타노)/ 하늘에 빛난 달은/ 神代때부터/ 반복해서 뜨는가/ 해는 지나가는데

　아득하게 먼 하늘 위에서 빛나는 달은 먼 옛날 神代에 떠서 그 이후로 계속 반복하여 뜨는 것일까. 그 많은 세월을 지내면서라는 내용이다.
　私注에서는 '神代にか 出でかへるらむ'를 '떠서는 神世로 돌아가는 것인가'로 해석을 하고 '하늘에서 비추는 달이 떠서는 돌아가는 그곳에 여전히 신의 세계가 있다고 생각하는 것은, 정숙한 달밤의 감각과 月讀神의 신화가 합쳐진 견해로서는 가능할 것이다'고 하였다『萬葉集私注』4, p.12).
　渡瀬昌忠은, '권제7에서 神代를 노래한 것은 이 작품 1수뿐이다. 『萬葉集』전체에서는 15용례가 있는데 대부분(12용례)은 '神代より(ゆ)'의 형태이며, 현실을 설명하거나 찬미하거나 하는 것으로 궁중 가인이 지은 것이라 생각되는 작품들이다. 이 노래도 아마 관료로서 연회석에서 보는 달에서 神代를 생각하고 달과 연회석을 찬미한 것일 것이다'고 하였다『萬葉集全注』7, pp.38~39).

1081 (누바타마노)/ 밤에 떠가는 달을/ 즐거워하며/ 내가 있는 소매에/ 이슬이 내려버렸네

　어두운 밤하늘을 떠가는 달이 밝고 아름다워서 즐거웠으므로 그것에 빠져서 보고 있는 내 옷소매에 이슬이 내려버렸네라는 내용이다.
　옷소매에 이슬이 내리는 것도 모르고 밤하늘에 떠가는 달을 즐기고 있었다는 뜻이다.
　大系에서는 'おもしろみ'를, '바라보면서 마음이 즐거운 것. 풍경·경치 등에 대해 말하는 경우가 많다. 平安시대에도 마찬가지였다'고 하였다『萬葉集』2, p.202).

1082　水底之　玉障清　可見裳　照月夜鴨　夜之深去者

　　　　水底の　玉さへ清に¹　見つ²べくも　照る月夜³かも　夜の深けぬれ⁴ば

　　　　みなそこの　たまさへさやに　みつべくも　てるつくよかも　よのふけぬれば

1083　霜雲入　爲登尒可將有　久堅之　夜渡月乃　不見念者

　　　　霜くもり⁵　爲とにかあらむ　ひさかたの　夜わたる月の　見えなく思へば

　　　　しもくもり　すとにかあらむ　ひさかたの　よわたるつきの　みえなくおもへば

1084　山末尒　不知夜經月乎　何時母　吾待將座　夜者深去乍

　　　　山の末に　いさよふ月を　何時と⁶かも　わが待ち居らむ　夜は深けにつつ

　　　　やまのはに　いさよふつきを　いつとかも　わがまちをらむ　よはふけにつつ

1　玉さへ清に：확실하게라는 뜻이다.
2　見つ：'つ'는 강조를 나타낸다.
3　月夜：달 자체를 말한다.
4　夜の深けぬれ：'ぬれ'는 완료를 나타낸다. 주위에 밤이 깊은 것을 표현한 것이다.
5　霜くもり：서리가 내리는 것을 보는 무렵인 초겨울의 흐린 하늘이라고 하는 뜻인가. 다른 용례가 없다.
6　何時と：何時として. '待ち'에 이어진다.

1082　물밑 바닥의/ 구슬조차 확실히/ 볼 수 있도록/ 비추는 달이구나/ 밤이 깊었으므로

해설

　　물밑의 바닥에 있는 아름다운 구슬조차 확실하게 볼 수 있을 정도로 환하게 비추는 달이여! 밤이 완전히 캄캄하게 깊어버렸으므로라는 내용이다.

　　빛나는 달을 찬미한 작품이다. 구슬은 예쁜 조약돌, 조개껍질 등을 말하기도 한다. 이 작품에서는 조약돌 정도로 보는 것이 좋을 듯하다.

　　渡瀬昌忠은, '1079번가부터 4수로 된 한 조의 마지막 노래로, (중략) 제1수의 '雲・霧', 제3수의 '露', 제4수의 '水底の'와 같이 3작품에 물과 관련된 이미지가 들어 있는데, 제2수의 '神代'의 月讀의 출현에도 물이 깊은 관계를 가지고 있다. 이 4수는 물을 기반으로 하는 작품들이다. (중략) 다음 4수 한 조의 첫 작품이 '霜雲り'로 시작되는 것은 이 작품들의 물 이미지에 영향을 받은 것이겠다'고 하였다[『萬葉集全注』 7, p.41].

1083　서리 때문에/ 흐려진다는 걸까/ (히사카타노)/ 밤에 떠가는 달이/ 보이잖는 것을 보면

해설

　　서리가 내리려고 하늘이 흐린 것일까. 아득히 먼 밤하늘을 떠가는 달이 보이지 않는 것을 생각하면이라는 내용이다. 초겨울 밤하늘이 흐려서 달이 잘 보이지 않는 것을 이렇게 표현한 것이다.

1084　산의 끝 쪽에/ 머뭇거리는 달을/ 언제 뜰 거라/ 나는 기다리는가/ 밤은 깊어지는데

해설

　　산의 능선에서 나오기를 머뭇거리고 있는 달을 언제 나올 것이라고 생각하고 나는 이렇게 기다리고 있는가. 밤은 깊어버렸는데라는 내용이다. 위의 작품과 마찬가지로 달이 뜨지 않는 것을 아쉬워한 작품이다.

　　渡瀬昌忠은 '何時とかも'에 달을 오지 않는 사람에 비유하여 언제 올 것이라고 생각하고라는 뜻이 들어 있다'고 하였다[『萬葉集全注』 7, p.43].

1085　妹之當　吾袖將振　木間從　出來月尒　雲莫棚引

妹があたり　わが袖振らむ　木の間より　出で來る月に　雲なたなびき[1]

いもがあたり　わがそでふらむ　このまより　いでくるつきに　くもなたなびき

1086　靭懸流　伴雄廣伎　大伴尒　國將榮常　月者照良思

靭[2]懸くる　伴[3]の男廣き[4]　大伴に[5]　國榮えむと　月は照るらし

ゆぎかくる　とものをひろき　おほともに　くにさかえむと　つきはてるらし

---

1 **雲なたなびき** : 'な'는 금지(부정 명령)를 나타낸다. 'た'는 접두어. 달빛에 의해 아내가 있는 집 근처를 알 수 있을 텐데라는 뜻인가.
　연정을 노래하여도, **獨泳歌**는 **相聞**이 아니라 **雜歌**로 분류된다.
2 **靭** : 화살을 넣어 등에 짊어지는 도구.
3 **伴** : 조정에 종사하는 사람이다.
4 **男廣き** : 여기저기에 있다는 뜻이다.
5 **大伴に** : 大伴氏에서 大伴의 땅(難波, 大伴의 御津이 있는 곳)으로 전개된다.

1085 아내 집 쪽으로/ 소매 흔들고 싶네/ 나무 사이로/ 떠올라 오는 달을/ 구름은 가리지마

해설

  아내가 있는 집 쪽을 향하여 나의 옷소매를 흔들고 싶네. 내가 흔드는 소매를 아내가 잘 볼 수 있도록 나무 사이로 떠오르는 달을 구름은 가리지 말라는 내용이다.

  물론 아내는 작자가 흔드는 소매를 볼 수는 없겠지만 아내에 대한 작자의 그리움을 이렇게 표현한 것이겠다. 또는 아내가 있는 집 쪽을 잘 분별할 수 있도록이라고도 해석할 수 있겠다.

  '木の間より'는 카키노모토노 히토마로(柿本人麿)의 작품(2·132)에도 보인다.

  渡瀬昌忠은 '비추는 달에서 연인을 생각하는 연회석에서의 노래. 1084번가가 연회석에 오지 않는 사람을 기다리는 노래이었던 것과 대응하여 연회석에 없는 연인에 대한 그 자리의 사람들의 생각을 노래한 것. 읽어보면 연가이지만 이러한 연회석이므로 雜歌가 될 수 있는 것이다'고 하였다『萬葉集全注』7, p.44].

1086 전통 둘러맨/ 용사도 매우 많은/ 오호토모(大伴)에/ 나라 번영하라고/ 달은 비추는가봐

해설

  전통을 등에 둘러매고 조정에 종사하는 사람들이 매우 많은 오호토모(大伴)氏의 大伴 땅에는 나라가 번영하라고 하는 징조인지 달도 환하게 비추며 떠가는 듯하네라는 내용이다.

  오호토모(大伴)는 姓인데 오호토모(大伴)氏 집안이 소유하였던 땅 難波, 大伴의 御津이 있는 곳을 지명 大伴으로 사용하였다. 이 작품에서는 지명으로서 大伴이다. 大伴氏 집안을 찬양하는 것을 보면 大伴 집안과 관련된 연회였는지 모른다.

詠雲[1]

1087   痛足河　々浪立奴　卷目之　由槻我高仁　雲居立有良志

        通足川[2]　川波立ちぬ　卷目[3]の　由槻が嶽[4]に　雲居[5]立てるらし

        あなしがは　かはなみたちぬ　まきもくの　ゆつきがたけに　くもゐたてるらし

1088   足引之　山河之瀬之　響苗尓　弓月高　雲立渡

        あしひきの[6]　山川[7]の瀬の　響る[8]なへに[9]　弓月が嶽[10]に　雲[11]立ち渡る

        あしひきの　やまがはのせの　なるなへに　ゆつきがたけに　くもたちわたる

    左注　右二首, 柿本朝臣人麿之謌集出.

---

1 詠雲:冒頭에 人麿歌集의 노래를 배열하였다.
2 通足川:穴師川이다. 卷向川이라고도 한다. 卷目山에서 흐르기 시작한다.
3 卷目:卷向(무쿠)과 같다. 三輪山의 북쪽이다.
4 由槻が嶽:卷向山 중에서 주된 봉우리이다.
5 雲居:구름과 같다.
6 あしひきの:산을 상투적으로 수식하는 枕詞다.
7 山川:穴師川을 가리킨다.
8 響る:물의 양이 증가한 것을 말한다.
9 なへに:~과 함께라는 뜻이다.
10 弓月が嶽:앞의 작품의 유츠키(由槻) 봉우리와 같다.
11 雲:비구름을 말한다.

구름을 노래하였다

1087 아나시(通足)川은/ 물결이 거세졌네/ 마키모쿠(卷目)의/ 유츠키(由槻) 봉우리에/ 구름이 떴는가 보다

❀ 해설

아나시(通足)川의 물결이 거세어졌네. 물결이 거세어진 것을 보니 아마도 마키모쿠(卷目)의 유츠키(由槻) 봉우리에 구름이 많이 떴는가 보다라는 내용이다.

私注에서는, '穴師川은 산속을 흐르는 격류이므로 '川波立ちぬ'라고 한 것도 흐르는 물이 세차게 되었다는 뜻일 것이다'고 하였다('萬葉集私注』 4, p.16).

通足川 즉 穴師川을 大系에서는 奈良縣 磯城郡 大三輪町의 穴師 지역을 흐르는 내라고 하였다('萬葉集』 2, p.203). 渡瀬昌忠은 '풍작을 예축하는 농경의례로서의 國見歌의 노래. 그러한 의례가로서의 場에서 지금 서경가가 탄생하고 있다고 해도 좋다'고 하여 國見歌의 성격을 찾으려 하였는데('萬葉集全注』 7, p.47) 꼭 그렇게까지 볼 필요는 없을 것 같다.

1088 (아시히키노)/ 산속 내의 물소리/ 높아지면서/ 유츠키(由槻) 봉우리에/ 비구름이 이네요

❀ 해설

산속을 흐르는 내의 물이 불어서 물소리가 높아진 것과 동시에 유츠키(由槻) 봉우리에 비구름이 일어나네요라는 내용이다.

산속을 흐르는 내의 물소리가 커진 것을 듣고 유츠키(由槻) 봉우리에 비구름이 일어난 것을 말한 작품이다. 앞의 작품과 내용은 거의 같은데 앞의 작품은 내의 물이 불은 것을 보고 시각적인 것으로, 이 작품은 내의 물소리를 듣고 청각적인 것으로 비구름이 뜬 것을 말하였다.

渡瀬昌忠은 '산천의 신령한 활동을 왕성하게 하는 쿠니미(國見)의 의례 속에서 막 탄생한, 신선한 서경가다'고 하였다('萬葉集全注』 7, p.48). 'あしひきの'는 산을 상투적으로 수식하는 枕詞. 권제2의 107번가에서는 '足日木乃'로 되어 있다. 어떤 뜻에서 산을 수식하게 되었는지 알 수 없다. 이 작품의 '足引之'의 글자로 보면, 험한 산길을 걸어가다 보니 힘이 들고 피곤하여 다리가 아파서 다리를 끌듯이 가게 되는 산이라는 뜻에서 그렇게 수식하게 되었는지도 모르겠다. 이것은 1262번가에서 'あしひきの'를 '足病之'로 쓴 것을 보면 더욱 그렇게 추정을 할 수가 있겠다.

> **좌주** 위의 2수는 카키노모토노 아소미 히토마로(柿本朝臣人麿)의 가집에 나온다.

1089　大海尒　嶋毛不在尒　海原　絶塔浪尒　立有白雲

大海に　島もあらなくに[1]　海原の　たゆたふ波に　立てる白雲[2]

おほうみに　しまもあらなくに　うなはらの　たゆたふなみに　たてるしらくも

左注　右一首, 伊勢從駕作.[3]

詠雨

1090　吾妹子之　赤裳裾之　將染埿　今日之霳霖尒　吾共所沾名

我妹子が　赤裳[4]の裾の　ひづち[5]なむ　今日の霳霖に[6]　われさへ[7]濡れな

わぎもこが　あかものすその　ひづちなむ　けふのこさめに　われさへぬれな

1　**島もあらなくに**：寄港할 섬이 없는데라는 뜻이다. 'なく'는 부정의 명사형이다. 'に'는 '～인데'라는 뜻이다.
2　**白雲**：바다의 푸른색과 흰색의 대비를 나타낸다. 또 동요하는 파도와 떠가는 구름을 나란히 열거한 것이다.
3　**伊勢從駕作**：연월 미상이다. 天平 12년(740)에 구송된 것인가. 처음 작품은 **船上**의 작품이라 생각된다.
4　**赤裳**：붉은 색의 치마를 말한다. 물에 젖어서 붉은 색이 선명하게 된 것을 즐겼다.
5　**ひづち**：적시는 것이다.
6　**霳霖に**：我妹子뿐만 아니라.
7　**われさへ**：희망을 나타낸다.

1089 큰 바다에는/ 섬도 없는데도요/ 넓은 바다의/ 넘실대는 파도에/ 떴는 흰 구름이여

🌸 해설

큰 바다에는 배를 댈 만한 섬 그림자도 보이지 않는데 넓은 바다의 끊임없이 넘실대는 파도 끝 쪽에 떠 있는 흰 구름이여라는 내용이다.

渡瀬昌忠은 '의지할 곳 없는 바다 위의 배 안에서, 수평선에 힘차게 떠오르고 있는 흰 구름을 보고 마음이 끌려 고향을 생각하는 마음을 담아 노래한 것. (중략) 창작 사정을 설명한 左注는 권제7에서는 이곳밖에 없다. 그러나 伊勢 행행은 持統 6년(692), 大寶 2년(702), 養老 2년(718), 天平 12년(740)의 4회 중에서 어느 때인지 알 수 없다. 작자도 알 수 없다. 창작 사정을 명확하게 하기 위하여 권제7의 편찬자에 의해 첨부된 것이 아니라 노래에 첨부되어 있던 메모 같은 左注가 마침 원래 자료대로 옮겨진 것일 것이다'고 하였다『萬葉集全注』7, p.50].

좌주 위의 1수는 이세(伊勢)행행 從駕 때 지은 것이다.

비를 노래하였다

1090 나의 연인의/ 붉은 치맛자락이/ 젖었을 것인/ 오늘의 가랑비에/ 나까지 젖고 싶네

🌸 해설

사랑스러운 그녀의 붉은 치맛자락도 젖었을 것인 오늘의 가랑비에 나까지 젖고 싶다는 내용이다.

私注에서는, '연인만 젖게 놓아두지는 않을 것이라는 마음일 것이다. 我妹子는 비가 오는데 전원에서 일하는 여자를 말하고 있는 것일까. 그런 여자도 붉은 치마를 입은 것일까. 혹은 시적 과장으로 보아야 하는가. 비를 노래한 것이지만 비를 중심으로 한 노래는 아니다. 또 특정한 체험에 의한 것이기보다는 민요풍으로 일반화된 감각이다'고 하였다『萬葉集私注』4, pp.18~19].

1091　可融　雨者莫零　吾妹子之　形見之服　吾下尓着有

　　　　とほるべく¹　雨はな降りそ²　吾妹子が　形見³の服　われ下に着り⁴

　　　　とほるべく　あめはなふりそ　わぎもこが　かたみのころも　われしたにけり

詠山

1092　動神之　音耳聞　巻向之　檜原山乎　今日見鶴鴨

　　　　鳴神の　音⁵のみ聞きし　巻向の　檜原の山⁶を　今日見つるかも

　　　　なるかみの　おとのみききし　まきむくの　ひばらのやまを　けふみつるかも

1093　三毛侶之　其山奈美介　兒等手乎　巻向山者　継之宜霜

　　　　三諸⁷の　その山竝に　子らが手を⁸　巻向山は　繼ぎのよろしも

　　　　みもろの　そのやまなみに　こらがてを　まきむくやまは　つぎのよろしも

1　とほるべく : 옷을 통해서 속옷까지 젖음.
2　雨はな降りそ : 'な…そ'는 금지를 말한다.
3　形見 : 모습을 생각나게 하는 것이다. 죽은 사람에게만 한정되는 것은 아니다.
4　下に着り : '着(け)リ'는 '着(き)あり'의 축약이다.
5　鳴神の 音 : 소문을 말한다. 귀에 울리는 것이다.
6　檜原の山 : 이 외에 泊瀨의 檜原(1095번가), 三輪의 檜原(1118번가)이 있다. 일대에 노송나무 숲이 있었다.
7　三諸 : 신이 강림하는 숲이다. 미와(三輪)산이다.
8　子らが手を : 手を 巻き(마키)--巻(마키)向으로 이어진다. 산 모습에서 팔베개의 환상을 본 것일 수도 있다.
　　이러한 것과 신이 강림하는 곳이라는 점에서 巻向山을 찬양하였다.

1091 젖을 정도로/ 비는 내리지 말게/ 나의 연인의/ 분신과 같은 옷을/ 나는 속에 입었네

❀ 해설

옷이 흠뻑 젖어 그 빗물이 속옷에까지 통할 정도로 비는 내리지 말게. 왜냐하면 내가 사랑하는 연인으로부터 정표로 받은, 연인의 분신과 같은 옷을 나는 지금 속에 입고 있는데 그 옷이 젖으면 아니 되므로라는 내용이다.

私注에서는, '비를 싫어하는 기분이다. '形見の衣'는 애정의 표시로 여자가 준 것일 것이다. 이것도 물론 민요풍의 표현이며 개인의 실제 체험에서의 작품은 아니다'고 하였다『萬葉集私注』4, p.19].

'形見の服'을 渡瀨昌忠은, '연인이나 부부가 헤어져 있는 동안 서로 교환하여 몸에 입은 속옷. 그럼으로써 무사하기를 기원하고 다시 만날 것을 기약하며 상대방을 생각하였다. 죽은 사람의 '形見'도 있지만 여기서는 그렇지 않다. (중략) 앞의 작품과 함께 2수가 한 조를 이루는 연회석에서의 노래일 것이다'고 하였다『萬葉集全注』7, p.52].

산을 노래하였다

1092 천둥과 같이/ 소문으로만 듣던/ 마키무쿠(卷向)의/ 히바라(檜原)의 산을요/ 오늘 볼 수 있었네

❀ 해설

울리는 천둥소리가 크듯이 그렇게 이름이 높아 유명하지만, 소문으로만 듣고 있었을 뿐 아직 본 적이 없던 마키무쿠(卷向)의 히바라(檜原)의 산을 오늘에야 볼 수가 있었다는 내용이다.

소문으로만 듣던 卷向山을 직접 눈으로 보게 된 것을 기뻐하며 卷向山을 찬미한 노래다.

1093 미와(三輪)산에/ 나란히 이어지며/ 그녀의 팔을/ 베는 마키무쿠(卷向山)산/ 이어짐이 멋지네

❀ 해설

신이 강림한다고 하는 그 미와(三輪)산에 나란히 이어지며, 사랑하는 그녀의 팔을 베개로 하는 것 같은 마키무쿠(卷向山)산은 그 이어지는 모습이 정말 멋지네라는 내용이다.

1094　我衣　色服染　味酒　三室山　黄葉爲在

　　　我が衣　色つけ¹染めむ　味酒²　三室の山³は　黄葉しにけり

　　　わがころも　いろつけそめむ　うまさけ　みむろのやまは　もみちしにけり

　　　　左注　右三首, 柿本朝臣人麿之謌集出

1095　三諸就　三輪山見者　隱口乃　始瀬之檜原　所念鴨

　　　三諸つく⁴　三輪山見れば　隱口⁵の　始瀬⁶の檜原　思ほゆる⁷かも

　　　みもろつく　みわやまみれば　こもりくの　はつせのひばら　おもほゆるかも

1　色つけ : 아름답게 물들이다는 뜻이다. 실제 물들이는 것은 아니다.
2　味酒 : 三輪을 수식하는 枕詞다. 古語에서 술을 'みわ(미와)'라고 한다.
3　三室の山 : 三諸(みもろ)와 같다. 미와(三輪)산이다.
4　三諸つく : 산을 제사한다(いつく)는 뜻이다.
5　隱口 : 隱り國の.
6　始瀬 : 泊瀬·初瀬라고도 쓴다.
7　思ほゆる : 보고 싶다고 생각되다.

1094 내 옷에다가/ 색 입혀 물들이자/ (우마사케)/ 미무로(三室)의 산은요/ 단풍이 들어 있네

✿ 해설

미무로(三室)의 산에 가서 고운 단풍잎에 비추어서 내 옷을 아름다운 색으로 물을 들이자. 맛있는 술을 빚는 미무로(三室)산은 지금 나뭇잎이 아름답게 물이 들었네라는 내용이다.

'色服染'을 私注에서는 'いろにしめきむ'로, 注釋・大系・全集에서는 'いろどりそめむ'로, 全注에서는 'にほはしそめむ'로 읽었다.

渡瀬昌忠은 '이 작품도 神事의 연회석의 처음에 불리어진 의례가일 것이다'고 하였다[『萬葉集全注』 7, p.56].

좌주 위의 3수는 카키노모토노 아소미 히토마로(柿本朝臣人麿)의 가집에 나온다.

1095 (미모로츠쿠)/ 미와(三輪)산을 보면은/ (코모리쿠노)/ 하츠세(泊瀬)의 노송 숲/ 생각이 나는구나

✿ 해설

신이 내리는 곳이므로 신을 제사지내는 미와(三輪)산을 보면 코모리쿠(隱口)의 하츠세(泊瀬)의 노송 숲이 생각이 나는구나라는 내용이다.

大系에서는 '隱口の'를 '枕詞. 泊瀬를 수식한다. 初瀬의 땅이 꺼진 곳이므로. 'こもりく'의 'く'는 원래 國의 뜻이 아니라 'いづく(제사한다)'의 'く'와 마찬가지로 장소라는 뜻일 것이다'고 하였다[『萬葉集』 2, p.205].

1096　昔者之　事波不知乎　我見而毛　久成奴　天之香具山

いにしへの　事は知らぬ[1]を　われ見ても　久しくなりぬ　天の[2]香久山

いにしへの　ことはしらぬを　われみても　ひさしくなりぬ　あまのかぐやま

1097　吾勢子乎　乞許世山登　人者雖云　君毛不來益　山之名尓有之

わが背子を　いで[3]巨勢山と　人は云へど　君も來まさず　山の名にあらし

わがせこを　いでこせやまと　ひとはいへど　きみもきまさず　やまのなにあらし

1098　木道尓社　妹山在云　三櫛上　二上山母　妹許曾有來

紀道[4]にこそ　妹山[5]ありといへ　み櫛笥[6]　二上山も　妹こそありけれ

きぢにこそ　いもやまありといへ　みくしげ　ふたがみやまも　いもこそありけれ

1　事は知らぬ : 내 지식이 미치지 않는다. 어느 정도 옛날부터 이러한 것일까라는 뜻이다.
2　天の : 하늘에서 떨어졌다고 전해진다.
3　いで : 원문 '乞'은 'こち(にこち)'로도 읽을 수 있다.
4　紀道 : 紀의 길. 紀로 가는 길이나, 紀國 자체를 말하기도 한다. 여기서는 후자.
5　妹山 : 神龜 무렵부터 창안. 사람들이 흥미롭게 여겼다.
6　み櫛笥 : 멋진 빗 상자의 뚜껑으로 이어진다.

1096　그 먼 옛날의/ 일은 알지 못하나/ 내가 보아도/ 아주 오래 되었네/ 하늘 카구(香具)산이여

🌸 **해설**

　아득히 먼 옛날의 일은 비록 알지 못하지만 내가 보아도 이렇게 아주 오래 되었네. 하늘에서 떨어졌다고 하는 성스러운 카구(香具)산이여라는 내용이다.

1097　그리운 님을/ 오게 하는 산이라/ 사람은 말해도/ 님은 오지를 않고/ 산 이름뿐인 듯하네

🌸 **해설**

　사랑하는 사람을 이쪽으로 오게 한다고 하는 코세(巨勢)산이라고 사람들은 말을 하지만 그대는 오지를 않는군요. 아마도 그냥 이름뿐인 산인 듯하네요라는 내용이다.
　'乞許世山登'을 私注에서는 中西 進과 마찬가지로 'いでこせやまと'로 읽었지만, 注釋・大系・全集・全注에서는 'こちこせやまと'로 훈독하였다. 코세(巨勢)산은 奈良縣 御所市 古瀬에 있는 산이다.

1098　키노쿠니(紀國)에/ 이모(妹)산이 있다고 하나/ 빗 상자의/ 후타가미(二上)의 산도/ 아내를 가지고 있네

🌸 **해설**

　키노쿠니(紀國)에야말로 이모(妹)산이 있다고 사람들은 말을 하지만, 야마토(大和)에 있는, 빗 상자의 뚜껑, 그 뚜껑을 이름으로 한 후타가미(二上)의 산도 아내를 가지고 있네라는 내용이다.
　키노쿠니(紀國)뿐만이 아니라 야마토(大和)의 후타가미(二上)산에도 이모(妹)산이 있다는 내용이다.
　'三櫛上'을 注釋・大系・全集・全注에서는 '玉櫛上'을 취하여 'たまくしげ'로, 私注에서는 '櫛上'을 취하여 'くしげの'로 훈독하였다. 二上山을 渡瀬昌忠은, '奈良縣 北葛城郡 當廓町 서쪽에 있으며 정상이 雄岳과 雌岳으로 나누어져 있다'고 하였다(『萬葉集全注』 7, p.60]. '아내를 가지고 있네'라고 한 것은 雌岳을 말한 것이겠다.

詠岳

1099　片岡之　此向峯　椎蒔者　今年夏之　陰尒將比疑

片岡の[1]　この向つ峰に　椎蒔かば　今年の夏の　蔭に比疑へ[2]む

かたをかの　このむかつをに　しひまかば　ことしのなつの　かげになそへむ

詠河

1100　卷向之　痛足之川由　徃水之　絶事無　又反將見

卷向の　痛足[3]の川ゆ[4]　往く水の　絶ゆること無く　またかへり見む[5]

まきむくの　あなしのかはゆ　ゆくみづの　たゆることなく　またかへりみむ

---

1 **片岡の**：한쪽이 경사진 산등성이를 말한다. 제2구의 '向つ峰'과 동격이다.
2 **蔭に比疑へ**：…에 비기다. …로 보다. 어린 나무이기 때문에 실제로는 그림자가 생기지 않는다.
3 **痛足**：'あなあし'의 'あ'가 탈락된 것이다.
4 **川ゆ**：'ゆ'는 '～을 통하여'라는 뜻이다.
5 **またかへり見む**：37번가. 人麿의 작품인가

언덕을 노래하였다

1099 한쪽 경사진/ 이 무카츠(向つ) 언덕에/ 시히 뿌리면/ 올해 여름이면은/ 그늘을 보게 될까

🌸 해설

  한쪽 면이 경사진 이 무카츠(向つ) 언덕에 모밀잣밤나무 씨를 뿌리면 올해 여름이면 그늘을 만들 정도로 자랄 것인가라는 내용이다.

  渡瀬昌忠은, '이 봉우리 위에 사랑의 씨앗을 뿌리면 여름에는 성취할 것인가 하고 묻는 남성의 노래로, 봄의 우타가키(歌垣)나 그것과 비슷한 연회석에서 지은 것일 것이다. 그것을 편찬자는 산을 노래한 것으로 여기에 배열하였다'고 하였다「萬葉集全注」7, p.62].

  '陰尒將比疑'를 私注·全集에서는 'かげになみむか'로, 大系에서는 'かげにそへむか'로 훈독하였다. 注釋·全注에서는 '陰尒將化疑'를 취하여 'かげにならむか'로 훈독하였다.

강을 노래하였다

1100 마키무쿠(卷向)의/ 아나시(痛足)川을 통해/ 가는 물처럼/ 끊어지는 일 없이/ 다시 돌아와
      보자

🌸 해설

  마키무쿠(卷向)의 아나시(痛足)川을 통해서 흘러가는 물이 끊어짐이 없듯이 그렇게 끊어지는 일 없이 반복해서 여기에 다시 돌아와서 이 시내를 보자라는 내용이다.

  渡瀬昌忠은, '柿本人麻呂가 持統천황의 吉野宮을 찬미한 長歌의 反歌(1·37)에도, 또 笠金村이 元正천황의 芳野 離宮을 찬미한 長歌의 反歌(6·911)에도 '絶ゆること無く またかへり見む'의 2구가 사용되고 있다. 이들 사이에는 長歌와 短歌의 차이와 노래 성격에 미묘한 차이는 있지만 그와 같은 공통성은 穴師川(痛足川) 주위에서 이 노래를 지은 자리에도 讚歌를 바쳐야만 할 창작의 장이 있었던 것을 내보이는 것이겠다'고 하였다「萬葉集全注」7, p.63].

1101　黑玉之　夜去來者　卷向之　川音高之母　荒足鴨疾

ぬばたまの　夜さり¹來れば　卷向の　川音高しも　嵐かも疾き²

ぬばたまの　よるさりくれば　まきむくの　かはとたかしも　あらしかもとき

左注　右二首, 柿本朝臣人麿之謌集出.

1102　大王之　御笠山之　帶介爲流　細谷川之　音乃淸左

大君の　三笠³の山の　帶にせる　細谷川⁴の　音の淸けさ⁵

おほきみの　みかさのやまの　おびにせる　ほそたにがはの　おとのさやけさ

1103　今敷者　見目屋跡念之　三芳野之　大川余杼乎　今日見鶴鴨

今しくは⁶　見めや⁷と思ひし　み吉野の　大川淀を⁸　今日見つるかも

いましくは　みめやともひし　みよしのの　おほかはよどを　けふみつるかも

---

1 夜さり : 'さる'는 이동을 나타낸다.
2 嵐かも疾き : 실내에서 하는 상상이다.
3 三笠 : 大君이 쓰는 것이므로 찬미한 것이다.
4 細谷川 : 좁은 계곡을 흐르는 내를 말한다.
5 音の淸けさ : 흐릿하지 않고 또렷한 것을 말한다. 찬미의 표현이다.
6 今しくは : '今し'는 형용사인가.
7 見めや : 부정을 동반한 의문을 나타낸다.
8 大川淀を : 六田의 淀인가(1105번가에 나옴).

1101 (누바타마노)/ 밤이 찾아 오면은/ 마키무쿠(卷向)의/ 냇물 소리가 높네/ 바람이 거센 걸까

🌸 **해설**

　칠흑 같은 어두운 밤이 되면 마키무쿠(卷向) 내의 냇물 소리가 높네. 산위로부터 부는 바람이 거세어진 것일까라는 내용이다.

　밤에 마키무쿠(卷向) 내의 냇물 소리가 높아진 것을 듣고 바람이 거세어진 것이라고 추측한 내용이다.

　　좌주　위의 2수는 카키노모토노 아소미 히토마로(柿本朝臣人麿)의 가집에 나온다.

1102 (오호키미노)/ 미카사(三笠)의 산이요/ 띠같이 두른/ 호소타니(細谷) 냇물의/ 소리가 맑음이여

🌸 **해설**

　大君이 사용하는 일산이라고 하는 이름의 미카사(三笠)의 산이 마치 띠처럼 둘러싸고 있는 호소타니(細谷) 내의 냇물 소리가 맑고 상쾌함이여라는 내용이다.

　渡瀨昌忠은, '내를 찬양함으로써 그것을 둘러싸고 있는 산을 찬양하는 국가 찬미가'라고 하였다[『萬葉集全注』 7, p.65].

1103 지금 같아선/ 볼 수 없을 것 같던/ 요시노(吉野)의요/ 큰 내의 웅덩이를/ 오늘 볼 수 있었네

🌸 **해설**

　지금 상태라면 볼 수 없을 것 같다고 생각되던 요시노(吉野)의 큰 내의 웅덩이를 오늘 볼 수 있었네라는 내용이다.

　私注에서는 '요시노(吉野)'가 당시 사람들의 관심의 대상이었다고 하였다[『萬葉集私注』 4, p.27].

　吉野는 奈良縣 吉野郡이다.

1104　馬並而　三芳野河乎　欲見　打越來而曽　瀧尒遊鶴

　　馬竝めて¹　み吉野川を　見まく欲り　うち越え來てそ　瀧に²遊びつる

　　うまなめて　みよしのがはを　みまくほり　うちこえきてそ　たぎにあそびつる

1105　音聞　目者末見　吉野川　六田之与杼乎　今日見鶴鴨

　　音に聞き　目にはいまだ見ぬ　吉野川　六田の淀³を　今日見つるかも

　　おとにきき　めにはいまだみぬ　よしのがは　むつたのよどを　けふみつるかも

1106　川豆鳴　清川原乎　今日見而者　何時可越來而　見乍偲食

　　かはづ⁴鳴く　淸き川原を　今日見ては　何時か越え來て　見つつ思はむ⁵

　　かはづなく　きよきかはらを　けふみては　いつかこえきて　みつつしのはむ

1　馬竝めて : 'うち越え來'에 이어진다.
2　瀧に : 격류. 宮瀧을 가리킨다.
3　六田の淀 : 지금의 奈良縣 吉野郡 吉野町의 六田(무다)이다.
4　かはづ : 개구리 종류의 古語. 여기서는 기생개구리를 말한다.
5　見つつ思はむ : 감상하다. 다시 볼 수 있기를 바라는 노래로 부정적인 의미는 없다.

1104 말 나란히 해/ 요시노(吉野)의 川을요/ 보고 싶어서/ 산을 넘어서 와서/ 폭포에서 놀았다네

❀ 해설

요시노(吉野) 냇물이 보고 싶어서 관료들과 말을 나란히 하여서 험한 산길을 넘어와서 離宮 근처의 폭포에서 놀았다네라는 내용이다.

渡瀬昌忠은, '일행과 함께 요시노(吉野) 내의 宮瀧을 보고 싶다고 생각했던 염원이 성취된 기쁨을 노래하였다'고 하였다『萬葉集全注』7, p.67].

1105 말로만 듣고/ 눈으로는 아직 못 본/ 요시노(吉野)川의/ 무츠타(六田) 웅덩이를/ 오늘 본 것이라네

❀ 해설

소문으로는 듣고 있었지만 눈으로는 아직까지 직접 보지 못했던 요시노(吉野) 내의 무츠타(六田)의 큰 웅덩이를 오늘에야 보았다네라는 내용이다.

1106 개구리 우는/ 맑고 깨끗한 川을/ 오늘 보면은/ 언제나 넘어와서/ 보며 즐길 것인가

❀ 해설

개구리가 우는 맑고 깨끗한 내를 오늘 보고 난 후에는, 다음에는 언제 또 험한 산길을 넘어와서 보며 즐길 수 있을 것인가라는 내용이다.

'淸き川原'은 요시노(吉野)川일 것이다. '川原'은 川과 같다.

1107 　泊瀬川　白木綿花尒　墮多藝都　瀬清跡　見尒來之吾乎

　　　　泊瀬川　白木綿花に　落ちたぎつ　瀬を清けみ¹と　見に來しわれを

　　　　はつせがは　しらゆふはなに　おちたぎつ　せをさやけみと　みにこしわれを

1108 　泊瀬川　流水尾之　湍乎早　井提越浪之　音之清久

　　　　泊瀬川　ながるる水脈²の　瀬を早み　井提³越す波の　音の清けく

　　　　はつせがは　ながるるみをの　せをはやみ　ゐでこすなみの　おとのさやけく

1109 　佐檜乃熊　檜隈川之　瀬乎早　君之手取者　將縁言毳

　　　　さ檜の隈⁴　檜隈川の　瀬を早み　君が手取らば　言寄⁵せむかも⁶

　　　　さひのくま　ひのくまがはの　せをはやみ　きみがてとらば　ことよせむかも

1　瀬を清けみ：여울이 맑으므로. 'を…み（～이 ～하므로)'의 어법이다.
2　水脈：흐르는 길이다.
3　井提：물의 흐름을 막아 멈추게 하는 둑이다.
4　さ檜の隈：'檜の隈'의 美稱이다. 드디어 檜隈川과 연결되어 말해짐으로써 정형화되었다.
5　言寄：그 일에 대해 말을 하는 것이다.
6　385번가 등과 비슷한 민중의 노래이다.

1107 하츠세(泊瀬)川이/ 흰 목면이 꽃핀 듯/ 세게 흐르는/ 격류 맑다고 해서/ 보러 온 나랍니다

❀ 해설

흰 목면의 꽃이 핀 것처럼 희게 세차게 떨어지는 하츠세(泊瀬)川의 격류가 맑다고 해서 그것을 보러 나는 온 것이랍니다라는 내용이다.

'白木綿花'는 흰 천을 신나무 가지 등에 매달아 놓은 것으로 공물 종류인데 그것을 꽃으로 비유한 표현이다. 격류가 물보라를 일으키며 힘차게 떨어지는 것을 마치 白木綿花 같다고 한 것이다.

1108 하츠세(泊瀬)川은/ 흘러가는 물길의/ 흐름 빨라서/ 방둑 넘는 물결의/ 소리 상쾌하구나

❀ 해설

하츠세(泊瀬)川은 흘러가는 물길의 흐름이 빨라서 방둑을 넘어서 떨어지는 물결 소리가 시원하고 상쾌하구나라는 내용이다.

'音之淸久'를 私注・注釋・全注에서는 中西 進과 마찬가지로 'おとのさやけく'로 훈독하였지만, 大系・全集에서는 'おとのきよけく'로 훈독하였다.

1109 히노쿠마(檜の隈)의/ 히노쿠마(檜の隈)의 川의/ 여울 빨라서/ 그대의 손잡으면/ 말들을 할 건가요

❀ 해설

히노쿠마(檜の隈)를 흐르는 히노쿠마(檜の隈)의 내의 여울이 빨라서 떠내려 갈 것만 같으므로 그대의 손에 매달린다면 사람들은 그것을 소문낼 것인가요라는 내용이다.

여성의 입장에서의 작품이다.

1110 湯種蒔　荒木之小田矣　求跡　足結出所沾　此水之湍尒

齋種[1]蒔く　新墾の小田を　求めむと[2]　足結ひ[3]出で濡れぬ[4]　この川の瀬に

ゆたねまく　あらきのをだを　もとめむと　あゆひいでぬれぬ　このかはのせに

1111 古毛　如此聞乍哉　偲兼　此古川之　清瀬之音矣

いにしへ[5]も　かく聞きつつや　思ひけむ　この布留川[6]の　清き瀬の音を

いにしへも　かくききつつや　しのひけむ　このふるかはの　きよきせのおとを

1112 波祢蘰　今爲妹乎　浦若三　去來率去河之　音之清左

葉根蘰[7]　今[8]爲る妹を　うら[9]若み　いざ率川[10]の　音の清けさ

はねかづら　いまするいもを　うらわかみ　いざいざかはの　おとのさやけさ

---

1 齋種：신성하고 깨끗하게 한 씨앗을 말한다. 먼저 개간한 밭에 뿌렸다.
2 求めむと：찾아다니는 것이다. 밭이기 때문에 내를 따라서 찾았다.
3 足結ひ：고친 단장. 아내가 묶었다.
4 出で濡れぬ：그리움이 있다.
5 いにしへ：제3구의 布留(ふる：古)와 호응한다.
6 この布留川：奈良縣 天理市를 흐르는 내다.
7 葉根蘰：잎과 뿌리로 만든 머리 장식.
8 今：새롭게.
9 うら：心이다. 다음의 「清けさ」와 호응.
10 いざ率川：'자아'하고 유인하는 이자(いざ)川.

1110 좋은 씨 뿌릴/ 새로 개간한 밭을/ 찾아보려고/ 발 묶어 나와 젖었네/ 이 내의 여울물에

🌸 해설

청정한 좋은 씨앗을 뿌리기 위해 새로 개간한 밭을 찾아보려고 바지의 아래쪽 부분을 끈으로 묶고 나왔는데 이 내의 여울물에 젖어 버렸네라는 내용이다.

渡瀬昌忠은, '농경의례로서의 신성한 씨앗을 뿌릴 때에 냇물 주위에서 노래 부르는 것이 행해졌을 것이고, 그 강여울에 발이 젖었다고 하는 것으로 냇물의 양이 풍부한 것을 찬미한 노래일 것이다'고 하였다(『萬葉集全注』7, p73].

1111 그 옛날에도/ 이렇게 들으면서/ 감상했던가/ 이곳 후루(布留)의 川의/ 맑은 여울 물소리를

🌸 해설

그 먼 옛날에도 사람들이 지금 나처럼 이렇게 이 후루(布留) 내의 맑은 아름다운 여울 물소리를 들으면서 감상을 했던 것일까라는 내용이다.

지명 布留의 발음이 '후루(古)'와 같은 데서, 제1구에 '古毛(いにしへも)'라고 하였던 것이다.

1112 머리장식을/ 새로 한 그 처녀가/ 사랑스러워/ '자아'하는 이자(率)川/ 소리 상쾌함이여

🌸 해설

잎과 뿌리로 만든 머리장식을 새로 한 그 처녀가 사랑스러워서 "자아 자아"하고 청하여 이끈다는 뜻을 이름으로 한 이자(率)川의 물소리가 맑고 깨끗함이여라는 내용이다.

葉根蘰을 全集에서는, '미상. 성년식을 맞이한 젊은 여성이 머리 장식으로 하는 것인가'라고 하였다(『萬葉集』2, p.213].

1113　此小川　白氣結　瀧至　八信井上尓　事上不爲友

この小川　霧そ[1]結べる　激ちたる[2]　走井[3]の上に　言擧せねども

このをがは　きりそむすべる　たぎちたる　はしりゐのうへに　ことあげせねども

1114　吾紐乎　妹手以而　結八川　又還見　万代左右荷

わが紐を　妹が手もちて[4]　結八川[5]　また還り見む　萬代までに

わがひもを　いもがてもちて　ゆふやかは　またかへりみむ　よろづよまでに

---

1 **霧そ**：원문 '白氣(키리)'는 火氣(연기) 종류다. 당시에는 안개를 탄식으로 보았다.
2 **激ちたる**：'たぎちいたる'의 축약형이다.
3 **走井**：힘차게 물이 솟아오르는 샘이다.
4 **妹が手もちて**：연인끼리 서로 끈을 묶었다.
5 **結八川**：어딘지 알 수 없다.

1113 이 작은 내에/ 안개가 끼어 있네/ 세게 흐르는/ 물이 솟는 우물에다/ 말하지도 않았는데

해설

이 작은 내에 안개가 끼어 있네. 세차게 흐르는 물이 솟는 우물 위에 탄식을 하지 않았는데도라는 내용이다.

이 노래는 내용이 분명하지 않은 작품 중의 하나이다.

'言擧せねども'를 中西 進은 '탄식을 하지 않았는데도'로 해석을 하였는데 그 외 私注·注釋·全注에서는 '코토아게(言擧)를 하지도 않았는데도'라고 해석을 하였다. 中西 進의 해석으로 보면 안개는 자신의 마음 상태가 탄식으로 가득 찬 것을 나타내는 것이 되는데, 渡瀨昌忠은, '그렇게 원하기는 했지만 입 밖으로 내어 말을 하지는 않았는데 '이 작은 내에' 안개가 낀 것을 기뻐하고 있다'고 하여 안개가 낀 것을 좋은 것으로 보았으며 또한 "이 작은 내에' 소원대로 안개가 낀 것이 금년의 풍작을 위하여 기쁜 일이다. 이 노래는 풍작을 예축하는 농경의례에서의 노래일 것이다'고 하였다『萬葉集全注』 7, p76].

1114 내 속옷 끈을/ 아내 손으로 묶는/ 유후야(結八)川은/ 다시 돌아와 보자/ 만대 후에까지도

해설

내 속옷 끈을 아내가 손으로 묶는다고 하는 뜻을 이름으로 한 유후야(結八)川은 다시 돌아와서 보자. 후에 후에까지도라는 내용이다.

옷끈을 묶는다는 뜻의 '結(유후)'이 유후야(結八)川의 '結(유후)'과 발음이 같으므로 이렇게 표현한 것이다.

1115　妹之紐　結八河内乎　古之　幷人見等　此乎誰知

　　　妹が紐　結八河内¹を　いにしへの　みな人見きと²　こを誰か知る³

　　　いもがひも　ゆふやかふちを　いにしへの　みなひとみきと　こをたれかしる

詠露

1116　烏玉之　吾黑髮尓　落名積　天之露霜　取者消乍

　　　ぬばたまの　わが黑髮に　降りなづむ⁴　天の露霜⁵　取れば消につつ⁶

　　　ぬばたまの　わがくろかみに　ふりなづむ　あめのつゆしも　とればけにつつ

詠花

1117　嶋廻爲等　礒尓見之花　風吹而　波者雖緣　不取不止

　　　島廻⁷すと　礒に見し花⁸　風吹きて　波は寄すとも　取らずは止まじ

　　　しまみすと　いそにみしはな　かぜふきて　なみはよすとも　とらずはやまじ

1　河内 : 강에 둘러싸인 땅이다.
2　見きと : 다음에 'いふ'가 생략되었다.
3　誰か知る : 나는 알 수 없다. 외경할 옛날의 일이다라는 뜻이다.
4　降りなづむ : 막히다. 정체하다는 뜻이다.
5　天の露霜 : 백발이라는 寓意가 있다. 그 때 당시에는 '天の'는 '천연의'라는 뜻이다.
6　消につつ : 'つつ'는 반복을 나타낸다.
7　島廻 : '廻(미)'는 둘레를 말한다.
8　見し花 : 여성의 의미도 있다. 단 비유가는 아니다.

1115 아내의 끈을/ 맨 유후야(結八) 카후치(河內)/ 그 먼 옛날의/ 사람 모두 봤다네/ 그것을 누가 알까

해설

아내의 속옷 끈을 묶는다고 하는 뜻의 그 유후야(結八)川의 카후치(河內)를 그 먼 옛날의 사람들은 모두 보았다고 하네. 그 옛날 일을 누가 알까라는 내용이다.

'幷人見等'을 渡瀬昌忠은, '叔人見等'을 취하고 'よきひとみきと(현인)'로 읽었다[『萬葉集全注』 7, p.77].

이슬을 노래하였다

1116 아주 새까만/ 나의 머리카락에/ 내려서 앉는/ 하늘 이슬 서리는/ 잡으면 계속 꺼져

해설

아주 새까만 나의 머리카락에 내려오는 하늘의 이슬과 서리는 손으로 잡으면 꺼져버리고 꺼져버리고 하네라는 내용이다.

꽃을 노래하였다

1117 섬을 돌아서/ 바위서 찾은 꽃은/ 바람이 불고/ 파도가 친다 해도/ 따지 않곤 안 되네

해설

섬을 돌면서 발견한 바위 위에 피어 있는 꽃은 비록 바람이 불고 파도가 친다고 해도 반드시 따고 싶네라는 내용이다.

여행하면서 만난 여성을 꼭 취하고 싶다는 내용도 될 수 있다.

詠葉

1118　古尒　有險人母　如吾等架　弥和乃檜原尒　挿頭折兼

いにしへに　ありけむ人も　わが如か¹　三輪の檜原に　挿頭²折りけむ

いにしへに　ありけむひとも　わがごとか　みわのひばらに　かざしをりけむ

1119　徃川之　過去人之　手不折者　裏獨立　三和之檜原者

往く川の　過ぎにし人³の　手折らねば　うらぶれ⁴立てり　三輪の檜原は

ゆくかはの　すぎにしひとの　たをらねば　うらぶれたてり　みわのひばらは

左注　右二首, 柿本朝臣人麿之謌集出.

1　如か : 人麿의 작품인가.
2　挿頭 : 머리에 꽂는 것이다. 초목의 생명을 감염시키는 주술에서 시작되었다.
3　過ぎにし人 : 사망한 사람을 말한다.
4　うらぶれ : 풀이 죽은 모습이다.

잎을 노래하였다

1118 그 먼 옛날에/ 있었던 사람들도/ 지금 나처럼/ 미와(三輪)의 히바라(檜原)에/ 머리장식 꺾었나

✿ 해설

그 먼 옛날에 있었던 사람들도 지금 나처럼 이렇게 미와(三輪)의 히바라(檜原)에서 머리장식을 하려고 나뭇잎을 꺾었는가라는 내용이다.

渡瀬昌忠은, '야마토(大和) 제일의 靈山인 미와(三輪)산의 히바라(檜原)에서, 노송나무 잎을 손으로 꺾는, 쿠니미(國見)・우타가키(歌垣)의 행사를 찬미하면서 옛날 사람을 그리워하는 노래'라고 하였다[『萬葉集全注』 7, p.82].

1119 가는 강처럼/ 죽어버린 사람이/ 꺾지 않으니/ 쓸쓸하게 서 있네/ 미와(三輪)의 히바라(檜原)는

✿ 해설

흘러가는 강물처럼 그렇게 사망하여 떠나버린 사람이 노송나무 잎을 장식으로 하려고 손으로 꺾지 않고 있으니 쓸쓸하게 서 있네. 미와(三輪)의 히바라(檜原)의 노송나무들은이라는 내용이다.

자신의 감정을 이입시켜 檜原을 의인화하였다.

좌주 위의 2수는 카키노모토노 아소미 히토마로(柿本朝臣人麿)의 가집에 나온다.

詠蘿

1120　三芳野之　靑根我峯之　蘿¹席　誰將織　経緯無二

　　　み吉野の　靑根が峰²の　蘿蓆　誰か織りけむ　經緯無しに³

　　　みよしのの　あをねがたけの　こけむしろ　たれかおりけむ　たてぬきなしに

詠草

1121　妹等所　我通路　細竹爲酢寸　我通　靡細竹原

　　　妹ら⁴がり　わが通ひ路の　細竹⁵薄　われし通へば　靡け細竹原⁶

　　　いもらがり　わがかよひぢの　しのすすき　われしかよへば　なびけしのはら

1　蘿 : 널리 이끼류를 가리킨다. 송라(소나무 이끼)를 말한다.
2　靑根が峰 : 三船山의 남쪽. 宮瀧에서 본 것인가.
3　經緯無しに : 뒤섞인 상태를 말한다.
4　妹ら : 'ら'는 친근함을 나타내는 말이다. 'がり'는 장소를 말한다.
5　細竹 : 작은 대나무를 말한다.
6　이 작품은 민요인가.

소나무 이끼를 노래하였다

1120 요시노(吉野)의요/ 아오네(靑根) 봉우리의/ 이끼 자리는/ 누가 짠 것일까요/ 經絲 橫絲도 없이

🌸 **해설**

요시노(吉野)의 아오네(靑根)산의 푸른 이끼의 깔 자리는 도대체 누가 짠 것일까요. 날실과 씨실도 사용하지 않고라는 내용이다.

풀을 노래하였다

1121 그녀 곁으로/ 내가 다니는 길의/ 작은 대 억새/ 내가 지나가니까/ 비키게 시노하라(細竹原)

🌸 **해설**

사랑스러운 그녀의 곁으로 내가 다니는 길에 무성하게 나 있는 작은 대와 참억새여. 내가 지나가니까 잘 지나갈 수 있도록 옆으로 쓰러져 엎드리게나. 시노하라(小竹原)여라는 내용이다.

일본 고대 혼인 형태는 남성이 밤에 아내의 집으로 찾아가서 잠을 자고 날이 새면 자신의 집으로 돌아가는 츠마도이(妻問い)婚이었다. 이 작품에서는 아내의 집을 찾아가는 길에 있는 小竹原의 작은 대나무들과 참억새가 불편했던지 잘 지나갈 수 있도록 비켜 쓰러지라는 내용이다.

131번가에도 비슷한 발상이 보인다.

詠鳥

1122　山際尒　渡秋沙乃　行將居　其河瀬尒　浪立勿湯目

山の際に[1]　渡る秋沙[2]の　ゆきて居む　その河の瀬に　波立つなゆめ[3]

やまのまに　わたるあきさの　ゆきてゐむ　そのかはのせに　なみたつなゆめ

1123　佐保河之　清河原尒　鳴知鳥　河津跡二　忘金都毛

佐保川[4]の　清き川原に　鳴く千鳥[5]　蛙と二つ　忘れかね[6]つも

さほがはの　きよきかはらに　なくちどり　かはづとふたつ　わすれかねつも

1124　佐保川尒　小驟千鳥　夜三更而　尒音聞者　宿不難尒

佐保川に　さ驟る[7]千鳥　さ夜更けて[8]　汝が聲聞けば　寝ねかて[9]なくに

さほがはに　さをどるちどり　さよふけて　ながこゑきけば　いねかてなくに

1　山の際に：산과 산의 사이를 말한다.
2　渡る秋沙：오리. 겨울에 날아오는 철새다.
3　波立つなゆめ：'ゆめ'는 금지를 말한다.
4　佐保川：나라(奈良)市 서북쪽 근교의 佐保 일대를 흐르는 강이다.
5　鳴く千鳥：겨울새다. 佐保의 千鳥에 대한 노래가 많다.
6　忘れかね：개구리 종류를 말한다. 'かね'는 '할 수 없다'는 뜻이다.
7　さ驟る：'さわける'로도 읽을 수 있다.
8　さ夜更けて：원문 '三更'은 밤중이다.
9　寝ねかて：'かて'는 '할 수 있다'는 뜻이다.

새를 노래하였다

1122 산의 사이를/ 건너는 비오리가/ 가서는 있을/ 그 강의 여울에는/ 물결 절대 일지 마

✿ 해설

산 사이를 날아서 건너가는 비오리가 가서 날개를 접고 멈추어서 쉴 그 강의 여울에는 물결아 절대로 일지 말게나라는 내용이다.

1123 사호(佐保)의 강의/ 맑디맑은 강에서/ 우는 물떼새/ 개구리와 그 둘은/ 잊기가 어렵구나

✿ 해설

사호(佐保) 강의 맑은 강에서 우는 물떼새와 개구리는 둘 다 잊어버릴 수가 없네라는 내용이다.
'千鳥'는 겨울새이므로 가을에 우는 개구리 소리를 동시에 듣는 것은 아니다. '千鳥'를 중심으로 노래한 것이다.

1124 사호(佐保)의 강에/ 날고 있는 물떼새/ 밤이 깊어서/ 너의 소리 들으면/ 잠을 이룰 수
　　　　없네

✿ 해설

사호(佐保)강에서 날고 있는 물떼새여. 밤이 깊어서 너의 우는 소리 들으면 잠을 잘 이룰 수가 없네라는 내용이다.
私注·注釋·全集에서는 中西 進과 마찬가지로 'さをどる'로 읽었다. 全注에서는 'さわける'로 읽고 '울어 대는'으로 해석을 하였다. 大系에서는 'さばしる'로 읽고 '재빠르게 날고 있는'으로 해석을 하였다. '驟る'가 '빨리 달리다, 빠르다'는 뜻이므로 물떼새가 빠르게 나는 모습을 말한 것이겠으나 4, 5구의 내용을 보면 의미상으로는 '울고 있는'으로 해석하는 것이 더 나을 것 같다.

思故鄉[1]

1125   清湍尓　千鳥妻喚　山際尓　霞立良武　甘南備乃里

       清き瀬に　千鳥妻呼び　山の際に　霞立つらむ　甘南備の里[2]

       きよきせに　ちどりつまよび　やまのまに　かすみたつらむ　かむなびのさと

1126   年月毛　末経尓　明日香川　湍瀬由渡之　石走無

       年月[3]も　いまだ經なくに　明日香川　瀬々ゆ渡しし　石橋[4]も無し

       としつきも　いまだへなくに　あすかがは　せせゆわたしし　いははしもなし

詠井

1127   隕田寸津　走井水之　清有者　癈者吾者　去不勝可聞

       落ち激つ　走井[5]水の　清くあれば　措きてはわれは　去きかてぬかも[6]

       おちたぎつ　はしりゐみづの　きよくあれば　おきてはわれは　ゆきかてぬかも

---

1 故鄉：明日香을 가리킨다.
2 甘南備の里：甘南備가 있는 마을이다. 여기서는 明日香의 甘南備다. 'かむなび'는 신이 있는 곳이라는 뜻이다. 雷岳을 말한다.
3 年月：明日香을 떠나고 나서 흐른 세월이다.
4 石橋：여울이 얕은 곳을 연결하여 돌을 놓아서 만든 다리다. 징검다리다.
5 走井：힘차게 물이 솟아오르는 샘이다.
6 去きかてぬかも：'かて'는 '할 수 있다'는 뜻이다.

고향을 생각하였다

1125　맑은 여울에/ 물떼새 짝 부르고/ 산 사이에는/ 안개가 끼어 있을/ 카무나비(甘南備) 마을아

※ 해설

明日香川의 맑은 여울에는 물떼새가 짝을 부르며 울고 있고 산 사이에는 안개가 잔뜩 끼어 있을 明日香의, 신이 깃들인 카무나비(甘南備) 마을이여라는 내용이다.

옛 도읍인 明日香을 생각한 작품이다.

1126　세월도 아직/ 지나지 않았는데/ 아스카(明日香)川의/ 여울들을 건넜던/ 징검다리도 없네

※ 해설

明日香을 떠나고 나서 아직 세월도 얼마 흐르지 않았는데 아스카(明日香)川의 여울에서 여울로 건넜던 징검다리도 지금은 없어져 버렸네라는 내용이다.

앞의 작품이 회상이라면 지금 작품은 눈앞에 明日香川을 보고 세상일의 무상함을 노래한 작품이다.

우물을 노래하였다

1127　세찬 급류의/ 힘차게 솟는 물이/ 너무나 맑아서/ 두고서는 나는야/ 떠나갈 수가 없네

※ 해설

격류가 떨어져 흐르는 물이 매우 맑으므로 이 좋은 물을 그대로 놓아두고 나는 떠나갈 수가 없네라는 내용이다.

여기서의 '走井'은 꼭 샘이라기보다는 작은 강의, 격류가 떨어지는 곳을 말한 것이라고 볼 수 있다.

1128　安志姃成　榮之君之　穿之井之　石井之水者　雖飲不飽鴨

　　　馬醉木なす　榮えし君の　掘りし井の　石井[1]の水は　飲めど飽かぬかも

　　　あしびなす　さかえしきみの　ほりしゐの　いはゐのみづは　のめどあかぬかも

詠倭琴[2]

1129　琴取者　嘆先立　蓋毛　琴之下樋尒　嬬哉匿有

　　　琴[3]取れば　嘆き先立つ　けだしくも[4]　琴の下び[5]に　嬬や隠れる

　　　こととれば　なげきさきたつ　けだしくも　ことのしたびに　つまやこもれる

1　石井 : 돌로 둘러쌓인 샘을 말한다.
2　倭琴 : 810번가의 제목에도 보인다.
3　琴 : 원래 鎭魂의 도구로 죽은 사람을 위로하였으므로 탄식소리로 들은 것일까.
4　けだしくも : 어쩌면이라는 뜻이다.
5　琴の下び : '下び'는 겉에서 보이지 않는 곳이라는 뜻이다.

1128 마취목처럼/ 번성했던 그대가/ 파 논 우물의/ 돌로 쌓은 샘의 물/ 마셔도 싫증나잖네

🌸 **해설**

마취목 꽃처럼 번성을 했던 그대가 판 우물의, 돌로 쌓은 샘의 물은 아무리 마셔도 싫증이 나지를 않네라는 내용이다.

'馬醉木'은 가지 끝에 항아리 모양의 희고 작은 꽃이 송이송이 달려 마치 포도송이같이 보이는 꽃이다. 말이 마취목의 잎을 먹으면 취하게 되며 사람도 호흡중추를 마취시키는 유독성의 식물이다 片岡寧豊, 『萬葉の花』(靑幻舍, 2010), p.10].

일본 거문고를 노래하였다

1129 거문고 쥐면/ 탄식 먼저 나오네/ 아마 어쩌면/ 거문고의 안쪽에/ 아내가 숨어 있나

🌸 **해설**

거문고를 잡고 타려고 하면 탄식이 먼저 나오네. 어쩌면 거문고 속에 사랑하는 아내가 숨어 있는 것일까 라는 내용이다.

渡瀨昌忠은, '거문고는 신령이나 영혼을 부르거나 진정시키는 악기였다 그러므로 그것을 손에 잡는 것만으로도 그 사람의 마음이 신기하게도 움직였던 것이겠다'고 하였다『萬葉集全注』 7, p.92].

이 거문고는 일본에서 만든 것으로 현의 수는 일정하지 않았는데 점차 6현으로 고정되었다고 한다.

芳野作

1130　神左振　磐根已凝敷　三芳野之　水分山乎　見者悲毛

　　　　神さぶる[1]　磐根[2]こごしき[3]　み吉野の　水分山[4]を　見ればかなしも[5]

　　　　かむさぶる　いはねこごしき　みよしのの　みくまりやまを　みればかなしも

1131　皆人之　戀三芳野　今日見者　諾母戀來　山川清見

　　　　皆人の　戀ふるみ吉野　今日見れば　うべも[6]戀ひけり　山川清み

　　　　みなひとの　こふるみよしの　けふみれば　うべもこひけり　やまかはきよみ

1　**神さぶる**：'さぶ'는 그것다운 모습을 나타낸다.
2　**磐根**：'根'은 접미어이다.
3　**こごしき**：엉긴 상태를 말한다.
4　**水分山**：요시노(吉野) 산 중, 上千本의 위쪽의 산. 분수점에서 신을 제사지내는 산이다.
5　**見ればかなしも**：장엄함이 마음을 아프게 한다.
6　**うべも**：과연이라는 뜻이다.

요시노(芳野)에서 지었다

1130　신령스러운/ 바위 울퉁불퉁한/ 요시노(吉野)의요/ 미쿠마리(水分)산을요/ 보면 가슴 아프네

🌸 해설

신령스러운 바위들이 울퉁불퉁한, 요시노(吉野)의 미쿠마리(水分)산을 보면 가슴 미어지는 듯하네라는 내용이다.
私注에서는 '왜 가슴이 아픈지 알 수 없지만 전에 왔던 곳에 와서, 함께 온 적이 있는 사람이 사망한 것을 생각하고 슬퍼한 것일까'라고 하였다『萬葉集私注』 4, p.45].

1131　모든 사람이/ 사랑하는 요시노(吉野)/ 오늘 보니까/ 과연 사랑스럽네/ 산과 강이 맑아서

🌸 해설

모든 사람이 사랑하고 그리워하는 요시노(吉野)를 오늘 실제로 보니까 과연 나도 마음이 끌려 사람들이 그리워하는 것도 당연하다는 것을 알게 되었네. 산과 강이 맑은 것을 보니까라는 내용이다.
요시노(吉野)를 찬양한 작품이다.

1132 夢乃和太　事西在來　寤毛　見而來物乎　念四念者

夢のわだ[1]　言にしありけり[2]　現にも　見て[3]けるものを　思ひし思へば[4]

いめのわだ　ことにしありけり　うつつにも　みてけるものを　おもひしおもへば

1133 皇祖神之　神宮人　冬薯蕷葛　弥常敷尓　吾反將見

皇祖神の　神[5]の宮人と　冬薯蕷[6]葛　いや常しく[7]に　われかへり見む

すめろきの　かみのみやひと　ところづら　いやとこしくに　われかへりみむ

1134 能野川　石迹柏等　時歯成　吾者通　万世左右二

吉野川　石と柏[8]と　常磐[9]なす　われは通はむ　萬代までに

よしのがは　いはとかしはと　ときはなす　われはかよはむ　よろづよまでに

1　夢のわだ : 宮瀧의 못 이름이다.
2　言にしありけり : 현실로 보았으므로, 꿈으로는 '言'이었다.
3　見て : 'て'는 강조를 나타낸다.
4　思ひし思へば : 꿈이라고 생각했던 것을 지금 생각하면이라는 뜻이다. 제2구로 돌아간다.
5　皇祖神の 神 : 천황의 조상신을 말한다.
6　薯蕷 : 토코로라고 하는 산 감자를 말한다. 겨울에 캐서 먹는다.
7　常しく : '常'의 형용사형이다.
8　石と柏 : 'いはどかしわ'(이끼 종류)라고 하는 설도 있다.
9　常磐 : 영원.

1132　꿈의 와다(夢のわだ)는/ 말뿐이었던 것이네/ 현실로서도/ 볼 수 있었던 것을/ 생각던 것 생각하면

　　꿈의 와다(夢のわだ)라고 하는 이름은 말뿐이었던 것이네. 현실에서도 이렇게 볼 수 있었던 것을. 그렇게도 생각했던 것을 생각하면이라는 내용이다.

　　꿈이 아니라 현실에서 보았으므로 '꿈의 와다(夢のわだ)'라고 하는 이름은 말뿐이라는 뜻이다.

　　渡瀬昌忠은 '夢のわだ'에 대해, '奈良縣 吉野郡 吉野町 宮瀧을 흐르는 吉野川으로 喜佐谷川이 흘러들어가는 근처의 깊은 못'이라고 하였다『萬葉集全注』7, p.95].

1133　왕실 조상신/ 섬기는 궁인으로/ 마 넝쿨같이/ 오래도록 계속해/ 나는 다니며 보자

　　왕실의 왕의 조상신을 섬기는 궁인인 나는, 겨울에 산에서 생산되는 감자인 토코로의 넝쿨같이 길이길이 오래도록 나는 계속해서 요시노(吉野)를 보며 찬미하자라는 내용이다.

1134　요시노(吉野)川의/ 바위와 잣나무가/ 영원하듯이/ 나도 다녀야겠네/ 만년 후까지라도

　　요시노(吉野)川의 바위와 잣나무가 변함없이 영원하듯이 그렇게 나도 변함없이 이곳에 계속 다녀야겠네. 만년 후에까지라도라는 내용이다.

山背作

1135 氏河齒　与杼湍無之　阿自呂人　舟召音　越乞所聞

　　　宇治川^{1}は　淀瀬^{2}無からし　網代人^3　舟呼ばふ^{4}聲　をちこち^{5}聞ゆ

　　　うぢがはは　よどせなからし　あじろひと　ふねよばふこゑ　をちこちきこゆ

1136 氏河尒　生菅藻乎　河早　不取來尒家里　褁爲盆緒

　　　宇治川に　生ふる菅藻^{6}を　川早み　取らず來にけり　褁に^{7}せまし^{8}を

　　　うぢがはに　おふるすがもを　かははやみ　とらずきにけり　つとにせましを

1　宇治川 : 상류에 田上山이 있다.
2　淀瀬 : 흐름이 느린 여울을 말한다. 본래 淀과 瀬는 반대다.
3　網代人 : 대나무나 나무로 망을 쳐서 고기를 잡는 사람을 말한다. 독특한 고기잡이 방법으로 많은 사람들이
　　종사하였다.
4　舟呼ばふ : 계속을 나타낸다.
5　をちこち : 원근.
6　菅藻 : 등골나무처럼 벋어가는 해초인가.
7　褁に : 포장하는 것, 선물.
8　せまし : 사실과 반대되는 추량이다. 따라서 願望도 표현하였다.

야마시로(山背)에서 지었다

1135　우지(宇治)川은요/ 느린 여울 없는 듯/ 어살 치는 자/ 배를 부르는 소리/ 여기저기 들리네

해설

　　우지(宇治)川은 물의 흐름이 느린 여울은 없는 듯하네. 고기 잡는 어살을 치는 어부들이 배를 계속 부르는 소리가 여기저기에서 들리네라는 내용이다.

　　渡瀨昌忠은, '山背는 山城國(京都府), 大和(奈良縣)에서는 북쪽의 奈良山 의 배후에 있다. 1139번가까지 5수가 채록되어 있지만 5수 모두 우지(宇治)川의 노래다. 山城을 지나가는 나그네에게 宇治川은 가장 중요한 나루터이고 숙소며 풍부한 유람 장소이기도 했기 때문일 것이다'고 하였다『萬葉集全注』7, p.98].

1136　우지(宇治)川에서/ 자라는 스가모(菅藻)를/ 물살 빨라서/ 따지 못 하고 왔네/ 선물하고 팠는데

해설

　　우지(宇治)川에 나 있는 물풀을, 강물의 흐름이 빨라서 따지 못 하고 와버렸네. 선물로 하고 싶었는데라는 내용이다.

　　선물로 하고 싶었던 宇治川의 물풀을, 따지 못 한 것을 아쉬워한 내용이다.

1137　氏人之　譬乃足白　吾在者　今齒王良增　木積不來友

宇治人の　譬への網代[1]　われならば　今は王良增[2]　木屑[3]來ずとも

うぢひとの　たとへのあじろ　われならば　いまはならまし　こつみこずとも

1138　氏河乎　船令渡呼跡　雖喚　不所聞有之　檝音毛不爲

宇治川を　船渡せを[4]と　呼ばへども　聞えざるらし　楫の音もせず

うぢがはを　ふねわたせをと　よばへども　きこえざるらし　かぢのおともせず

1　網代 : ‘網代(어살)’가 宇治人의 비유로 사용되었다.
2　王良增 : 알 수 없다. 원문 ‘王’을 ‘世’의 오자로 보고 ‘よらまし’로 훈독한 경우도 있지만 자신의 동작으로
　　보고 싶다.
3　木屑 : 가치가 별로 없는 것의 대표적인 예다.
4　船渡せを : 영탄.

1137 우지(宇治) 사람의/ 비유로 하는 어살/ 만약 나라면/ 지금은 나라마시(王良增)/ 나무 조각
안 와도

🌸 **해설**

　우지(宇治) 사람의 비유로 하는 어살(강 가운데 말뚝을 박고 말뚝 사이에 대나무로 엮어서 만든 발을
걸쳐서 물고기를 잡는 도구), 만약 내가 그 어살이라면 지금은 나라마시(王良增). 나무 부스러기 같은
것들조차 오지 않더라도라는 내용이다.

　이 작품은 『萬葉集』 중에서 뜻이 난해한 작품의 하나이다.

　私注에서는 '우지(宇治) 사람들이 나란히 쳐 놓은 어살은, 지금 내가 이렇게 온 이상은 부수어 열고
싶네, 나무 부스러기들이 흘러오지 않더라도', 즉 작자 일행이 타고 있는 배가 지나가는 것조차 어살이
막고 있는 그 어살을 부수고 지나가고 싶다는 내용이라고 해석을 하였다『萬葉集私注』 4, p.49]. 어살에
고기가 걸리지 않고 나무 부스러기 등이 걸리면 어살을 열어서 그런 것을 흘려보내므로 이렇게 해석을
한 것이다. 注釋에서는 '우지(宇治) 사람의 비유로 자주 인용되는 어살에, 항상 말없이 있는 나무 부스러기
조차 걸리지 않더라도, 나라면 지금이야말로 걸리겠네'로 해석을 하였다『萬葉集注釋』 7, p.84]. 大系에서도
'우지(宇治) 사람의 비유로 자주 인용되는 어살에, 항상 말없이 있는 나무 부스러기조차 걸리지 않더라도,
나라면 지금이야말로 걸리겠네'로 해석을 하고 남녀 사이의 일을 비유한 노래라고 하였다『萬葉集』 2,
p.213]. 渡瀬昌忠은, '비유로 자주 인용되는 宇治人의 어살(에는 가끔 미녀가 떠내려 와서 걸린다고 하지만),
만약 나라면 지금이야말로 흘러내려가 걸릴 것인데. 비록 나무 부스러기가 흘러오지 않더라도'로 해석하
고 '宇治川의 민담·전설을 바탕으로 하여 자신이 어살에 걸리고 싶다고, 여성의 입장에서 장난을 친 연회
석에서의 노래일 것이다. 遊女등의 작품이었던가'라고 하였다『萬葉集全注』 7, p.100].

　'王良增'을 私注에서는 'わらまし'로 읽고 '어살을 부수어서 열고 싶다'로 해석을 하였다『萬葉集私注』 4,
p.50]. 注釋·大系·全集에서는 'よらまし'로 읽었다.

1138 우지(宇治)川을요/ 배로 건네 달라고/ 계속 불러도/ 들리지 않는가봐/ 노 젓는 소리도 없네

🌸 **해설**

　우지(宇治)강에서 배를 보내어서 강을 건너게 해달라고 계속 불러보지만 내 소리가 조금도 들리지 않는
가 보다. 노를 젓는 소리도 나지 않네라는 내용이다.

1139 千早人　氏川浪乎　清可毛　旅去人之　立難爲

ちはや人[1]　宇治川波を　清みかも　旅行く人の　立ちかてに[2]する

ちはやひと　うぢがはなみを　きよみかも　たびゆくひとの　たちかてにする

攝津作

1140 志長鳥　居名野乎來者　有間山　夕霧立　宿者無而 [一本云，猪名乃浦廻乎　榜來者]

しなが鳥[3]　猪名野[4]を來れば　有間山　夕霧立ちぬ　宿は無くて [一本に云はく，猪名の浦廻を 漕ぎ來れば]

しながとり　ゐなのをくれば　ありまやま　ゆふぎりたちぬ　やどりはなくて [あるほんにいはく，ゐなのうらみを　こぎくれば]

---

1 **ちはや人** : 힘찬 사람이라는 뜻으로 氏(우지)의 **美稱**이다.
2 **立ちかてに** : 'かて'는 '할 수 있다', 'に'는 부정을 나타낸다. 결국 'かてに'는 '할 수 없다'는 뜻이다.
3 **しなが鳥** : 'しなが(시나가)'는 息(오키) 長(나가)과 마찬가지로 논병아리를 말한 것인가.
4 **猪名野** : 이나(猪名)川을 중심으로 하는 일대를 말한다. **兵庫縣 伊丹市** 일대.

1139 (치하야히토)/ 우지(宇治)川의 물결이/ 맑아서인가/ 여행하는 사람이/ 떠날 수가 없구나

해설

　힘차고 용맹한 사람의 우지(氏), 그 우지를 이름으로 하는 우지(宇治)강의 물결이 너무 맑고 깨끗해서인가. 여행하는 나그네가 이곳을 떠나기가 힘드네라는 내용이다.

　우지(氏)와 宇治川의 이름의 '우지'가 발음이 같으므로 이렇게 표현을 한 것이다. 'ちはやひと'는 宇治를 상투적으로 수식하는 枕詞다.

　渡瀨昌忠은, '나그네 이외의 입장에서 나그네의 마음을 이해하면서 우지(宇治)川을 찬미한 것이다. 宇治川 유람의 연회석에서 주인 쪽 입장에서의 석별의 노래인가'라고 하였다『萬葉集全注』 7, p.102]. 꼭 연회석의 노래라고 볼 필요는 없을 듯하다.

츠노쿠니(攝津)에서 지었다

1140 (시나가토리)/ 이나(猪名)들을 오면은/ 아리마(有間)산엔/ 저녁 안개가 이네/ 잘 곳도 없는
　　　데도 [어떤 책에 말하기를, 이나(猪名)의 포구를요/ 저어 오면은]

해설

　논병아리가 나란히 날고 있는 이나(猪名)들을 걸어오면 아리마(有間)산에는 저녁 무렵 안개가 일어나네. 잘 곳도 아직 정하지 않았는데라는 내용이다.

　'しなが鳥'는 암수가 '率(이)る', 또는 '居竝ぶ(이나라부)'의 뜻으로 지명 이나(猪名)를 상투적으로 수식하는 枕詞다. 居竝ぶ(이나라부)'의 '이나'가 지명 '이나(猪名)'와 발음이 같으므로 이렇게 노래하였다. 有間山은 神戶市 兵庫區 有馬町에 있는 산이다.

　츠노쿠니(攝津)는 國名으로 현재의 大阪府 서북부와 兵庫縣 동남부로 야마토(大和)로 가는 바다의 현관에 해당하는 항구가 있고 副都로서 나니하(難波)宮이 있었다[渡瀨昌忠, 『萬葉集全注』 7, p.102].

1141 武庫河　水尾急嘉　赤駒　足何久激　沽祁流鴨

武庫川¹の　水脈²を早みか　赤駒³の　足騷く⁴激に　濡れにけるかも

むこがはの　みををはやみか　あかごまの　あがくたぎちに　ぬれにけるかも

1142 命幸　久吉　石流　垂水々乎　結飲都

命幸く　久しくよけむ　石走る⁵　垂水⁶の水を　むすびて⁷飲みつ

いのちさきく　ひさしくよけむと　いはばしる　たるみのみづを　むすびてのみつ

---

1 武庫川 : 尼崎·西宮 사이에 있는 내.
2 水脈 : 흐르는 물길을 말한다.
3 赤駒 : 밤색 털을 가진 말을 말한다.
4 足騷く : 발을 열심히 움직이는 것이다.
5 石走る : 바위 위를 빠르게 흐르는 것을 말한다.
6 垂水 : 급류를 말한다. 앞뒤의 작품이 모두 고유명사를 사용하였으므로 이것도 고유명사로 보면 츠노쿠니(摂津)의 垂水가 된다. 大阪府 吹田市. 垂水公(키미) 일족이 있었다.
7 むすびて : 장수를 기원하는 주문이다.

1141　무코(武庫)의 川의/ 물 흐름 빨라선가/ 밤색 털 말의/ 발버둥치는 물에/ 젖어버린 것이네

해설

　　무코(武庫)川의 물살이 빠르기 때문인가. 밤색 털 말이 발버둥을 치는 바람에 생긴 물보라에 나는 젖어 버렸네라는 내용이다.

　　작자는 말을 타고 무코(武庫)川을 건너고 있었던 것을 알 수 있다.

1142　목숨 무사하고/ 오랫동안 평안하라/ (이하바시루)/ 타루미(垂水)의 물을요/ 손으로 떠 마셨네

해설

　　목숨이 무사하고 또 오랫동안 계속 평안하고 행복하라고 바위 위를 빠르게 흐르는 타루미(垂水)의 물을 손으로 떠서 마셨네라는 내용이다.

　　'石走る'는 '垂水'를 상투적으로 수식하는 枕詞다. '命幸'을 全注에서는 中西 進과 마찬가지로 'いのちさきく'로 읽었대『萬葉集全注』7, p.105]. 注釋에서는 '命幸 久吉'을 '命 幸久在'로 끊어서 'いのちおし さきくあらむと'로 읽었으며『萬葉集注釋』7, p.91], 大系·全集에서는 '命 幸久吉'로 끊고 大系에서는 'いのちをし さきくよけむと'로『萬葉集』2, p.215], 全集에서는 'いのちを さきくよけむと'로 읽었다『萬葉集』2, p.220]. 해석은 모두 中西 進과 같이 장수를 기원하는 것으로 해석하였다. 그런데 私注에서는 '命 幸久吉'로 끊고 'いのちの さきくひさしき'로 읽고 해석을 '목숨이 무사하고 장수하였다'고 해석하여 장수를 기원한 것이 아니라 장수한 기쁨을 노래한 것이라고 보았다『萬葉集私注』4, p.53].

1143 作夜深而　穿江水手鳴　松浦船　梶音高之　水尾早見鴨

さ夜深けて　堀江¹漕ぐ²なる³　松浦船　楫の音高し　水脈早みかも

さよふけて　ほりえこぐなる　まつらぶね　かぢのとたかし　みをはやみかも

1144 悔毛　滿奴流塩鹿　墨江之　岸乃浦廻從　行益物乎

悔しくも　滿ちぬる潮か⁴　住吉⁵の　岸の浦廻⁶ゆ　行か⁷ましものを

くやしくも　みちぬるしほか　すみのえの　きしのうらみゆ　ゆかましものを

1145 爲妹　貝乎拾等　陳奴乃海尒　所沾之袖者　雖涼常不干

妹がため　貝を拾ふと　血沼の海⁸に　濡れにし袖は　乾せど⁹干かず

いもがため　かひをひりふと　ちぬのうみに　ぬれにしそでは　ほせどかわかず

---

1 堀江 : 難波 堀江. 仁德天皇 때 판 것이다.
2 漕ぐ : 원문의 '水手'는 船頭를 말한다. 동작으로 전용하였다.
3 なる : 들은 것을 전달하는 것이다.
4 潮か : 영탄.
5 住吉 : 大阪市 住吉區.
6 浦廻 : 바다로 들어가는 彎曲.
7 行か : 여행을 가다.
8 海 : 住吉에서 和泉까지의 바다를 말한다.
9 乾せど : 원문의 '涼'은 曝涼의 뜻이다.

1143 밤이 깊어서/ 호리에에(堀江) 젓는 듯한/ 마츠라(松浦) 배의/ 노 젓는 소리 높네/ 물살이 빨라선가

밤이 깊어서 호리에에(堀江)를 노 젓고 있는 듯한 마츠라(松浦)의 배의, 노 젓는 소리가 높이 울리네. 아마도 물살이 빨라서 그런 것인가라는 내용이다.

大系에서는 '堀江'을, 『일본서기』 仁德천황 11년 겨울 10월초에 궁전의 북쪽 郊原(노하라)을 파서, 남쪽의 물을 끌어 서쪽 바다로 들어간다. 따라서 그 이름을 掘江이라고 한다'고 하였다『萬葉集』 2, p.214]. 松浦船은 肥前國 松浦에서 만들어진 배를 말한다.

1144 유감스럽게/ 차버린 조수인가/ 스미노에(住吉)의/ 해안을 따라 돌며/ 가고 싶었던 것을

정말 유감스럽게도 밀물이 되어버린 것인가. 스미노에(住吉)의 해안을 따라서 돌며 여행을 하고 싶었던 것인데라는 내용이다.

'住吉の 岸'은 나니하(難波)宮의 남남서쪽 약 8킬로미터, 大阪府 住吉區, 住吉大社 부근의 해안이다渡瀨昌忠, 『萬葉集全注』 7, p.108].

1145 아내 위하여/ 조개를 주우려다/ 치누(血沼) 바다에서/ 젖어버린 소매는/ 말려도 마르잖네

집에서 기다리고 있는 사랑하는 아내를 위하여 조개를 주우려고 하다가 치누(血沼)의 바다에서 젖어버린 옷소매는 아무리 말려도 잘 마르지 않네라는 내용이다.

옷소매가 흠뻑 젖을 정도로 조개를 줍는, 아내를 사랑하는 작자의 마음이 지극한 것을 표현한 것이겠다.

1146　目煩敷　人乎吾家尓　住吉之　岸乃黄土　将見因毛欲得

めづらしき¹　人を吾家²に　住吉の　岸の黄土³を　見むよしもがも

めづらしき　ひとをわぎへに　すみのえの　きしのはにふを　みむよしもがも

1147　暇有者　拾尓將徃　住吉之　岸因云　戀忘貝

暇あらば⁴　拾ひに行かむ　住吉の　岸に寄るとふ　戀忘貝⁵

いとまあらば　ひりひにゆかむ　すみのえの　きしによるとふ　こひわすれがひ

1148　馬雙而　今日吾見鶴　住吉之　岸之黄土　於万世見

馬竝めて⁶　今日わが見つる　住吉の　岸の黄土⁷を　萬代に見む

うまなめて　けふわがみつる　すみのえの　きしのはにふを　よろづよにみむ

1 めづらしき : 사랑스러운이라는 뜻이다.
2 吾家 : 맞이하여 사는 것이 '좋다(吉い)'고 '住吉'에 이어진다.
3 黄土 : 黄·赤의 흙이다. 염료로 사용되었다. 유녀의 愚意인가.
4 暇あらば : 공적인 업무를 위한 여행이다. 관료의 작품임을 알 수 있다.
5 戀忘貝 : 조개의 한쪽 껍질이다. 가지고 있으면 사랑의 괴로움을 잊는다고 한다.
6 馬竝めて : 관료 집단의 유람이다. 마지막 구 '萬代'는 관료들이 관용적으로 사용하는 찬미의 표현이다.
7 黄土 : 전체가 황토로 되어 있어서 장관이었던가.

1146 사랑스러운/ 사람 내 집에 맞는/ 스미노에(住吉)의/ 해안의 황토 흙을/ 볼 방법이 있다면

🌸 **해설**

　사랑스러운 사람을 내 집에 맞이하여 산다고 하는 뜻을 이름으로 한 스미노에(住吉) 해안의 황토를 볼 수 있는 방법이 있다면이라는 내용이다.
　스미노에(住吉) 해안의 황토를 보고 싶다는 내용이지만 오히려 앞부분에 노래의 흥미가 느껴진다.

1147 여가가 생기면/ 주우러 가봐야지/ 스미노에(住吉)의/ 해안에 온다 하는/ 사랑 잊는 약 조개

🌸 **해설**

　업무를 보다가 시간이 나면 주우러 가야지. 스미노에(住吉)의 해안으로 파도에 밀려서 온다고 하는 사랑의 괴로움을 잊게 하는 조개껍질을이라는 내용이다.
　여행의 외로움을 노래한 것으로 볼 수 있다.

1148 말 나란히 해/ 오늘 내가 보았는/ 스미노에(住吉)의/ 해안의 황토 흙을/ 萬代까지 봅시다

🌸 **해설**

　사람들과 말을 나란히 하여 오늘 내가 본 스미노에(住吉)의 해안의 황토를 만대까지도 계속해서 봅시다라는 내용이다.
　스미노에(住吉)의 해안의 황토를 찬양한 작품이다.

1149　住吉尓　徃云道尓　昨日見之　戀忘貝　事二四有家里

住吉に　行くとふ¹道に　昨日見し　戀忘貝²　言にしありけり

すみのえに　ゆくとふみちに　きのふみし　こひわすれがひ　ことにしありけり

1150　墨吉之　岸尓家欲得　奥尓邊尓　縁白浪　見乍將思

住吉の　岸に家もが³　沖に邊に　寄する白波　見つつ⁴しのはむ⁵

すみのえの　きしにいへもが　おきにへに　よするしらなみ　みつつしのはむ

1151　大伴之　三津之濱邊乎　打曝　因來浪之　逝方不知毛

大伴の　御津⁶の浜邊を　うち曝し⁷　寄せ來る波の　行方⁸知ら⁹ずも

おほともの　みつのはまへを　うちさらし　よせくるなみの　ゆくへしらずも

1　行くとふ : 'とふ'는 'といふ'의 축약형이다. 사는데 길한 토지라고 하는데 사랑에 괴로워하는 마음을 나타낸 것이다.
2　戀忘貝 : 조개의 한쪽 껍질이다. 가지고 있으면 사랑의 괴로움을 잊는다고 한다.
3　家もが : 願望을 나타낸다.
4　見つつ : 계속을 나타낸다.
5　しのはむ : 찬양하는 것이다.
6　御津 : 大阪港이다.
7　うち曝し : 'うち'는 강세, '曝し'는 씻는 것이다.
8　行方 : 물이 빠진 후를.
9　知ら : 내가 인정할 수 없는 곳으로 간 것을 말한다.

1149   스미노에(住吉)로/ 간다고 하는 길에/ 어제 내가 본/ 사랑 지우는 조개/ 말뿐이었던 것
        같네

해설

    스미노에(住吉)로 간다고 하는 길에서 어제 내가 보았던, 사랑의 고통을 잊게 한다는 조개는 말뿐이었던
것 같네라는 내용이다.
    사랑을 잊게 하는 조개를 보았지만 효험이 없고 여전히 사랑의 고통을 당하자 작자는 그 조개가 이름만
그렇다고 하며 자신의 괴로운 심정을 이렇게 표현한 것이다.

1150   스미노에(住吉)의/ 해안에 집 있다면/ 바다서 가로/ 밀려오는 흰 파도/ 보며 감상할 텐데

해설

    스미노에(住吉)의 해안에 집이 있다면 좋겠네. 그러면 바다 한가운데서 일어나서 바닷가 해안으로 밀려
오는 흰 파도를 계속 보면서 감상을 할 수 있을 텐데라는 내용이다.

1151   오호토모(大伴)의/ 미츠(御津)의 해안을요/ 씻으면서요/ 밀려오는 파도는/ 행방을 알 수
        없네

해설

    오호토모(大伴)의 미츠(御津)의 해안을 씻으면서 계속 밀려오는 파도는 물이 빠진 다음에는 어디로
갔는지 그 행방을 알 수 없네라는 내용이다.
    '오호토모(大伴)의 미츠(御津)'는 나니하(難波)지방의 북쪽 끝에 있는 難波宮 근처에 있는 항구다. 難波津
이라고도 하며 당나라로 가는 배도 이곳에서 출발하고 도착하였다[渡瀬昌忠, 『萬葉集全注』 7, p.113].
    인생무상이 느껴지기도 하는 작품이다.

1152　梶之音曾　髣髴爲鳴　海末通女　奥藻苅尓　舟出爲等思母 [一云, 暮去者　梶之音爲奈利]

楫の音そ　ほのかにすなる[1]　海末通女　沖つ藻苅りに　舟出すらしも[2] [一は云はく，夕されば　楫の音すなり]

かぢのおとそ　ほのかにすなる　あまをとめ　おきつもかりに　ふなですらしも [あるはいはく，ゆふされば　かぢのおとすなり]

1153　住吉之　名兒之濱邊尓　馬立而　玉拾之久　常不所忘

住吉の　名兒[3]の濱邊に　馬たてて[4]　玉拾ひしく[5]　常忘らえ[6]ず

すみのえの　なごのはまへに　うまたてて　たまひりひしく　つねわすらえず

1　ほのかにすなる : 'なる'는 추정이다.
2　930 · 936번가와 비슷한 내용이다.
3　名兒 : 어디 있는지 알 수 없다.
4　馬たてて : 걷는 것의 반대다.
5　拾ひしく : 명사형이다.
6　常忘らえ : 가능을 나타낸다.

1152 노 젓는 소리가/ 들려오는 듯하네/ 해녀 아가씨/ 바다 해초를 따러/ 배를 내는 것 같네
[혹은 말하기를, 저녁이 되면/ 노 소리 나는 듯하네]

🌸 **해설**

노를 젓는 소리가 들려오는 듯하네. 해녀 아가씨가 바다의 해초를 따러 가려고 배를 출발시키는 것 같네[혹은 말하기를, 저녁 무렵이 되면 노를 젓는 소리가 나는 듯하네]라는 내용이다.

이 작품에 지명은 들어 있지 않지만 위의 작품과 마찬가지로 오호토모(大伴)의 미츠(御津)에서의 작품일 것이다.

1153 스미노에(住吉)의/ 나고(名兒)의 해안에다/ 말을 멈추고/ 구슬을 주운 것은/ 항상 잊지
못하네

🌸 **해설**

스미노에(住吉)의 나고(名兒) 해안에서 말을 멈추어 두고 말에서 내려서 예쁜 조약돌이나 조개껍질을 줍던 일은 늘 잊지 못하고 생각이 나네라는 내용이다.

말을 타고 있던 것을 보면 작자는 관료임을 알 수 있다.

渡瀬昌忠은 '名兒'를, 住吉大社의 북쪽이라고 하였다[『萬葉集全注』 7, p.115].

1154　雨者零　借廬者作　何假尒　吾兒之塩干尒　玉者將拾

雨は降り[1]　假廬は作る　いつの間に　吾兒[2]の潮干に　玉は拾はむ

あめはふり　かりほはつくる　いつのまに　あごのしほひに　たまはひりはむ

1155　奈吳乃海之　朝開之奈凝　今日毛鴨　礒之浦廻尒　亂而將有

名兒の海の　朝明[3]の波殘[4]　今日もかも　礒[5]の浦廻[6]に　亂れてあるらむ[7, 8]

なごのうみの　あさけのなごり　けふもかも　いそのうらみに　みだれてあるらむ

1　雨は降り：「降る」와 다음 구를 병렬로 읽는 설도 있다.
2　吾兒：전승상 汝와 吾를 잘못하여 바꾼 것인가.
3　朝明：'あさけ'는 'あさあけ'의 축약형이다. 여명을 말한다.
4　波殘：파도가 빠져나간 뒤에 남는 물결이다.
5　礒：바위로 된 해안을 말한다.
6　浦廻：灣入이다.
7　亂れてあるらむ：어슴푸레한 여명 속에 점점이 희게 지고 있겠지.
8　『만엽집』작품 중에서 뛰어난 굴지의 작품이다.

1154 비가 내려서/ 임시 거처 만드네/ 언제쯤이면/ 아고(吾兒)의 썰물 때에/ 구슬을 줍게 될까

🌸 **해설**

비가 내리므로 머물 수 있는 임시 거처를 만드네. 이렇게 바쁘니 언제쯤이면 틈이 나서 아고(吾兒) 갯벌에서 썰물 때 예쁜 조약돌이나 조개껍질을 주울 수가 있을까라는 내용이다.

임시 거처를 만드느라고 바쁜 것을 보면 이 작품도 관료의 작품이라고 생각된다.

임시 거처를 만들고 있으므로 작자는 現地에 있음을 알 수 있다.

1155 나고(名兒) 바다의/ 여명 속의 여파는/ 오늘도 역시/ 바위 거친 포구에/ 흩어지고 있겠지요

🌸 **해설**

나고(名兒) 바다의, 파도가 빠져나간 뒤에 남는 여파는 어슴푸레 밝아오는 여명 속에 오늘도 역시 거친 바위들이 있는 포구에 희게 흩어지겠지라는 내용이다.

나고(名兒) 바다 해안에 파도가 밀려왔다가 빠져나가고 난 뒤의 여파를 회상하며 지은 것이다.

'名兒'는 어디인지 소재불명이나 渡瀨昌忠은 '名兒'를 住吉大社의 북쪽이라고 하였다『萬葉集全注』7, p.115].

1156　住吉之　遠里小野之　眞榛以　須礼流衣乃　盛過去

　　　　住吉の　遠里小野[1]の　眞榛[2]もち　摺れる[3]衣の　盛り過ぎ行く[4]

　　　　すみのえの　とほさとをのの　まはりもち　すれるころもの　さかりすぎゆく

1157　時風　吹麻久不知　阿胡乃海之　朝明之塩尓　玉藻苅奈

　　　　時つ風[5]　吹かまく[6]知らに[7]　阿胡[8]の海の　朝明[9]の潮に　玉藻苅りてな[10]

　　　　ときつかぜ　ふかまくしらに　あごのうみの　あさけのしほに　たまもかりてな

1　遠里小野 : 大阪市 住吉區와 堺市. 원래는 보통명사이다.
2　眞榛 : '眞(마)'은 美稱이다.
3　摺れる : 旅情이 이끄는 대로 개암나무로 장난삼아 간단하게 물들였으므로 곧 색이 옅어진다는 뜻이다.
4　盛り過ぎ行く : 寓意가 있다.
5　時つ風 : 조수의 干滿 때의 바람이라고 한다.
6　吹かまく : 'む'의 명사형이다.
7　知らに : 관계하지 않고라는 뜻이다. 'に'는 부정이다.
8　阿胡 : 소재불명이다.
9　朝明 : 'あさけ'는 'あさあけ'의 축약형이다. 여명을 말한다.
10　玉藻苅りてな : 'て'는 강조, 'な'는 자신의 願望. 해초를 뜯고 싶다는 뜻이다.

1156 스미노에(住吉)의/ 토오사토오노(遠里小野)의/ 개암나무로/ 물을 들였던 옷이/ 색이 바래어지네

해설

    스미노에(住吉)의 토오사토오노(遠里小野)의 개암나무로 아름답게 물을 들였던 옷이 이제 색이 바래어지네라는 내용이다.

    한창 때의 나이도 지나가네라는 뜻이다.

    私注에서는 '스미노에(住吉)의 토오사토오노(遠里小野)의 개암나무로 물을 들였던 옷이 아름다운 색이 바래어지듯이 인생의 한창 때도 지나가네'로, 寓意로 해석을 하였다.

    注釋·大系·全集·全注에서는 '스미노에(住吉)의 토오사토오노(遠里小野)의 개암나무로 물을 들였던 옷이 아름다운 색이 바래어지네'로 옷 자체의 색이 바래는 것으로만 해석을 하였다.

1157 간만 때 바람/ 부는 것은 어쨌든/ 아고(阿胡)의 바다의/ 여명 때의 썰물에/ 해초를 뜯고 싶네

해설

    간만 때의 바람이 불지도 모르겠지만 그것은 어찌되었든 아고(阿胡) 바다의 여명 때의 썰물에 해초를 뜯고 싶네라는 내용이다.

1158　住吉之　奧津白浪　風吹者　來依留濱乎　見者淨霜

　　　　住吉の　沖つ白波　風吹けば¹　來寄する濱を　見れば清しも

　　　　すみのえの　おきつしらなみ　かぜふけば　きよするはまを　みればきよしも

1159　住吉之　岸之松根　打曝　緣來浪之　音之淸羅

　　　　住吉の　岸の松が根　うちさらし²　寄せ來る波の　音の淸けさ³

　　　　すみのえの　きしのまつがね　うちさらし　よせくるなみの　おとのさやけさ

1160　難波方　塩干丹立而　見渡者　淡路嶋尒　多豆渡所見

　　　　難波潟　潮干に立ちて　見わたせば　淡路の島に　鶴渡る⁴見ゆ

　　　　なにはがた　しほひにたちて　みわたせば　あはぢのしまに　たづわたるみゆ

1　風吹けば : 삽입된 것이다.
2　うちさらし : ‘うち’는 강세, ‘曝し’는 씻는 것이다.
3　音の淸けさ : 원문의 ‘羅’는 엷은 것으로 ‘紗’로도 통용하였다.
4　鶴渡る : 종지형이다.

1158　스미노에(住吉)의/ 바다의 흰 파도가/ 바람이 불면/ 밀려오는 해안을/ 보면 상쾌하네요

해설

　스미노에(住吉) 바다 가운데서 일어난 흰 파도가 바람이 불면 밀려서 오는 해안을 보면 상쾌하네요라는 내용이다.
　눈앞의 스미노에(住吉) 바다 풍경을 노래한 것이다.

1159　스미노에(住吉)의/ 해안의 솔뿌리를/ 씻으면서요/ 밀려오는 파도의/ 소리 상쾌함이여

해설

　스미노에(住吉)의 해안에 서 있는 소나무의 뿌리를 씻으면서 밀려오는 파도 소리를 들으니 상쾌하다는 내용이다.
　파도를 시각적, 청각적으로 표현하였다.

1160　나니하(難波) 갯벌/ 썰물일 때에 서서/ 바라다보니/ 아하지(淡路)의 섬으로/ 학 나는 것 보이네

해설

　나니하(難波) 갯벌에 물이 빠졌을 때에 서서 바라보니 아하지(淡路)섬으로 학이 날아가는 것이 보이네라는 내용이다.
　나니하(難波) 갯벌은 大阪市 難波宮 가까이에 있는 大阪灣의 일부이며 아하지(淡路)섬은 大阪灣 서쪽의 큰 섬이다.
　渡瀬昌忠은 예축의례인 國見的 의례를 배경으로 하는 서경가라고 하였다『萬葉集全注』7, p.121].

羇旅作[1]

1161 離家　旅西在者　秋風　寒暮丹　鴈喧度

家離り[2]　旅にしあれば　秋風の　寒き夕に　雁[3]鳴きわたる

いへさかり　たびにしあれば　あきかぜの　さむきゆふへに　かりなきわたる

1162 圓方之　湊之渚鳥　浪立也　妻唱立而　邊近着毛ㅍ

圓方[4]の　湊の[5]渚鳥　波立てや[6]　妻呼び立てて[7]　邊に近づくも

まとかたの　みなとのすどり　なみたてや　つまよびたてて　へにちかづくも

1163 年魚市方　塩干家良思　知多乃浦尓　朝榜舟毛　奥尓依所見

年魚市潟[8]　潮干にけらし　知多の浦[9]に　朝漕ぐ舟も　沖に寄る[10]見ゆ

あゆちがた　しほひにけらし　ちたのうらに　あさこぐふねも　おきによるみゆ

1　羇旅作 : 이상 츠노쿠니(**攝津**)를 여행한 노래를 특별히 싣고, 다음으로 각 지역의 노래를 일괄한다.
2　家離り : 여행은 집을 떠나는 것으로 특히 이렇게 노래한 것은 강조의 의미가 있다.
3　雁 : 기러기는 소식을 전하는 사자로 생각되어졌다.
4　圓方 : 三重縣 松阪市.
5　湊の : 櫛田川의 하구.
6　波立てや : 의문을 나타낸다.
7　妻呼び立てて : '…立つ'는 강조의 뜻이다.
8　年魚市潟 : 名古屋市.
9　知多の浦 : 知多반도 서쪽의 바다. 눈앞에서 보고 있다.
10　寄る : 종지형이다.

여행 중에 지었다

1161 집을 떠나서/ 여행 중에 있으니/ 가을바람이/ 차가운 저녁 무렵/ 기러기 울며 가네

🌸 해설

집을 떠나서 여행 중에 있으니 가을바람이 차갑게 부는 저녁 무렵에 기러기가 울며 날아가네라는 내용이다.

여수를 노래한 작품이다. '집을 떠나서, 가을바람, 차가운, 저녁, 기러기, 울며, 가네'와 같이 거의 대부분의 단어에서 쓸쓸함이 나타난다.

1162 마토카타(圓方)의/ 하구 모래섬의 새/ 물결 탓인가/ 짝을 열심히 불러/ 해안에 다가오네

🌸 해설

마토카타(圓方)의 하구에 있는 모래섬에 있는 새는 물결이 일기 때문일까. 짝을 열심히 불러서 해안으로 가까이 다가오네라는 내용이다.

1163 아유치가타(年魚市潟)/ 썰물이 되었을까/ 치타(知多)의 포구에/ 아침 노 젓는 배도/ 바다로 가고 있네

🌸 해설

아유치가타(年魚市潟)는 썰물이 된 것일까. 치타(知多)의 포구에서 아침에 노를 저어서 배가 바다 한가운데로 가고 있는 것이 보이네라는 내용이다.

바다 가운데로 가는 배를 보고 아유치가타(年魚市潟)의 썰물을 상상한 것이다.

1164　塩干者　共滷亦出　鳴鶴之　音遠放　礒廻爲等霜

潮干れば　共に¹潟に出で　鳴く鶴の　聲遠ざかる　磯廻す²らしも

しほふれば　ともにかたにいで　なくたづの　こゑとほざかる　いそみすらしも

1165　暮名寸亦　求食爲鶴　塩満者　奥浪高三　己妻喚

夕凪に　漁する鶴　潮満てば　沖波高み³　己が⁴妻呼ぶ

ゆふなぎに　あさりするたづ　しほみてば　おきなみたかみ　おのがづまよぶ

1166　古尒　有監人之　覓乍　衣丹揩牟　眞野之榛原

古に　ありけむ人の　求めつつ⁵　衣に摺りけむ⁶　眞野の榛原⁷

いにしへに　ありけむひとの　もとめつつ　きぬにすりけむ　まののはりはら

---

1 共に : 학이 다 함께라는 뜻이다.
2 磯廻す : 물이 빠진 바위 사이에서 먹이를 찾아다니는 것이다.
3 沖波高み : 바다 가운데의 물결이 높아서라는 뜻이다.
4 己が : 각각 자기의 짝을 부르는 소리의 교차가 있다.
5 つつ : 계속을 나타낸다.
6 摺りけむ : 껍질이나 열매를 염료로 한다.
7 榛原 : 개암나무 숲을 말한다.

1164   썰물이 되면/ 모두 갯벌에 나가서/ 우는 학들의/ 소리가 멀어지네/ 물가 돌고 있나봐

해설

썰물이 되면 무리를 지어 모두 갯벌에 나가서 우는 학들의 소리가 점점 멀어지고 있네. 아마도 먹이를 찾아서 물가를 돌고 있나 보다라는 내용이다.

1165   저녁뜸에요/ 먹이를 찾던 학은/ 밀물이 되면/ 바다 물결 높아서/ 자기 짝을 부르네

해설

저녁 무렵 바다가 잠잠할 때 먹이를 찾고 있던 학들은 밀물이 되면 바다 물결 높아져서 그런지 자기의 짝을 부르며 울고 있네라는 내용이다.
1164번가는 썰물 때의 학을 노래하였고 이 작품에서는 밀물 때의 학을 노래하였다.

1166   그 먼 옛날에/ 있었다는 사람이/ 계속 구하여/ 옷을 염색을 했을/ 마노(眞野) 개암나무 숲

해설

옛날에 살았던 사람이 염료를 찾아 구해서는 옷을 염색했을 것인 마노(眞野)의, 개암나무가 많은 숲이여라는 내용이다.
'眞野の榛原'을 大系에서는, '神戶市 長田區 東尻池町 부근의 개암나무 들이다. 眞野는 愛知縣豊橋市 동부에서 靜岡縣 濱名郡 湖西町에 걸친 白須賀 들이라고도 한다'고 하였다『萬葉集』 2, p.218]. 渡瀨昌忠은 '마노(眞野) 新戶市 長田區 東尻池町, 西尻池町 부근이다'고 하였다渡瀨昌忠, 『萬葉集全注』 7, p.127].

1167　朝入爲等　礒尓吾見之　莫告藻乎　誰嶋之　白水郎可將苅

漁す[1]と　礒にわが見し[2]　莫告藻[3]を　いづれ[4]の島の　白水郎[5]か苅るらむ

あさりすと　いそにわがみし　なのりそを　いづれのしまの　あまかかるらむ

1168　今日毛可母　奧津玉藻者　白浪之　八重折之於丹　亂而將有

今日もかも　沖つ玉藻は　白波の　八重折るが上に[6]　亂れてあるらむ

けふもかも　おきつたまもは　しらなみの　やへをるがうへに　みだれてあるらむ

1169　近江之海　湖者八十　何尓加　公之舟泊　草結兼

近江の海　湊は八十[7]　いづくにか　君が船泊て　草結び[8]けむ

あふみのうみ　みなとはやそち　いづくにか　きみがふねはて　くさむすびけむ

1　漁す : 물가의 유람을 이렇게 표현하였다.
2　礒にわが見し : '見る'와 '苅る' 모두 정을 나누는 의미가 있다.
3　莫告藻 : 여성의 寓意가 있다.
4　いづれ : 원문의 '誰'는 '白水郎'을 의식한 것이다.
5　白水郎 : 白水는 중국 절강성의 지명인데 어로에 종사하는 사람들이 살고 있는 것에 의해 어민을 말하는 것으로 사용하였다.
6　八重折るが上に : 파도가 여덟 겹으로 겹치는 것이다.
7　湊は八十 : 'ち'는 助數詞.
8　草結び : 밤에 목숨이 무사하기를 빌었을 것이다. 여행 중에 잠을 자는 것으로 보는 설도 있다.

1167　고기 잡느라/ 물가에서 내가 본/ 모자반을요/ 어디에 있는 섬의/ 어부가 뜯었을까

해설

　　고기를 잡느라고 있던 물가에서 내가 본 모자반을 어느 섬의 어부가 뜯었을까라는 내용이다. 'な告りそ(言うな)'는 모자반인데, 말하지 말라는 뜻을 나타낸다.

1168　오늘도 아마/ 바다의 멋진 해초/ 흰 파도가요/ 겹겹이 치는 위에요/ 어지럽게 떠 있겠지

해설

　　오늘도 아마도 바다 한가운데의 아름다운 해초는 흰 파도가 겹겹이 일어나서는 부서지는 그 바다 표면에 흐트러져 떠 있겠지라는 내용이다.

1169　아후미(近江)의 바다/ 항구가 많이 있네/ 어디에다가/ 그대의 배 멈추고/ 풀을 묶었을까요

해설

　　아후미(近江)바다, 즉 琵琶湖에는 항구가 많이 있네. 그 중의 어느 항구에다가 배를 대어놓고 그대는 풀을 묶어서 무사하기를 빌었을까요라는 내용이다.
　　全集『萬葉集』 2, p.226]과 全注『萬葉集全注』 7, p.130]에서는 '草結び'를, 中西 進과 마찬가지로 무사하기를 기원하는 주술의식으로 보았다.
　　私注에서는 '草結びけむ'를 풀을 엮어서 임시 거처를 만들어 잠을 자는 것으로 해석을 하였대『萬葉集私注』 4, p.67]. 大系『萬葉集』 2, p.219]와 注釋『萬葉集注釋』 7, p.112]에서도 마찬가지로 해석을 하였다.
　　집을 떠나 있는 남편이 무사하기를 비는 작품이다.

1170　佐左浪乃　連庫山尓　雲居者　雨曾零智否　反來吾背

　　　ささ浪の[1]　連庫山に[2]　雲居れ[3]ば　雨そ降るちふ[4]　歸り來わが背[5]

　　　ささなみの　なみくらやまに　くもゐれば　あめそふるちふ　かへりこわがせ

1171　大御舟　竟而佐守布　高嶋之　三尾勝野之　奈伎左思所念

　　　大御船　泊て[6]てさもらふ[7]　高島の　三尾の勝野[8]の　渚[9]し思ほゆ

　　　おほみふね　はててさもらふ　たかしまの　みをのかちのの　なぎさしおもほゆ

1172　何處可　舟乘爲家牟　高嶋之　香取乃浦從　己藝出來船

　　　何處にか　舟乘[10]しけむ　高島の　香取の浦[11]ゆ　漕ぎ出來る船

　　　いづくにか　ふなのりしけむ　たかしまの　かとりのうらゆ　こぎでくるふね

---

1 **ささ浪の**: 近江의 **樂浪郡. 湖西.**
2 **連庫山に**: 어딘지 알 수 없다. **比良山**이라고도 한다.
3 **雲居れ**: 움직이지 않는 상태를 말한다.
4 **雨そ降るちふ**: '**ちふ**'는 '**といふ**'의 축약형이다.
5 이 작품은 관료가 채집한 민간의 **相聞歌**이다.
6 **大御船 泊て**: 역사서에는 행행 기록이 보이지 않는다.
7 **さもらふ**: '**さ**'는 접두어, '**ふ**'는 계속을 나타낸다. '**もる**'는 주목하다는 뜻이다.
8 **三尾の勝野**: **滋賀縣 高島郡. 湖西**의 **高島町**이다. '**카츠노**'라고도 한다.
9 **渚**: 관료들이 유람을 하는 물가를 말한다.
10 **舟乘**: 승선을 말한다.
11 **香取の浦**: 어딘지 알 수 없다.

1170 사사나미(さざ浪)의/ 나미쿠라(連庫)산 위에/ 구름 걸리면/ 비가 온다 하지요/ 돌아오세요 그대

🌸 **해설**

　사사나미(さざ浪)의 나미쿠라(連庫) 산 위에 구름이 떠가지 않고 멈추어 있으면 비가 온다 하지요. 그러니 돌아오세요. 사랑하는 그대여라는 내용이다.

　날씨가 좋지 않자 남편의 안위를 걱정하는 작품이다.

1171 대왕의 배가/ 멈추어서 살피는/ 타카시마(高島)의/ 미오(三尾)의 카치노(勝野)의/ 물가가 생각나네요

🌸 **해설**

　왕의 배가 멈추어서 날씨를 살피고 있는 타카시마(高島)의 미오(三尾)의 카치노(勝野)의 물가가 생각나네라는 내용이다.

1172 어느 곳에서/ 배를 타고 온 걸까/ 타카시마(高島)의/ 카토리(香取)의 포구를/ 저어 나오는 배여

🌸 **해설**

　어느 항구로부터 배를 출발시켜서 온 것일까. 타카시마(高島)의 카토리(香取)의 포구를 지금 노를 저어서 나아오는 배여라는 내용이다.

1173　斐太人之　眞木流云　尓布乃河　事者雖通　船會不通

飛驒人の　眞木[1]流すとふ　丹生の川[2]　言は通へど[3]　船そ通はぬ

ひだひとの　まきながすとふ　にふのかは　ことはかよへど　ふねそかよはぬ

1174　霰零　鹿嶋之埼乎　浪高　過而夜將行　戀敷物乎

霰降り[4]　鹿島の崎を　波高み　過ぎてや行かむ　戀しきものを

あられふり　かしまのさきを　なみたかみ　すぎてやゆかむ　こほしきものを

1　**眞木** : 회목과 삼목. 뗏목으로 엮어서 흘려보낸다.
2　**丹生の川** : 乘鞍岳의 大丹生池에서 나와서 서쪽으로 흘러 宮川으로 들어가는 小八賀川을 말한다.
3　**言は通へど** : 배가 다니지 않는 것에 흥미를 느낀 삽입구다.
4　**霰降り** : 싸락눈이 내려 喧(かしま)しい 鹿島(카시마). 茨城縣 利根川 하구를 말한다. '波高み'와 대응한다.

1173 히다(飛驒) 사람이/ 목재를 보낸다는/ 니후(丹生)의 강은/ 소문만 통하고는/ 배는 다니지
않네

해설

히다(飛驒) 사람이 회목이나 삼목 등 좋은 목재를 뗏목으로 엮어서 물에 흘려보낸다고 하는 니후(丹生)
강은 물살이 급해서 소문만 통하고는 배는 다니지 않네라는 내용이다.

渡瀬昌忠은 '飛驒人'을, '飛驒國은 岐阜縣의 북쪽. 고대 이 지방의 사람들은 庸租를 면제받았으며, 飛驒
工匠으로 불렸으며 건축이나 공작의 기술자・벌목군으로 알려져 있다'고 하고, '言は通へど 船ぞ通はぬ'
에 대해서는, '건너편이 가까우므로 서로 말을 주고받을 수는 있지만 급류이기 때문에 배가 다니지 않으므
로 건널 수 없다는 뜻. 소식은 있어도 직접 만나지 못하는 남녀 사이를 寓意한 것일까'라고 하였다『萬葉集
全注』7, p.133].

1174 (아라레후리)/ 카시마(鹿島)의 곳을요/ 파도 높다고/ 지나가 버릴 건가/ 마음 끌리는 것을

해설

싸락눈이 내려서 떠들썩하다고 하는 뜻을 이름으로 한 카시마(鹿島)의 곳을 파도가 높다고 해서 그대로
지나가 버릴 것인가. 이렇게 마음이 끌리는데라는 내용이다.

渡瀬昌忠은 '戀しきものを'를, '이 작자도 鹿島의 신에게 마음이 끌린 것이겠다. 이렇게 노래 부름으로써
鹿島의 신을 위무하려고 한, 토지 찬양의 표현'이라고 하였다『萬葉集全注』7, p.133].

1175　足柄乃　筥根飛超　行鶴乃　乏見者　日本之所念

足柄[1]の　箱根[2]飛び越え　行く鶴の　ともしき見れば[3]　倭し[4]思ほゆ[5]

あしがらの　はこねとびこえ　ゆくたづの　ともしきみれば　やまとしおもほゆ

1176　夏麻引　海上瀉乃　奥洲尓　鳥者簀竹跡　君者音文不爲

夏麻引く[6]　海上瀉[7]の　沖つ洲[8]に　鳥はすだけど　君は音もせず[9]

なつそびく　うなかみがたの　おきつすに　とりはすだけど　きみはおともせず

1177　若狹在　三方之海之　濱淸美　伊徃變良比　見跡不飽可聞

若狹なる　三方の海[10]の　濱淸み　い往き[11]還らひ　見れど飽かぬかも

わかさなる　みかたのうみの　はまきよみ　いゆきかへらひ　みれどあかぬかも

---

1 足柄 : '아시가리'라고도 한다.
2 箱根 : 고향과의 사이를 막고 있는 높은 산으로 생각되었다.
3 ともしき見れば : 의미상으로는 '見ればともしき'와 같다.
4 倭し : 고향이다.
5 이 노래는 저본에는 다음 작품과 순서가 바뀌어져 1176번가의 다음에 있다.
6 夏麻引く : 麻는 여름철에 수확한다.
7 海上瀉 : 千葉縣 金兆子市 일대. 上總·下總에 다 걸리며 『萬葉集』에도 양쪽 다 있다(3348·4384).
8 沖つ洲 : 가운데의 얕은 여울이다.
9 君は音もせず : 제4구와 대를 이룬다.
10 三方の海 : 福井縣의 서쪽에 있는 다섯 호수 중 가장 남쪽에 있는 三方湖.
11 い往き : 'い'는 접두어.

1175　아시가라(足柄)의/ 하코네(箱根) 날아 넘어/ 가는 학들의/ 부러운 모습 보면/ 야마토(大和)
가 생각나네

❋ 해설

　아시가라(足柄)의 하코네(箱根)를 날아서 넘어가는 학의 모습을 보면 부럽고 도읍이 있는 고향 야마토
(大和)가 생각나네라는 내용이다.

1176　(나츠소비쿠)/ 우나카미(海上) 바다의/ 모래섬에는/ 새들 시끄럽지만/ 그대는 소식도 없네

❋ 해설

　여름에 마를 베어 실을 짠다고 하는 우나카미(海上) 바다의 모래섬에는 새들이 모여서 시끄럽지만 그대
로부터는 아무런 소식도 없네라는 내용이다.
　남성으로부터 소식이나 남성이 찾아오기를 기다리는 여성의 작품이다.
　이 작품은 여러 이본에 1175번가와 순서가 바뀌어져 1175번가 앞에 실려 있다.
　'夏麻引く'는 여름에 마를 베어 짜는 '績(う)み', '絲(いと)'라는 뜻으로 'う'와 'い'를 상투적으로 수식하는
枕詞이다[渡瀬昌忠, 『萬葉集全注』 7, p.135].

1177　와카사(若狭)國의/ 미카타(三方)의 호수의/ 해변 깨끗해/ 가며 돌아오면서/ 봐도 싫증나지
않네

❋ 해설

　와카사(若狭)國의 미카타(三方)의 호수의 해변이 무척 맑고 깨끗하므로 가면서 돌아오면서 아무리 보아
도 싫증이 나지 않네라는 내용이다.

1178 印南野者　徃過奴良之　天傳　日笠浦　波立見 [一云, 思賀麻江者　許藝須疑奴良思]

印南野¹は　行き過ぎぬらし　天づたふ²　日笠の浦³に　波立てり見ゆ [一は云はく, 飾磨江⁴ は　漕ぎ過ぎぬらし]

いなみのは　ゆきすぎぬらし　あまづたふ　ひかさのうらに　なみたてりみゆ [あるいはいはく, しかまえは　こぎすぎぬらし]

1179 家尓之弖　吾者將戀名　印南野乃　淺茅之上尓　照之月夜乎

家にして　われは戀ひむな⁵　印南野の　淺茅⁶が上に　照りし月夜を

いへにして　あれはこひむな　いなみのの　あさぢがうへに　てりしつくよを

1180 荒礒超　浪乎恐見　淡路嶋　不見哉將過去　幾許近乎

荒磯越す　波をかしこみ⁷　淡路島　見ずか過ぎなむ⁸　ここだ⁹近きを

ありそこす　なみをかしこみ　あはぢしま　みずかすぎなむ　ここだちかきを

---

1 印南野 : 兵庫縣 加古川市·明石市 일대.
2 天づたふ : 하늘을 떠가는 해에서 '日笠'으로 이어진다.
3 日笠の浦 : 明石川 하구인가.
4 飾磨江 : 兵庫縣 姬路市.
5 戀ひむな : 영탄.
6 淺茅 : 키가 크지 않은 띠를 말한다.
7 波をかしこみ : 淡路島 해안가의 풍경이다. 해안에 다가갈 수 없다.
8 過ぎなむ : 원문의 '去'는 'な'를 표기한 것이다.
9 ここだ : 매우라는 뜻이다.

1178 이나미(印南)들은/ 지나온 것 같으네/ (아마즈타후)/ 히카사(日笠)의 포구에/ 파도 이는 것 보네[어떤 책에는 말하기를, 시카마(飾磨)강은/ 저어 지난 듯하네]

🌸 **해설**

　이나미(印南)들은 지나온 것 같네. 하늘을 떠가는 해의, 그 히카사(日笠)의 포구에 파도가 일어나는 것이 보이네[어떤 책에는 말하기를, 시카마(飾磨)강은 저어서 지난 듯하네]라는 내용이다.
　'天づたふ'는 '하늘을 떠가는 日'의 뜻이므로 '日笠'을 상투적으로 수식하게 된 枕詞다.

1179 집에 가면은/ 난 그리워하겠지/ 이나미(印南)들의/ 키 작은 띠들 위에/ 비추고 있던 달을

🌸 **해설**

　여행을 마치고 집에 돌아가게 되면 나는 그리워하게 되겠지. 이나미(印南)들에 있는 키가 작은 띠들 위에 환하게 비추고 있던 달을이라는 내용이다.

1180 바위를 넘는/ 파도를 두려워해/ 아하지(淡路)섬을/ 안 보고 지나는가/ 이렇게 가까운 걸

🌸 **해설**

　험한 바위를 넘어서오는 파도를 두려워해서 아하지(淡路)섬을 보지도 않고 지나가는 것인가. 섬이 이렇게 가까이에 있는데도라는 내용이다.
　파도 때문에 淡路섬에 건너가서 구경도 하지 못하고 그냥 지나쳐야 하는 아쉬움을 노래한 것이다.

1181　朝霞　不止輕引　龍田山　船出將爲日者　吾將戀香聞

朝霞　やまず棚引く¹　龍田山　船出せむ日は²　われ戀ひむかも

あさがすみ　やまずたなびく　たつたやま　ふなでせむひは　われこひむかも

1182　海人小船　帆𡆞張流登　見左右荷　鞆之浦廻二　浪立有所見

海人小舟　帆かも張れると　見るまでに　鞆の浦廻³に　波立てり見ゆ

あまをぶね　ほかもはれると　みるまでに　とものうらみに　なみたてりみゆ

1183　好去而　亦還見六　大夫乃　手二卷持在　鞆之浦廻乎

ま幸くて⁴　また還り見む　大夫⁵の　手に卷き持たる　鞆⁶の浦廻を

まさきくて　またかへりみむ　ますらをの　てにまきもたる　とものうらみを

---

1 棚引く：원문 '輕引'의 한자처럼 옅은 안개의 우수를 말한다.
2 船出せむ日は：龍田山을 뒤로 하고 難波로부터 출항하는 날.
3 鞆の浦廻：廣島縣 福山市 남쪽. '浦廻'는 포구와 같다.
4 ま幸くて：무사히, 'ま'는 접두어.
5 大夫：원래 용감한 남자라는 뜻이었지만 후에 일반적으로 훌륭한 남자를 의미하게 되었다.
6 鞆：활의 줄이 닿는 것을 방지하는 도구.

1181 아침 안개가/ 계속해 끼어 있는/ 타츠타(龍田山)산을/ 출항하게 될 날에/ 나는 생각하겠지

🌸 **해설**

아침 안개가 항상 끼어 있는 타츠타(龍田山)산을 뒤로 하고 難波로부터 출항을 하여 떠나게 되는 날에 나는 龍田山을 그리워하게 되겠지라는 내용이다.

타츠타(龍田山)산은 奈良縣 生駒郡 三鄕町 立野에 있는 龍田大社 서쪽에 있는 산이다[渡瀨昌忠, 『萬葉集全注』 7, p.140].

1182 어부 작은 배/ 돛을 달았는가고/ 보일 정도로/ 토모(鞆)의 포구에는/ 파도가 일고 있네

🌸 **해설**

어부의 작은 배가 돛을 달고 있는 것인가 하고 착각할 정도로 토모(鞆)의 포구에는 파도가 일고 있는 것이 보이네라는 내용이다.

全集에서는 '浦廻'의 '廻'를 근처로 해석하였으며 근세에 들어와 흰 목면으로 돛을 만들기 전에는 조릿대 · 띠 · 왕골 · 짚 등으로 만든 갈색의 돛이었다고 하였다[『萬葉集』 2, p.229].

1183 무사하여서/ 다시 돌아와 보자/ 사내대장부/ 손에 감아 가졌는/ 토모(鞆)의 포구를요

🌸 **해설**

목숨이 무사하도록 하여서 또 돌아와서 보자. 훌륭한 남자가 활을 쏠 때 손에 감아서 가지고 있다고 하는 토모(鞆), 그것을 이름으로 한 토모(鞆)의 포구를이라는 내용이다.

全集에서는 '鞆'을, '활을 쏠 때 왼쪽 손목의 안쪽에 감았던 가죽으로 된 防具. 줄이 닿는 것을 막고 또 그때 내는 소리로 적을 위협하는 효과도 있었다'고 하였다[『萬葉集』 2, p.229].

활을 쏠 때의 防具인 '토모(鞆)'가 포구 이름 '토모(鞆)'와 같으므로 이렇게 표현을 한 것이다.

1184 鳥自物　海二浮居而　奥津浪　驂乎聞者　數悲哭

鳥じもの[1]　海に浮きゐて[2]　沖つ波　さわく[3]を聞けば　あまた[4]悲しも

とりじもの　うみにうきゐて　おきつなみ　さわくをきけば　あまたかなしも

1185 朝菜寸二　眞梶榜出而　見乍來之　三津乃松原　浪越似所見

朝凪に　眞楫[5]漕ぎ出でて　見つつ來し　御津[6]の松原　波越しに見ゆ

あさなぎに　まかぢこぎいでて　みつつこし　みつのまつばら　なみごしにみゆ

1186 朝入爲流　海未通女等之　袖通　沾西衣　雖干跡不乾

漁する　海未通女ら[7]の　袖とほり　濡れにし衣　干せど乾かず[8]

あさりする　あまをとめらの　そでとほり　ぬれにしころも　ほせどかわかず

1　鳥じもの : 새는 물새를 말한다.
2　海に浮きゐて : 배에 흔들리는 것이다.
3　さわく : 원문 '驂'은 '驟'와 통용된다.
4　あまた : 수적으로 질적으로 모두 많고 좋은 것을 말한다.
5　眞楫 : '眞(마)'은 완전한이라는 뜻이다. 2개가 있다는 뜻이다. 양쪽 뱃전의 노. 眞楫으로 육지는 점점 멀어진다는 뜻이다.
6　御津 : 大伴의 御津이다.
7　海未通女ら : 자신의 모습을 이렇게 말한 것이다.
8　干せど乾かず : 원문의 '雖‧跡'은 'ど'의 이중 표기임.

1184 물새와 같이/ 바다에 떠 있으며/ 바다의 파도/ 철썩거림 들으면/ 참으로 슬프네요

해설

물새도 아닌데 물새와 같이 배를 타고 바다에 떠서 흔들리고 있으면서 바다의 파도가 철썩거리는 것을 들으면 매우 슬프다는 내용이다.

바다에서의 불안감을 노래한 것이다.

1185 아침뜸에요/ 두 개 노로 저어 나가/ 목표로 해 온/ 미츠(御津) 마츠바라(松原)는/ 파도 넘어 보이네

해설

아침에 바람이 잠잠한 때에 배 양쪽에 노를 달아 저어서 나가서 목표로 하고 보면서 온 미츠(御津)의 마츠바라(松原)는 지금은 파도 저 건너편에 아득하게 보이네라는 내용이다.

1186 자맥질하는/ 해녀 아가씨처럼/ 소매까지도/ 스며 젖어버린 옷/ 말려도 마르잖고

해설

바다에서 고기를 잡고 해초를 따기 위해 자맥질을 하는 해녀 아가씨처럼 파도의 물보라에 소매까지도 스며서 젖어버린 옷은 말려도 마르지를 않네라는 내용이다.

大系에서는 '海未通女'를, '아가씨 해녀. 未通女라고 하는 표기는 중국의 고문헌에는 없는 것 같다. 아마도 일본에서 만든 숙어로 남자가 아직 찾아오지 않은, 나이가 어린 여자라는 뜻. 未通의 通은 이른바 '관계하다'는 뜻이 아니라 남자가 '찾아온다'는 뜻으로 당시 일본의 결혼제도를 반영한 문자 사용일 것이다'고 하였다[『萬葉集』 2, p.222].

1187 網引爲　海子哉見　飽浦　清荒礒　見來吾

網引する¹　海子とか見らむ　飽の浦の²　清き荒礒を　見に來しわれを³

あびきする　あまとかみらむ　あくのうらの　きよきありそを　みにこしわれを

左注　右一首, 柿本朝臣人麿之謌集出.

1188 山超而　遠津之濱之　石管自　迄吾來　含而有待

山越えて　遠津の濱⁴の　石つつじ⁵　わが來るまでに　含みて⁶あり待て⁷

やまこえて　とほつのはまの　いそつつじ　わがくるまでに　ふふみてありまて

1189 大海尓　荒莫吹　四長鳥　居名之湖尓　舟泊左右手

大海に　嵐な吹きそ　しなが鳥⁸　猪名の湊⁹に　舟泊つるまで¹⁰

おほうみに　あらしなふきそ　しながとり　ゐなのみなとに　ふねはつるまで

---

1 網引する : 바다 속에 친 그물을 해안으로 끌어가는 것을 말한다.
2 飽の浦の : 어딘지 알 수 없다.
3 252번가가 변화되어 전송된 1수.
4 遠津の濱 : 어디 있는지 소재지는 알 수 없다.
5 石つつじ : 바위 사이에 핀 철쭉이다.
6 含みて : 꽃봉오리인 채로.
7 あり待て : 계속 기다리고 있으라는 뜻이다.
8 しなが鳥 : 'しなが(시나가)'는 息(오키) 長(나가)과 마찬가지로 논병아리를 말한 것인가.
9 猪名の湊 : 이나(猪名)川을 중심으로 하는 일대를 말한다. 兵庫縣 伊丹市 일대.
10 泊つるまで : 원문 '左右手'는 '마(완전)'한 손(테), 따라서 '마데'라고 읽는다.

1187 그물을 끄는/ 어부로 볼 것인가/ 아쿠(飽)의 포구의/ 깨끗한 바위 해안/ 보고 온 나인
것을

🌸 해설

사람들은 나를 고기잡이 그물을 끄는 어부로 볼 것인가. 아쿠(飽)포구의 깨끗한, 바위가 많은 해안을
보고 온 나인데라는 내용이다.

> **좌주** 위의 1수는 카키노모토노 아소미 히토마로(柿本朝臣人麿)의 가집에 나온다.

1188 (야마코에테)/ 토오츠(遠津)의 해변의/ 바위 틈 철쭉/ 내가 올 때까지는/ 봉오리로 기다리게

🌸 해설

산을 넘어 멀리서 온다고 하는 뜻의 토오츠(遠津) 해변의 바위 사이의 철쭉은 피어서 져버리지 말고
내가 올 때까지 봉오리인 채로 그대로 기다리고 있어다오라는 내용이다.
그 지방 여성이 다른 남성을 만나는 일이 없이 그대로 자신을 기다려 달라는 내용으로도 볼 수 있다.
'山越えて'는 산을 넘어 '멀리(遠)'에서 '遠津'을 상투적으로 수식하는 枕詞다.

1189 넓은 바다에/ 거친 바람 불지 마/ (시나가토리)/ 이나(猪名)의 항구에다/ 배를 맬 때까지는

🌸 해설

넓은 바다에 거친 바람은 불지 말아다오. 논병아리 암수가 나란히 있다고 하는 뜻을 이름으로 한 이나
(猪名) 항구에 배를 맬 때까지는이라는 뜻이다.
しなが鳥는 암수가 '率(이)る' 또는 '居竝ぶ(이나라부)'의 뜻으로 지명 이나(猪名)를 상투적으로 수식하는
枕詞다. '居竝ぶ(이나라부)'의 '이나'가 지명 '이나(猪名)'와 발음이 같으므로 이렇게 노래하였대渡瀬昌忠,
『萬葉集全注』7, p.102]. 1140번가 참조.

1190 舟盡　可志振立而　盧利爲　名子江乃濱邊　過不勝毳

舟泊てて　戕¹柯振り立てて²　盧せむ　名子江³の濱邊　過ぎかてぬ⁴かも

ふねはてて　かしふりたてて　いほりせむ　なごえのはまへ　すぎかてぬかも

1191 妹門　出入乃河之　瀬速見　吾馬爪衝　家思良下

妹が門　出入の川⁵の　瀬をはやみ　わが馬つまづく　家思ふ⁶らしも

いもがかど　いでいりのかはの　せをはやみ　あがまつまづく　いへおもふらしも

1192 白栲尒　丹保布信土之　山川尒　吾馬難　家戀良下

白栲⁷に　にほふ信土⁸の　山川⁹に　わが馬なづむ　家戀ふらしも¹⁰

しろたへに　にほふまつちの　やまがはに　わがうまなづむ　いへこふらしも

---

1 戕柯 : 배를 연결하여 묶는 말뚝이다.
2 振り立てて : 단단히 세워.
3 名子江 : 어딘지 알 수 없다. 名兒海로 들어가는 강인가.
4 過ぎかてぬ : 'ぬ'는 부정을 나타낸다.
5 出入の川 : 出入하는 入川인데 어디에 있는지 알 수 없다.
6 家思ふ : 그리워하는 정 때문에 말이 머뭇거린다는 속신이 있었다.
7 白栲 : 'たへ'는 원래 '栲'로 짠 천. 그것이 변하여 흰 천을 '시로타헤(しろたへ)'라고 하게 되었고 다시 널리 흰색을 말하는 것이 되었다. 여기서는 흰색이다.
8 にほふ信土 : 좋은 흙이라는 뜻의 'ま(馬)土'에서 '信土山'의 지명에 연결된다.
9 山川 : 산과 내를 말한다. 川은 落合川이다.
10 家戀ふらしも : 그리워하는 정 때문에 말이 머뭇거린다는 속신이 있었다.

1190   배를 대어서/ 말뚝 단단히 박아/ 거처로 하자/ 나고(名子)강의 물가를/ 지나갈 수가 없네

✿ **해설**

배를 항구에 대고 배를 연결하여 묶어 둘 말뚝을 단단히 박고 임시 거처로 삼아 잠을 자자. 나고(名子)강의 물가는 너무 좋아서 그냥 지나쳐서 갈 수가 없네라는 내용이다.

1191   (이모가카도)/ 출입하는 이리(入)강의/ 물살 빨라서/ 내 말 멈칫거리네/ 가족들 날 생각나봐

✿ **해설**

아내의 집 문을 출입한다고 하는 뜻을 이름으로 한, 그 이리(入)강의 물살이 빨라서 내가 타고 있는 말은 빨리 나아가지 못하고 멈칫거리고 있네. 아마도 집에 있는 가족이 나를 생각하고 있는 것인가 보다라는 내용이다.

1192   흰색과 같이/ 빛나는 마츠치(信土)의/ 산과 내에서/ 내 말 멈칫거리네/ 가족 날 생각나봐

✿ **해설**

흰색과 같이 빛나는 좋은 흙이라고 하는 뜻을 이름으로 한 마츠치(信土)산과 落合川에서 내가 탄 말이 나아가지를 않고 멈칫거리네. 아마도 가족들이 나를 생각하는가 보다라는 내용이다.

1193　勢能山尒　直向　妹之山　事聽屋毛　打橋渡

背の山[1]に　直に向へる　妹の山[2]　言許せやも[3]　打橋[4]渡す

せのやまに　ただにむかへる　いものやま　ことゆるせやも　うちはしわたす

1194　木國之　狹日鹿乃浦尒　出見者　海人之燎火　浪間從所見

紀の國の　雜賀の浦[5]に　出で見れば　海人の燈火　波の間ゆ[6]見ゆ

きのくにの　さひがのうらに　いでみれば　あまのともしび　なみのまゆみゆ

---

1 背の山 : 紀州路에 있다고 하는 산이다. 35번가 참조.
2 妹の山 : '背の山'과 마주 대하고 있는 산이다. 강 속의 섬이라고도 한다.
3 言許せやも : 남자의 말을 '許せばやも'의 축약.
4 打橋 : 판자를 걸친 임시로 만든 다리다.
5 雜賀の浦 : 和歌山市의 서남쪽이다. 離宮에서 侍宿한 밤의 경치다.
6 波の間ゆ : 'ゆ'는 파도에 가려졌다 보였다 하는 뜻이다.

1193 세(背)의 산하고/ 바로 마주 대하는/ 이모(妹)의 산은/ 말을 받아들였나/ 임시 다리 놓았네

해설

　세(背)산과 바로 마주 대하고 있는 이모(妹)산은, 세(背)산이 찾아오겠다고 하는 구혼의 말을 승낙하여 받아들인 것인가. 세(背)산이 건너 올 수 있도록 이모(妹)산에 판자로 임시로 다리를 만들어 놓았네라는 내용이다.

　세(背)산은 남성 산이고 이모(妹)산은 여성 산이다.

　'打橋渡す'를 全集에서는, '打橋는 판자를 걸쳐서 임시로 만든 다리다. 打橋를 강에 걸치는 것은 남편을 맞아들인다는 허락의 의미였다. 妹背山이 있는 부근은 북쪽의 和泉산맥과 남쪽의 龍門산맥이 紀川에서 끊어지는 곳으로 양쪽 해안이 접근하여 있고 그 사이에 船岡山이라고 하는 川中島가 妹山에 가까이 솟아 있다. 이 船岡山을 打橋로 비유한 것'이라고 하였다[『萬葉集』 2, p.232].

　텍스트에는 1193번가 다음에는, 1209・1210번가, 1208번가, 1211번가에서 1217번가, 1195번가에서 1200번가, 1218번가에서 1222번가, 그리고 1194번가에서 1207번가 순서로 되어 있다. 여러 이본에 작품 순서가 그렇게 바뀌어져 있기 때문이다. 私注・注釋・大系・全注는 바뀐 순서 그대로 따르고 있고 全集은 순서를 바로 잡았다. 여기서도 全集처럼 작품 번호 순서대로 정리하였다.

1194 키노쿠니(紀の國)의/ 사히가(雜賀)의 포구에/ 나가서 보면/ 어부가 밝힌 불이/ 파도 사이 보이네

해설

　키노쿠니(紀の國)의 사히가(雜賀) 포구에 나가서 보면 어부들이 고기가 모여들게 하기 위해 밝힌 불이 파도 사이로 보이네라는 내용이다.

1195　麻衣　着者夏樫　木國之　妹背之山二　麻蒔吾妹

麻衣¹　着ればなつかし²　紀の國の　妹背³の山に　麻蒔く⁴吾妹

あさごろも　きればなつかし　きのくにの　いもせのやまに　あさまくわぎも

左注 右七首⁵者, 藤原卿⁶作. 未審年月.

1196　欲得褁登　乞者令取　貝拾　吾乎沾莫　奥津白浪

包もがと⁷　乞はば取らすと　貝拾ふ　われを濡らすな⁸　沖つ白波

つともがと　こはばとらすと　かひひりふ　われをぬらすな　おきつしらなみ

1　麻衣 : 작자가 입어서 아직 익숙해지지 않은 거친 옷이다.
2　着ればなつかし : 여행길에서 본, 마 종자를 뿌리던 여성을 생각하고 그립게 생각하는 것이다.
3　妹背 : 여성과 자신 사이로 비유된다는 뜻이다.
4　麻蒔く : 마의 씨앗을 뿌리는 것이다.
5　七首 : 1194 · 1195 · 1218~1222의 7수.
6　藤原卿 : 房前인가. 麿라고도 한다.
7　包もがと : '包(츠토)'는 선물이다. 'もが'는 **願望**. 원문은 한문 표기다.
8　濡らすな : 선물 때문에 젖는 것이 유형이다. 역으로 젖게 하지 말라고 해서 흥취를 더한 작품이다.

1195 마로 짠 옷을/ 입으면 그립다네/ 키노쿠니(紀の國)의/ 이모세(妹背)의 산에서/ 마 씨 뿌리
던 처녀

🌸 **해설**

내가 마침 삼베로 짠 옷 입으니 그립게 생각이 나네. 키노쿠니(紀の國)의 이모세(妹背)산에서 마 씨를
뿌리고 있던 그 처녀가라는 내용이다.

이 작품 대해서, 麻衣를 입고 紀伊路를 여행하던 작자가, 이모세(妹背)의 산에서 마 씨앗을 뿌리고 있던
처녀에게 건넨 노래라고 보는 설과, 마 씨앗을 뿌리던 처녀를 회상하여 쓴 작품이라고 보는 설이 있다.

좌주 위의 7수는 후지하라(藤原)경의 작품이다. 아직 연월을 확실히 알 수 없다.
私注에서는, '지금 7수를 보면 1218번가에 大宮人이라는 말이 있으므로 행행 從駕의 작품으로 보이
지만 그중에는 민요풍의 작품도 있고 행행을 神龜 원년(724)이라고 하면 '유라노사키'와 같이 거기에
서 나온 지명도 있다'고 하였다[『萬葉集私注』 4, p.91].
渡瀬昌忠은, '권제7에서 유일하게 작자를 기록한 작품. 다만 작자가 누구인지는 확실하지 않다.
藤原氏 중에서 '卿'(종3위 이상,『속일본기』養老 5년(721) 10월, 太政官處分)으로 불리던 사람으로
는 武智麻呂(南卿), 房前(北卿), 宇合(神龜 원년 정3위), 麻呂[天平 원년(729) 종3위] 4형제를 들
수 있겠다. 그러나 武智麻呂는『萬葉』에 작품이 1수도 없으므로(代匠記) 맞지 않고, 뒤에서 논하
겠지만 神龜 원년 10월의 紀伊 행행 때의 작품이라고 하면 宇合은 鎮狄장군으로 도읍에도 있지
않았다. 그러면 房前(代匠記)이나 麻呂(全註釋)가 될 것이다. 麻呂가 종3위가 된 것은 天平 원년으
로 房前이 다소 유리한가(古典全集) 하는 설도 있지만 후의 追記도 있을 수 없는 것도 아니므로
두 사람 중의 누구라고 단정할 수는 없다'고 하였다[『萬葉集全注』 7, pp.170~171].

1196 선물 달라고/ 말하면 주어야지/ 조가비 줍자/ 나를 젖게 하지 마/ 바다의 흰 파도여

🌸 **해설**

선물을 달라고 하면 주려고 생각해서 조개껍질을 줍고 있는 나를 젖게 하지 말아다오. 바다의 흰 파도여
라는 내용이다.

가사에 지명이 보이지 않지만 바닷가에서 도시 사람이 지은 것이다.

1197　手取之　柄二忘跡　礒人之曰師　戀忘貝　言二師有來

手に取るが　から¹に忘ると　礒人のいひし　戀忘貝　言にしありけり²

てにとるが　からにわすると　あまのいひし　こひわすれがひ　ことにしありけり

1198　求食爲跡　礒二住鶴　曉去者　濱風寒弥　自妻喚毛

求食りすと　礒に住む鶴　明けされば³　濱風寒み　己妻呼ぶも

あさりすと　いそにすむたづ　あけされば　はまかぜさむみ　おのづまよぶも

1199　藻苅舟　奥榜來良之　妹之嶋　形見之浦尒　鶴翔所見

藻苅舟⁴　沖漕ぎ來らし⁵　妹が島⁶　形見の浦⁷に　鶴翔る見ゆ

めかりぶね　おきこぎくらし　いもがしま　かたみのうらに　たづかけるみゆ

---

1 **から** : 까닭, 이유.
2 **言にしありけり** : 말뿐인 것.
3 **明けされば** : 날이 밝아 오면이라는 뜻이다.
4 **藻苅舟** : 해초를 따는 배. '藻'는 'も'로 주로 읽힌다.
5 **沖漕ぎ來らし** : 학이 어지럽게 흩어지는 것을 보면이라는 내용이다.
6 **妹が島** : 和歌山市 북쪽, 友島인가.
7 **形見の浦** : 加太 포구인가. 다만 友島와는 다른 지역이다.

1197 손에 잡으면/ 곧 잊어버린다고/ 어부가 말했던/ 사랑 지우는 조개/ 말뿐이었던 듯하네

🌸 **해설**

손에 잡기만 하면, 사랑 때문에 당해야 하는 고통을 곧 잊어버리게 된다고 어부가 말했던 사랑 잊는 조개는 말뿐이었던 듯하네라는 내용이다.

어부 말대로 조개껍질을 손에 잡아 보았지만 사랑의 고통은 없어지지 않고 여전히 남아 있으므로 효과가 없고 이름만 그럴 뿐이라고 말한 것이다.

全集에서는 'からに'에 대해, '원인은 미미하지만 그 결과가 큰 경우에 사용한다'고 하였다[『萬葉集』 2, p.233].

1198 먹이 찾으려/ 물가에 사는 학은/ 날이 밝으면/ 해변 바람 차가워/ 자기 짝을 부르네

🌸 **해설**

먹이를 찾느라고 물가에 살고 있는 학은 날이 밝으면 해변 바람이 차가우므로 자기 짝을 부르며 울고 있네라는 내용이다.

1199 해초 따는 배/ 바다 저어 오는 듯/ 이모(妹)의 섬의/ 카타미(形見)의 포구에/ 학 나는 것 보이네

🌸 **해설**

해초를 따는 어부의 배가 바다를 저어서 오는 듯하네. 바다의 이모(妹)섬의 카타미(形見)의 갯벌에 학들이 나는 것이 보이네라는 내용이다.

1200　吾舟者　從奧莫離　向舟　片待香光　從浦榜將會

わが舟は　沖ゆな離り¹　迎へ舟²　片待ちかてり³　浦ゆ漕ぎ會はむ

わがふねは　おきゆなさかり　むかへぶね　かたまちかてり　うらゆこぎあはむ

1201　大海之　水底豊三　立浪之　將依思有　礒之清左

大海の　水底とよみ　立つ波の　寄せむと思へる⁴　礒の清けさ

おほうみの　みなそことよみ　たつなみの　よせむともへる　いそのさやけさ

1202　自荒礒毛　益而思哉　玉之裏　離小嶋　夢石見

荒礒ゆも　まして思へか⁵　玉の浦⁶の　離れ小島⁷の　夢にし見ゆる

ありそゆも　ましてしのへか　たまのうらの　はなれこしまの　いめにしみゆる

1　離り: 해안으로부터 멀리는 저어 나가지 말라는 뜻이다.
2　迎へ舟: 큰 배를 향해, 그 배에 탄 사람들을 맞이하러 가는 작은 배를 말한다.
3　待ちかてり: 'かてり'는 'かて(不得:할 수 없음)'로 있는 것이다. 즉 할 수 없는 것이다.
4　思へる: 바위가 시원한 이유.
5　思へか: 생각하므로.
6　玉の浦: 和歌山縣 東牟婁郡 那智勝浦町의 入海.
7　離れ小島: 바다로 들어가는 입구 쪽의 작은 섬이다.

1200   내가 탄 배는/ 바다로 가지 말게/ 맞이하는 배/ 기다리기 힘드니/ 포구 쪽 가서 만나게

🌸 **해설**

　내가 탄 배는 바다 쪽으로 멀리 노를 저어서 가지 말게나. 우리를 맞이하려는 작은 배는 포구에서 기다리기 힘들어 하고 있네. 포구 쪽으로 저어가서 맞이하려는 작은 배와 만나자라는 내용이다.

　'片待ちかてり'를 中西 進은, 배가 작자를 기다리는 것으로 해석하였는데, 私注·注釋·大系·全集·全注에서는 작자가 작은 배를 기다리고 있는 것으로 해석을 하였다.

1201   넓은 바다의/ 바닥까지 울리며/ 이는 파도가/ 밀려올 것만 같은/ 해변 시원함이여

🌸 **해설**

　넓은 바다의 밑바닥까지 울리며 일어나는 파도가 밀려올 것이라고 생각될 정도로 이 해변이 맑고 시원스럽구나라는 내용이다.

1202   돌 해변보다/ 더 많이 생각했나/ 타마(玉)의 포구의/ 먼 곳의 작은 섬이/ 꿈에까지 보였네

🌸 **해설**

　깨끗한 바위가 많은 해변보다 더 많이 마음이 끌렸던 것인가. 타마(玉) 포구 해안에서 떨어진 곳에 있는 바다 가운데의 작은 섬이 꿈에까지 보였네라는 내용이다.

　'離れ小島'를 아내 또는 마음속에 있는 여성으로 해석한 경우도 있다.

1203　礒上尓　爪木折燒　爲汝等　吾潛來之　奧津白玉

　　　礒の上に　爪木[1]折り焚き　汝がためと　わが潛き來し　沖つ白玉[2]

　　　いそのうへに　つまきをりたき　ながためと　わがかづきこし　おきつしらたま

1204　濱淸美　礒尓吾居者　見者　白水郎可將見　釣不爲尓

　　　濱淸み　礒にあが居れば　見る者[3]は　白水郎とか見らむ[4]　釣もせなくに[5]

　　　はまきよみ　いそにあがをれば　みるひとは　あまとかみらむ　つりもせなくに

1205　奧津梶　漸々志夫乎　欲見　吾爲里乃　隱久惜毛

　　　沖つ楫　漸々しぶ[6]を　見まく欲り　わがする里の　隱らく惜しも[7]

　　　おきつかぢ　やくやくしぶを　みまくほり　わがするさとの　かくらくをしも

1　爪木：端木. 나무 끝 쪽 잔가지.
2　沖つ白玉：'沖'은 '奧'. 여기서는 바다 밑을 말한다. 白玉은 진주다.
3　見る者：원문 '者'를 '히토'로 읽은 예는 이 작품뿐이다.
4　白水郎とか見らむ：2562·1187번가에도 같은 내용이 있다.
5　釣もせなくに：제4구로 돌아간다.
6　漸々しぶ：'漸々'은 첨차로. '漸々しぶ'는 '漸々'의 動詞化라고 한다(全註釋).
7　隱らく惜しも：해가 질 때 시간이 맞지 않아 볼 수 없다는 뜻인가.

1203 바위 위에다가/ 나무 꺾어 불 피워/ 그대 위하여/ 내가 잠수해 따 온/ 바다 밑의 진주여

❀ 해설

바위 위에, 손으로 나무 가지를 꺾어 불을 피워서는 몸을 따뜻하게 하고, 그대를 위하여 내가 물속에 들어가 따가지고 온 바다 밑의 진주여라는 내용이다.

'爪木'을 全集에서는 中西 進과 마찬가지로 '爪'를 '端'의 뜻인가 하였다『萬葉集』 2, p.234]. 注釋·大系·全注에서는 '爪'의 뜻을 그대로 해석하여 '손톱 끝으로 꺾는 잔가지'로 해석을 하였다. 땔감으로 하는 잔가지라는 점에서는 같다.

1204 해안 깨끗해/ 물가에 내가 있으면/ 보는 사람은/ 어부라고 보겠지/ 낚시도 안 하는데

❀ 해설

해안이 맑고 깨끗해서 바위가 많은 해안에 내가 있으면 보는 사람은 아마도 나를 어부라고 보겠지. 낚시도 하고 있지 않은데라는 내용이다.

1205 배를 젓는 노/ 힘 점점 빠지는데/ 보고 싶다고/ 내가 생각한 마을/ 숨은 것이 아쉽네

❀ 해설

바다에서 배를 젓는 노의 힘도 점점 빠져서 둔해져 가네. 그런데 보고 싶다고 내가 생각을 했던 마을이 보이지 않게 된 것이 아쉽네라는 내용이다.

'漸々志夫乎'는 뜻이 명확하지 않다. 注釋·大系·全集에서는 中西 進과 같이 '노 젓는 힘이 약해져서 배의 진행이 느려진 것'으로 해석하였다. 私注에서는 'しばしばしつまを'로 읽고 '계속 노를 젓는 것처럼 계속 아내를 보고 싶다'로 해석을 하였다『萬葉集私注』 4, p.96]. 渡瀬昌忠은 'やくやくしぶを'로 읽고 '노를 젓는 것이 점점 익숙해졌는데'로 해석하였다『萬葉集全注』 7, p.181].

1206 奧津波　部都藻纏持　依來十方　君尓益有　玉將緣八方 [一云, 奧津浪　邊浪布敷　緣來登母]

沖つ波　邊つ藻卷き持ち　寄せ來とも　君[1]にまされる　玉寄せめやも[2] [一は云はく, 沖つ波　邊波しくしく[3]　寄せ來とも[4]]

おきつなみ　へつもまきもち　よせくとも　きみにまされる　たまよせめやも [あるはいはく, おきつなみ　へなみしくしく　よせくとも]

1207 粟嶋尓　許枳將渡等　思鞆　赤石門浪　未佐和來

粟島[5]に　漕ぎ渡らむと　思へども　明石の門波[6]　いまだ騒けり

あはしまに　こぎわたらむと　おもへども　あかしのとなみ　いまださわけり

1208 妹尓戀　余越去者　勢能山之　妹尓不戀而　有之乏左

妹に戀ひ　わが越え行けば　背の山の　妹に戀ひずて[7]　あるが羨しさ

いもにこひ　わがこえゆけば　せのやまの　いもにこひずて　あるがともしさ

---

1 君 : 윗사람.
2 玉寄せめやも : 강한 부정의 뜻을 지닌 의문이다.
3 波しくしく : 敷く敷く. 계속 반복하여.
4 이 작품은 一云이 민요의 원형이다. 그것을 바탕으로 한 관료의 노래인데 앞부분을 고친 것이다.
5 粟島 : 淡路島를 말한 것일까.
6 門波 : 'と'는 좁은 곳이다.
7 戀ひずて : '戀'은 함께 있지 않는 것을 찾는 마음이다.

1206   바다 파도가/ 해안 해초 감아서/ 밀려서 와도/ 그대보다 뛰어난/ 구슬을 가져올까

　　　[어떤 책에는 말하기를, 바다 파도와/ 해안 파도가 계속/ 밀려서 와도]

✿ 해설

　　바다의 파도가 해안의 해초를 감아 가지고 밀려서 온다고 해도 그대보다 뛰어난 구슬을 가져올 수가 있을깨어떤 책에는 말하기를, 바다의 파도와 해안의 파도가 계속 밀려서 와되라는 내용이다.
　　상대방을 가장 훌륭한 구슬에 비유하고 그런 구슬은 어디서도 얻을 수 없다고 말한 것이다.

1207   아하(粟)섬으로/ 저어 건너가려고/ 생각하지만/ 아카시(明石) 해협 파도/ 아직도 거세구나

✿ 해설

　　아하(粟)섬으로 배를 타고 노를 저어서 건너가려고 생각하지만 아카시(明石)해협에는 파도가 아직도 거세게 부딪치고 있네라는 내용이다.

1208   그녀 그리며/ 내가 넘어서 가면/ 세(背)의 산이요/ 아내 그리지 않고/ 있는 것이 부럽네

✿ 해설

　　사랑하는 그녀를 생각하는 마음에 괴로워하면서 내가 산길을 넘어서 가면 세(背)산이 이모(妹)산과 함께 있어서 사랑 때문에 괴로워하지 않고 있는 것이 부럽네라는 내용이다.

1209　人在者　母之最愛子曾　麻毛吉　木川邊之　妹与背山

　　　人ならば　母の最愛子そ　あさもよし　紀の川の邊の　妹と背の山¹

　　　ひとならば　ははのまなごそ　あさもよし　きのかはのへの　いもとせのやま

1210　吾妹子尓　吾戀行者　乏雲　並居鴨　妹与勢能山

　　　吾妹²子に　わが戀ひ行けば　羨しくも　竝び居るかも　妹と背の山

　　　わぎもこに　あがこひゆけば　ともしくも　ならびをるかも　いもとせのやま

1211　妹當　今曾吾行　目耳谷　吾耳見乞　事不問侶

　　　妹があたり　今そわが行く　目のみだに³　われに見えこそ⁴　言問はずとも⁵

　　　いもがあたり　いまそわがゆく　めのみだに　われにみえこそ　こととはずとも

1　1209번가 이하 작품의 순서는 **紀州本**을 따른다.
2　**妹**: 이모(妹)산에 흥을 느껴서 부르는 것이다.
3　**目のみだに**: 이모(妹)산은 눈에 보이지 않는다.
4　**われに見えこそ**: 願望.
5　**紀州本**에는 이 작품이 1208번가 다음에 배열되어 있다.

1209 사람이라면/ 어미 소중한 자식/ (아사모요시)/ 키(紀)川을 따라 있는/ 이모(妹)산과 세(背)의 산

![해설]

만약 사람이라면 어머니의 가장 소중한 자식이겠지. 삼베옷이 유명한 그 키(紀伊) 지역의 紀를 이름으로 한 키(紀)川을 따라서 있는 이모(妹)산과 세(背)산은이라는 내용이다.

'あさもよし'는 '紀'를 상투적으로 수식하는 枕詞다. 全集에서는, '특산품 麻裳으로 유명하다는 뜻이다. 紀伊가 마 생산지로 알려졌는데 그 裳이 특히 유명하였으므로 말한 것이다'고 하였다[『萬葉集』 2, p.235].

中西 進은 1209번가 이하 작품의 순서는 紀州本을 따랐는데, 그렇게 되면 노래 번호 순서가 바뀌게 되는 것이 많으므로 번호 순서대로 맞추어서 정리하였다.

1210 귀여운 그녀/ 내가 그리며 가면/ 부러웁게도/ 나란히 있는 건가/ 이모(妹)산과 세(背)산은

![해설]

사랑스러운 그녀를 내가 그리워하면서 여행을 하고 있으면 부럽게도 나란히 있네. 이모(妹)산과 세(背)산은이라는 내용이다. 산도 남녀가 함께 있는데 자신은 외롭게 여행하고 있음을 노래한 것이다.

1211 그녀 집 근처를/ 지금 내가 지나네/ 눈으로만도/ 내게 보여주게나/ 말은 하지 않아도

![해설]

그녀 집 근처를 지금 내가 지나가고 있네. 그러니 눈으로 보기만 할 수 있어도 좋으니 그대는 나에게 모습을 보여주게나. 말은 하지 않아도 좋으니라는 내용이다.

이모(妹)산을 지나가면서 산 이름에 '이모(妹)'가 있으므로 즉흥적으로 읊은 것이라 생각된다.

1212　足代過而　絲鹿乃山之　櫻花　不散在南　還來万代

　　　　足代過ぎて[1]　糸鹿の山の　櫻花　散らずもあらなむ　還り來るまで

　　　　あてすぎて　いとかのやまの　さくらばな　ちらずもあらなむ　かへりくるまで

1213　名草山　事西在來　吾戀　千重一重　名草目名國

　　　　名草山[2]　言にしありけり[3]　わが戀ふる　千重の一重も　慰めなくに

　　　　なぐさやま　ことにしありけり　わがこふる　ちへのひとへも　なぐさめなくに

1214　安太部去　小爲手乃山之　眞木葉毛　久不見者　蘿生尒家里

　　　　安太[4]へ行く　小爲手の山[5]の　眞木[6]の葉も　久しく見ねば　蘿生[7]しにけり

　　　　あだへゆく　をすてのやまの　まきのはも　ひさしくみねば　こけむしにけり

1　足代過ぎて : '足代 다음의'라고 하는 정도의 길을 갈 때의 관용구인가.
2　名草山 : 和歌山市 紀三井寺가 있는 산이다.
3　言にしありけり : 말뿐이라는 뜻이다.
4　安太 : 和歌山縣 有田市.
5　小爲手の山 : 어디에 있는지 알 수 없다.
6　眞木 : 훌륭한 나무라는 뜻으로 삼목·회목 등을 말한다. 어린 나무의 잎이 인상적이었던 것인가.
7　蘿生 : 고목이 되어 이끼도 끼었다.

1212 아테(足代) 지나 온/ 이토카(糸我)산에 있는/ 벚나무꽃아/ 지지 말고 있어다오/ 돌아올
　　　때까지는

🌸 **해설**

　　아테(足代)를 지나서 온 이 이토카(糸我)산의 벚꽃이여. 너는 지지 말고 그대로 있어다오. 내가 다시
돌아올 때까지라는 내용이다.
　　'糸鹿の山'을 大系에서는, '和歌山縣 有田市 糸我町의 남쪽에 있는 산'이라고 하였다『萬葉集』 2,　p.224].

1213 나구사(名草)산은/ 말뿐인 것 같네요/ 내 사랑 고통/ 천 겹 중의 한 겹도/ 위로를 하지
　　　않네

🌸 **해설**

　　나구사(名草)산이라는 이름은 말뿐인 것 같고 아무 효험이 없네. 내가 사랑으로 인해 받는 고통의 천
분의 일도 위로를 해주지 않는 것을 보면이라는 내용이다.
　　산 이름 '나구사(名草)'는 '위로하다'의 일본어 'なぐさめる(慰める)'의 '나구사'와 발음이 같으므로 이렇게
표현한 것이다.
　　全集에서는 '慰めなくに'의 'なくに'를 '여기서는 역접에서 영탄적 종지에 가깝다'고 하였다『萬葉集』 2,
p.236].

1214 아다(安太)로 가는/ 오수테(小爲手)산에 있는/ 멋진 나무 잎/ 오래도록 못 보니/ 이끼가
　　　끼어 있네

🌸 **해설**

　　아다(安太)로 가는 도중에 있는 오수테(小爲手)산의 어렸던 멋진 나무의 잎도 오래도록 보지 못했는데
지금은 이미 고목이 되어 나무에 이끼가 끼어 있네라는 내용이다.

1215　玉津嶋　能見而伊座　靑丹吉　平城有人之　待問者如何

玉津島　よく見ていませ　あをによし[1]　平城なる人の　待ち問はばいかに[2, 3]

たまつしま　よくみていませ　あをによし　ならなるひとの　まちとはばいかに

1216　塩滿者　如何將爲跡香　方便海之　神我手渡　海部未通女等

潮滿たば　いかにせむとか[4]　方便海[5]の　神が手[6]わたる　海未通女ども

しほみたば　いかにせむとか　わたつみの　かみがてわたる　あまをとめども

1　**あをによし**：奈良의 美稱이다. '靑土'가 좋다는 뜻인가.
2　**待ち問はばいかに**：도읍에 대항하는 느낌이다. 답하기 곤란할 것이라는 뜻은 아니다.
3　이 노래는 유녀의 작품인가.
4　**いかにせむとか**：어떻게 하려고 한 것인가라는 뜻이다.
5　**方便海**：무슨 뜻인지 알 수 없다. 'わたつみ'는 원래 **海神**인데, 바뀌어 바다라는 뜻이 되었다.
6　**神が手**：암초를 비유한 것이다.

1215 타마츠(玉津)섬을/ 잘 보고 가시지요/ 푸른 흙 좋은/ 나라(奈良)의 도시 사람/ 묻는다면 어쩔래요

해설

타마츠(玉津)섬을 잘 보고 가시지요 푸른 흙이 좋은 나라(奈良)의 도시 사람이 기다리고 있다가 물으면 어떻게 대답을 하겠습니까라는 내용이다.

그 지역 여성이 여행객인 남성에게 노래한 것이다. 그러므로 '平城なる人の'는 奈良에 있는 여행객의 아내를 말한 것이겠다.

全集에서는 타마츠(玉津島)섬을, '和歌山市 남부의 雜賀野의 離宮에서 보이는 섬을 말한다. 현재의 新和歌浦 일대는 그 당시는 바다로 權現山, 船頭山, 妙見山, 雲蓋山, 奠供山, 鏡山, 妹背山 등 작은 산들은 바다의 섬이었다'고 하였다『萬葉集』 2, p.514].

1216 밀물이 되면/ 어떻게 하려는가/ 넓은 바다의/ 신의 손을 건너는/ 해녀 아가씨들은

해설

밀물이 되면 어떻게 하려고 바다신의 손 같은 암초를 건너고 있는 것인가. 해녀 아가씨들은이라는 내용이다.

썰물 때 드러난 암초들을 건너다니면서 조개 등을 따고 있는 해녀아가씨들을 보면서 밀물이 되어 암초가 물에 잠기게 되면 어쩌나 하는 마음을 노래한 것이다.

大系에서는 '海未通女'를, '아가씨 해녀. 未通女라고 하는 표기는 중국의 고문헌에는 없는 것 같다. 아마도 일본에서 만든 숙어로 남자가 아직 찾아오지 않은, 나이가 어린 여자라는 뜻. 未通의 通은 이른바 '관계하다'는 뜻이 아니라 남자가 '찾아온다'는 뜻으로 당시 일본의 결혼제도를 반영한 문자 사용일 것이다'고 하였다『萬葉集』 2, p.222]. 1186번가에도 나온다.

1217　玉津嶋　見之善雲　吾無　京徃而　戀慕思者

　　　　玉津島　見てし善けく¹も　われは無し　都に行きて　戀ひまく²思へば

　　　　たまつしま　みてしよけくも　われはなし　みやこにゆきて　こひまくおもへば

1218　黒牛乃海　紅丹穂経　百礒城乃　大宮人四　朝入爲良霜

　　　　黒牛の海³　紅にほふ⁴　ももしきの⁵　大宮人し　漁すらしも

　　　　くろうしのうみ　くれなゐにほふ　ももしきの　おほみやびとし　あさりすらしも

1217 타마츠(玉津)섬을/ 본 것이 좋은 것도/ 내겐 아니네/ 도읍으로 돌아가/ 그릴 것을 생각하면

✿ 해설

타마츠(玉津)섬을 본 것이 꼭 내게 좋은 것만은 아닌 것 같네. 도읍으로 돌아가 타마츠(玉津)섬을 그리워 하게 될 것을 생각하면이라는 내용이다.

타마츠(玉津)섬이 너무 아름답고 좋은 것을 이렇게 표현한 것이다. '海未通女'에 대해서는 1216번가의 해설에서 설명하였다.

1218 쿠로우시(黑牛) 바다는/ 붉게 빛나고 있네/ (모모시키노)/ 궁중의 관료들이/ 식재료 찾는 가봐

✿ 해설

쿠로우시(黑牛)의 검은 바다는 궁중의 여성 관료들이 입은 붉은 치마로 인해서 붉게 빛나고 있네. 훌륭한 궁궐에서 근무하는 여성 관료들이 음식 재료로 조개를 줍고 해초를 따고 있는가 보다라는 내용이다.

쿠로우시(黑牛)에 '黑'자가 들어 있으므로 바다가 검은 것으로 가정하고, 이것을 여성 관료들이 입은 붉은 치마로 빛난다고 하였다. 흑과 홍의 대비가 강렬하다.

제1구가 7음절로 되어 있다. 大宮人으로 보아 행행과 관련된 작품인 것을 알 수 있다.

'ももしきの(百磯城)'는 많은 돌로 견고하게 한 울타리라는 뜻으로 堅牢를 비유한 표현이다. 옛날에는 궁전에 돌을 사용하지 않았으며 天智천황 이후의 새로운, 중국·한국풍의 건물 관념에 의한 표현이다(中西 進『萬葉集』1, p.64. 29번가의 주20 참조).

1219 若浦尓　白浪立而　奥風　寒暮者　山跡之所念

和歌の浦に　白波立ちて[1]　沖つ風　寒き暮は　倭し思ほゆ

わかのうらに　しらなみたちて　おきつかぜ　さむきゆふへは　やまとしおもほゆ

1220 爲妹　玉乎拾跡　木國之　湯等乃三埼二　此日鞍四通

妹がため　玉を拾ふと　紀の國の　由良の崎[2]に　この日暮らしつ

いもがため　たまをひりふと　きのくにの　ゆらのみさきに　このひくらしつ

1221 吾舟乃　梶者莫引　自山跡　戀來之心　未飽九二

わが舟の　楫はな引き[3]そ　倭より　戀ひ來し心　いまだ飽かなくに

わがふねの　かぢはなひきそ　やまとより　こひこしこころ　いまだあかなくに

---

1 **白波立ちて**：낮 동안의 아름다운 풍경이 바뀌어 황량하게 된다.
2 **由良の崎**：지금의 **由良港(和歌山縣 日高郡)**의 곳이다.
3 **楫はな引き**：노를 움직이는 것이다.

1219 　와카(和歌)의 포구에/ 흰 파도가 일고요/ 바다 바람이/ 차가운 저녁에는/ 야마토(大和)가
　　　생각나네

❀ 해설

　와카(和歌)의 포구에 흰 파도가 일어나고 바다 쪽에서 바람이 차갑게 불어오는 저녁에는 야마토(大和)가
생각나네라는 내용이다.
　앞의 작품이 '黑牛の海'의 낮의 눈부신 장면을 노래한 것이라면 이 작품은 저녁의 와카(和歌)포구를
통해 여수를 노래한 것이다. '和歌の浦'는 和歌山市 和歌浦다.

1220 　아내를 위해/ 조약돌 주우려고/ 키노쿠니(紀の國)의/ 유라(由良)항의 곳에서/ 오늘을 보내
　　　었네

❀ 해설

　집에 있는 사랑하는 아내에게 선물을 하기 위하여 예쁜 조약돌을 주우려고 키노쿠니(紀の國)의 유라(由
良)곳에서 오늘 하루를 다 보내어 버렸네라는 내용이다.
　물에서 조약돌을 줍는 재미를 노래한 것이다.

1221 　내가 탄 배의/ 노를 젓지 말게나/ 야마토(大和)에서/ 그리워하며 온 맘/ 아직 만족 못
　　　했으니

❀ 해설

　내가 타고 있는 이 배의 노를 젓지 말아서 배를 잠시 멈추어 두게나. 야마토(大和)에서 이곳을 보고
싶다고 그리워하면서 온 마음이 아직 충분히 만족하지 못했으니라는 내용이다.
　그러니 충분히 만족할 수 있도록 더 볼 수 있게 배를 잠시 멈추라는 것이다.

1222　玉津嶋　雖見不飽　何爲而　裹持將去　不見人之爲

玉津島　見れども飽かず　いかにして　包み¹持ち行かむ　見ぬ人のため

たまつしま　みれどもあかず　いかにして　つつみもちゆかむ　みぬひとのため

1223　綿之底　奧己具舟乎　於邊將因　風毛吹額　波不立而

海の底²　沖漕ぐ舟を　邊に寄せむ　風も吹かぬか³　波立てずして

わたのそこ　おきこぐふねを　へによせむ　かぜもふかぬか　なみたてずして

1 包み : 선물이다. '츠토'라고도 한다. 그런데 풍경은 담아서 갈 수가 없다.
2 海の底 : 海底를 바다의 '奧(오키)'라고 하며 '沖'에 이어진다.
3 風も吹かぬか : 願望. 다가갔으면 좋겠지만 파도가 일어서 곤란하다는 뜻이다.

1222　타마츠(玉津島)섬을/ 보아도 질리잖네/ 어떻게 해서/ 싸가지고 가야 하나/ 못 본 사람 위하여

✿ **해설**

　　타마츠(玉津島)섬을 아무리 보아도 싫증이 나지 않네. 이렇게 아름다운 경치를 어떻게 해서 싸가지고 가면 좋을까. 이 풍경을 보지 않은 사람을 위하여라는 내용이다.

　　타마츠(玉津島)섬의 무척 아름다운 풍경을 다른 사람들에게도 보여주고 싶은 마음을 노래하였다.

　　全集에서는 타마츠(玉津島)섬을, '和歌山市 남부의 雜賀野의 離宮에서 보이는 섬을 말한다. 현재의 新和歌浦 일대는 그 당시는 바다였으며, 權現山, 船頭山, 妙見山, 雲蓋山, 奠供山, 鏡山, 妹背山 등 작은 산들은 바다의 섬이었다'고 하였다[『萬葉集』 2, p.514].

1223　(와타노소코)/ 바다를 젓는 배를/ 해안에다 댈/ 바람도 안 부는가/ 파도는 일게 말고

✿ **해설**

　　깊은 바다 가운데 쪽을 지나가는 배를 해안 쪽으로 데려다 줄 바람이 불어주지 않는 것인가. 파도를 일으키는 일이 없어라는 내용이다.

　　바람이 불어 파도가 일므로 해안으로 가기가 힘이 들자 파도는 일으키지 말고 해안으로 배가 쉽게 도착할 수 있도록 불어주는 바람은 없는 것인가 하고 노래한 것이다. 이 작품은 배를 타고 있는 사람의 작품으로도, 해안에서 기다리고 있는 사람의 작품으로도 볼 수 있다. 私注와 全集에서는 작자가 해안 쪽에 있다고 보았다. 渡瀬昌忠은 '배(남성)를 해안에서 기다리는 여성의 작품'이라고 하였다[『萬葉集全注』 7, p.185].

1224　大葉山　霞蒙　狹夜深而　吾船將泊　停不知文

大葉山¹　霞²たなびき　さ夜深けて³　わが船泊てむ　泊知らずも

おほばやま　かすみたなびき　さよふけて　わがふねはてむ　とまりしらずも

1225　狹夜深而　夜中乃方尒　鬱之苦　呼之舟人　泊兼鴨

さ夜深けて　夜中⁴の方に　おほほしく⁵　呼びし舟人　泊てにけむかも

さよふけて　よなかのかたに　おほほしく　よびしふなひと　はてにけむかも

1226　神前　荒石毛不所見　浪立奴　從何處將行　与奇道者無荷

神が崎⁶　荒磯⁷も見えず　波立ちぬ　何處ゆ行かむ　避道⁸は無しに

みわがさき　ありそもみえず　なみたちぬ　いづくゆゆかむ　よきぢはなしに

1　大葉山 : 어딘지 알 수 없다. 紀伊, 近江으로 보는 설이 있다. 1732번가와 같은 작품으로 이미 소재를 알
　수 없는 채로 전송된 것인가.
2　霞 : 밤안개다.
3　さ夜深けて : 한밤중을 말한다.
4　夜中 : 近江高島 지역. 한밤중의 갯벌이라는 설도 있다.
5　おほほしく : '오보(朧)'의 疊語. 鬱・悒. 마음이 울적한 것이다.
6　神が崎 : 和歌山縣 新宮市 三輪崎町.
7　荒磯 : 'ありは'로 훈독한 경우도 있다.
8　避道 : 피해서 가는 길이다.

1224 오호바(大葉)산엔/ 밤안개가 끼어서/ 밤도 깊은데/ 우리 배 정박시킬/ 항구를 알 수 없네

해설

오호바(大葉)산에는 밤안개가 끼고 밤도 점점 깊어 가는데 우리가 탄 배를 정박시킬 항구를 알 수 없는 것이네라는 내용이다.

渡瀨昌忠은 '大葉山'을 '近江國(滋賀縣) 琵琶湖의 서쪽 해안의 산 이름인가'라고 하였다[『萬葉集全注』7, p.186].

1225 밤도 깊은데/ 요나카(夜中) 방면에서/ 어렴풋하게/ 부르던 선원들도/ 정박하고 있을까

해설

밤도 깊었는데 요나카(夜中) 방면에서 어렴풋하게 부르던 소리가 들리던 선원들도 지금은 어느 항구엔가 배를 정박시키고 있을까라는 내용이다.

이제는 부르던 소리가 들리지 않는 것을 보니 그렇게 생각된다는 것이다.

1226 미와가(神)곶은/ 바위 안 보일 정도/ 파도가 이네/ 어디로 해서 갈까/ 피할 길도 없는데

해설

미와가(神)곶은 거친 바위들도 보이지 않을 정도로 파도가 치고 있네. 어디로 해서 가야 하는가. 피해서 돌아갈 길도 없는데라는 내용이다.

파도는 세게 치는데 갈 길은 알 수 없어 불안한 마음을 노래한 것이다.

1227　礒立　奥邊乎見者　海藻苅舟　海人榜出良之　鴨翔所見

　　　礒に立ち　沖邊を見れば　海藻苅舟[1]　海人漕ぎ出らし　鴨翔る[2]見ゆ[3]

　　　いそにたち　おきへをみれば　めかりぶね　あまこぎづらし　かもかけるみゆ

1228　風早之　三穂乃浦廻乎　榜舟之　船人動　浪立良下

　　　風早の　三穂[4]の浦廻を　漕ぐ舟の　舟人さわく　波立つら[5]しも[6]

　　　かざはやの　みほのうらみを　こぐふねの　ふなびとさわく　なみたつらしも

1229　吾舟者　明旦石之湖尒　榜泊牟　奥方莫放　狹夜深去來

　　　わが舟は　明石の湖[7]に　漕ぎ泊てむ　沖へな放り　さ夜深けにけり[8]

　　　わがふねは　あかしのみとに　こぎはてむ　おきへなさかり　さよふけにけり

1　**海藻苅舟**：해초를 따는 배. '藻'는 'も'로 주로 읽힌다.
2　**鴨翔る**：놀라서 날다. 종지형이다.
3　이 작품과 비슷한 작품으로 1199번가가 있다.
4　**三穂**：和歌山縣의 三尾.
5　**波立つら**：'風早'라는 이름에 걸맞게.
6　이 노래와 비슷한 작품으로 3349번가가 있다.
7　**明石の湖**：수문. **明石川**의 하구.
8　이 노래와 비슷한 작품으로 274번가가 있다.

1227　바위에 서서/ 바다 쪽을 보면은/ 해초 따는 배/ 어부 저어 가는 듯/ 오리 나는 것 보네

🌸 해설

　　해안의 바위에 서서 바다 쪽을 바라보면 해초를 따는 배를 어부들이 노 저어 나가는 듯하네. 그리고 오리들이 날고 있는 것이 보이네라는 내용이다.
　　渡瀬昌忠은 이 작품을, '國見歌, 국가 찬양의 전통적 형식을 이용하고 있다'고 하였다[『萬葉集全注』 7, pp.189~190].

1228　바람이 빠른/ 미호(三穗)의 포구를요/ 저어 가는 배/ 뱃사람이 바쁘네/ 파도가 이나 보다

🌸 해설

　　바람이 빠른 미호(三穗)의 포구를 노 저어서 가는 배에 타고 있는 뱃사람들이 부산스럽게 움직이고 있네. 파도가 일기 시작하나 보다라는 내용이다.

1229　내가 탄 배는/ 아카시(明石)의 항구에/ 저어가 대자/ 바다로 가지 말아/ 밤도 깊어 버렸네

🌸 해설

　　내가 타고 있는 배는 아카시(明石)의 항구에 노를 저어가서 정박시키자. 바다로 가지 말게나. 밤도 완전히 깊어 버렸네라는 내용이다.

1230　千磐破　金之三埼乎　過鞆　吾者不忘　牡鹿之須賣神

　　　ちはやぶる[1]　金の岬[2]を　過ぐれども[3]　われは忘れじ　志賀の皇神[4]

　　　ちはやぶる　かねのみさきを　すぐれども　われはわすれじ　しかのすめかみ

1231　天霧相　日方吹羅之　水莖之　岡水門尒　波立渡

　　　天霧らひ[5]　日方[6]吹くらし　水莖[7]の　岡の水門[8]に　波立ちわたる

　　　あまぎらひ　ひかたふくらし　みづくきの　をかのみなとに　なみたちわたる

1232　大海之　波者畏　然有十方　神乎齋祀而　船出爲者如何

　　　大海の　波はかしこし　然れども　神をいはひて[9]　船出せばいかに[10]

　　　おほうみの　なみはかしこし　しかれども　かみをいはひて　ふなでせばいかに

---

1 ちはやぶる : 逸早ぶる. 신을 형용한 것이다.
2 金の岬 : 福岡縣 宗像郡 玄海町 鐘崎의 북쪽 끝에 있는 곳이다. 몇 안 되는 難所 중의 하나다.
3 過ぐれども : 도읍으로 돌아가는 여행이다.
4 志賀の皇神 : 福岡市 志賀島에서 제사지내는 바다신이다. 그 신의 보호로 '金の岬'을 통과할 수 있었다고
　한다.
5 天霧らひ : 'ひ'는 계속을 나타낸다.
6 日方 : 日方風. 태양이 있는 방향에서 부는 바람을 말한다.
7 水莖 : 싱그러운 줄기의 끝(を)에서 '오카(岡)'로 이어진다.
8 岡の水門 : 遠賀(おんが)川 하구.
9 神をいはひて : 제사하는 것이다.
10 船出せばいかに : いかにあらむ의 축약형이다. 무서운 일 따위는 없다는 뜻이다.

1230　파도가 험한/ 힘든 곳 카네(金)곳을/ 지났지만은/ 나는 잊지 않아요/ 시카(志賀)섬 바다신을

❀ 해설

　　파도가 험해서 지나가기가 힘든 곳인 카네(金)곳을 무사히 통과했다고는 하지만, 나는 잊지 않을 것이네. 시카(志賀)섬의 바다신의 덕을이라는 내용이다.

　　難所인 '金の岬'을 무사히 통과한 안도감과 위험한 곳을 통과한 것이 시카(志賀)섬의 바다신이 도와준 때문임을 말하고 있다.

1231　하늘 흐리고/ 동풍 부는 듯하네/ (미즈쿠키노)/ 오카(岡)의 항구에는/ 파도가 일고 있네

❀ 해설

　　하늘이 잔뜩 흐리고 동풍이 부는 듯하네. 미즈쿠키(水茎)의 오카(岡)의 항구에는 파도가 일고 있네라는 내용이다.

1232　넓은 바다의/ 파도는 두렵구나/ 그렇지만은/ 신을 제사지내고/ 출항을 하면 어떨까

❀ 해설

　　넓은 바다의 파도는 두렵구나. 그렇지만 바다신을 제사지내고 나서 출항하면 어떨까. 그렇게 하면 신이 보호해 주어서 무사할까라는 내용이다.

1233　未通女等之　織機上乎　眞櫛用　掻上栲嶋　波間從所見

　　　　未通女らが　織る機の上を　眞櫛もち　かかげ栲島[1]　波の間ゆ見ゆ

　　　　をとめらが　おるはたのへを　まくしもち　かかげたくしま　なみのまゆみゆ

1234　塩早三　礒廻荷居者　入潮爲　海人鳥屋見濫　多比由久和礼乎

　　　　潮早み　礒廻[2]に居れば　潛きする[3]　海人とや見らむ　旅行くわれを[4]

　　　　しほはやみ　いそみにをれば　かづきする　あまとやみらむ　たびゆくわれを

1235　浪高之　奈何梶取　水鳥之　浮宿也應爲　猶哉可榜

　　　　波高し　いかに楫取[5]　水鳥の　浮寝やすべき[6]　なほや漕ぐべき[7]

　　　　なみたかし　いかにかぢとり　みづとりの　うきねやすべき　なほやこぐべき

1　栲島：島根縣.
2　礒廻：彎曲의 해안.
3　潛きする：'かづき'는 물속으로 들어가는 것으로, 원문에서 '入潮'로 표기하였다.
4　비슷한 작품으로 252·1204번가가 있다.
5　楫取：水夫.
6　浮寝やすべき：이곳에 멈추어야만 하는 것인가.
7　선장에게 말을 건 형태의 혼자 읊은 노래.

1233   아가씨들이/ 짜는 베틀의 위를/ 빗을 가지고/ 쓴다는 타구(栲)섬이/ 파도 사이 보이네

🌸 **해설**

   아가씨들이 실을 짜는 베틀 위의 실을, 헝클어지지 않도록 빗을 가지고 쓴다는 뜻을 이름으로 한 타구
(栲)섬이 파도 사이로 보이네라는 내용이다.

1234   물살 빨라서/ 해변 쪽에 있으면/ 잠수를 하는/ 어부로 볼 것인가/ 여행을 하는 나를

🌸 **해설**

   물살이 빠르기 때문에 배가 출발하기를 기다리면서 해변에 있으면 사람들은 바다에 잠수하는 어부로
볼 것인가. 여행을 하고 있는 나를이라는 내용이다.

1235   파도가 높네/ 자아 뱃사람이여/ 물새와 같이/ 떠서 잠을 잘 건가/ 더 저어갈 것인가

🌸 **해설**

   파도가 거치네. 자아 뱃사람이여. 물새와 같이 바다 위에 떠서 잠을 자며 밤을 보낼 것인가. 더 저
어서 가야만 할 것인가라는 내용이다.

1236 夢耳　継而所見　小竹嶋之　越礒波之　敷布所念

夢のみに¹　繼ぎてし見ゆる　小竹嶋²の　礒越す波の³　しくしく⁴思ほゆ

いめのみに　つぎてしみゆる　しのしまの　いそこすなみの　しくしくおもほゆ

1237 靜母　岸者波者　縁家留香　此屋通　聞乍居者

靜けくも⁵　岸には波は　寄せけるか　これの家通し⁶　聞きつつ居れば

しづけくも　きしにはなみは　よせけるか　これのやとほし　ききつつをれば

---

1 夢のみに：방문하는 일이 없이라는 뜻이다.
2 小竹嶋：愛知縣 知多郡 南知多町의 篠島. 知多반도 앞에 있다.
3 礒越す波の：주격이다.
4 しくしく：敷く敷く. 계속하여라는 뜻이다.
5 靜けくも：'寄せけるか'에 이어진다.
6 家通し：屋內에서.

1236 꿈속에서만/ 계속하여 보이는/ 시노(小竹)의 섬의/ 바위 넘는 파도가/ 끊임없이 생각나네

✿ 해설

꿈속에서만 계속하여 나타나는 시노(小竹)섬의 바위를 넘는 파도가 끊임없이 생각나네라는 내용이다.
全集에서는, '시노(小竹)의 섬의 바위를 넘는 파도가 끊임없듯이, 그렇게 끊임없이 생각나네'로 해석을 하였다『萬葉集』 2, p.240』. 中西 進은 '礒越す波の'의 'の'를 주격으로 보았는데 渡瀨昌忠은 제5구의 'しくしく'를 수식하는 序로 보았으며, 또 '竹嶋를 琵琶湖의 서쪽 해안의 지명인 '高島(타카시마)'라고 하였다『萬葉集全注』 7, p.200』.

1237 조용하게도/ 해안으로 파도는/ 치고 있을까/ 이 집을 통하여서/ 계속 듣고 있으면

✿ 해설

파도는 해안으로 조용하게 치고 있네. 이 집 안에 있으면서 귀를 기울이고 계속 듣고 있으면이라는 내용이다.
'此屋通'을 中西 進은 'これの家通し'로 훈독을 하되 '家'를 '야'로 읽었다. 大系에서는 中西 進과 마찬가지로 'この家通し'로 보았는데 'これの'를 'この'라고 한 것을 보면 '家'를 '이에'로 읽었음을 알 수 있다『萬葉集』 2, p.231』. 私注・注釋・全集에서는 'これの屋通し'로, 全注에서는 'この屋通しに'로 훈독하였다. 결국 中西 進과 大系는 '家'라 하였고 私注・注釋・全集・全注에서는 '屋'이라고 한 것이 차이가 나는 것이다. 中西 進은 '家'를 '야'로 읽었으므로 屋의 개념으로 파악한 것임을 알 수 있다. 全集에서는 '家는 정해진 주거를 말하며 때로는 가족을 말하기도 했다'고 하였다『萬葉集』 2, p.222』. 渡瀨昌忠은 '屋은 여행할 때 잠자리인, 임시로 만든 작은 집'이라고 하였다『萬葉集全注』 7, p.200』. 그러므로 이 작품은 여행지에서 임시로 만든 거처에서 파도소리를 들으며 해안의 파도치는 것을 추정한 내용임을 알 수 있다.

1238 竹嶋乃　阿戸白波者　動友　吾家思　五百入鈍染

高島の　阿戸¹白波は　さわけども　われは家思ふ　廬悲しみ²

たかしまの　あとしらなみは　さわけども　われはいへおもふ　いほりかなしみ

1239 大海之　礒本由須理　立波之　將依念有　濱之淨奚久

大海の　礒もと³ゆすり　立つ波の　寄らむと⁴思へる　濱の淸けく

おほうみの　いそもとゆすり　たつなみの　よらむとおもへる　はまのきよけく

---

1 阿戸 : 近江 서쪽 해안의 安曇.
2 이 작품과 비슷한 내용의 작품으로 133번가가 있다. 1690번가의 **異傳**이다.
3 礒もと : 거친 바위부리.
4 寄らむと : 파도가 밀려오는 것과 내가 배를 대는 것을 중의적으로 표현한 것이다.

1238 타카시마(高島)의/ 아토(阿戸)의 흰 파도는/ 철썩거려도/ 나는 집을 생각하네/ 임시거처 슬퍼서

🌸 해설

타카시마(高島)의 아토(阿戸) 해안의 흰 파도는 철썩거려도 나는 집을 생각하네. 여행지에서 임시로 만든 숙소가 슬퍼서라는 내용이다.

大系에서는 '高島の 阿戸'는 滋賀縣 高島郡 安曇川町으로, 安曇川은 거의 동서로 관류하여 琵琶湖로 흘러 들어가는 것이라고 하였다『萬葉集』 2, p.231]. 渡瀨昌忠은 '廬り는 여행할 때 숙소로 하는 임시로 만든 작은 집. 여행길의 무사함을 기원하는 주술로 옷끈을 풀지 않고 새우잠을 잤다. 그 슬픔으로라는 뜻으로 제4구의 이유를 나타낸다'고 하였다『萬葉集全注』 7, p.202]. 여행지에서 잠자리가 불편할 뿐만 아니라 아내도 없으므로 이렇게 노래한 것임을 알 수 있다.

1239 넓은 바다의/ 바위부리 흔들며/ 이는 파도가/ 밀려가려 생각하는/ 해변 깨끗함이여

🌸 해설

넓은 바다에 있는 바위부리를 흔들며 거세게 일어나는 파도가 밀려오고, 배를 대려고 하는 해변의 깨끗함이여라는 내용이다.

中西 進은 '寄らむと'를 파도가 밀려오는 것과 내가 배를 대는 것을 중의적으로 표현한 것으로 보았으며 私注・注釋・大系에서도 그렇게 해석하였다. 그러나 全集・全注에서는 '넓은 바다의/ 바위부리 흔들며/ 이는 파도가/ 밀려가려 생각하는/ 해변 깨끗함이여'로 해석하여, 깨끗한 해변으로 가려고 하는 것은 작자의 배가 아니라 파도라고 보았다.

1201번가 '大海の 水底とよみ 立つ波の 寄せむと思へる 礒の清けさ'는 이 작품과 비슷한 내용인데, '넓은 바다의/ 바닥까지 울리며/ 이는 파도가/ 밀려올 것만 같은/ 해변의 시원스럼'으로 해석되므로 이 작품도 파도가 해안으로 밀려가는 것으로 해석하는 것이 오히려 단순하면서도 힘이 있을 것 같다.

1240　珠匣　見諸戸山矣　行之鹿齒　面白四手　古昔所念

玉くしげ¹　見諸戸山²を　行きしかば　面白くして　古思ほゆ

たまくしげ　みもろとやまを　ゆきしかば　おもしろくして　いにしへおもほゆ

1241　黑玉之　玄髪山乎　朝越而　山下露尓　沾來鴨

ぬばたまの³　黑髪山⁴を　朝越えて　山下露に　濡れにけるかも

ぬばたまの　くろかみやまを　あさこえて　やましたつゆに　ぬれにけるかも

---

1 **玉くしげ** : 'くしげ'는 빗을 넣는 상자를 말한다. '玉くしげ'는 'み'에 이어진다.
2 **見諸戸山** : 신이 강림한다는 산이다. 'みもろ'와 같다. 三輪山을 가리키는 것인가
3 **ぬばたまの** : 烏扇(범부채). 열매의 검은 색으로 인해 '검은'을 수식한다.
4 **黑髪山** : 여성의 검은 머리카락의 정취를 느끼고 있다. '濡れ'와 호응한다. 奈良 북쪽 근교에 있는 산이다.

1240 (타마쿠시게)/ 미모로토(三諸)의 산을/ 여행하면은/ 즐겁고 흥겨워서/ 옛날 일이 생각나네

🌸 **해설**

아름다운 빗 상자라는 뜻을 이름으로 한 미모로토(三諸山)산을 여행하면서 지나가니 경치가 좋고 흥겨워서 옛날 일이 생각나네라는 내용이다.

'玉くしげ(빗 상자)'는 몸체(身:み)와 뚜껑으로 이루어졌는데 멋진 상자의 몸체라는 뜻에서 'み'를 상투적으로 수식하는 枕詞다.

1241 (누바타마노)/ 쿠로카미(黑髮)의 산을/ 아침에 넘다/ 산 아래의 이슬에/ 젖어버린 것이네

🌸 **해설**

아주 새까맣다는 뜻인 쿠로카미(黑髮)산을 아침에 넘다가 산의 나뭇잎 등에 달려 있다가 떨어지는 이슬에 젖어버린 것이네라는 내용이다.

아침에 산을 넘어야 하고 이슬에 젖어야 하는 여행이 힘든 것을 노래한 것이다. 1240번가가 枕詞 '玉くしげ(빗 상자)'를 말하였는데 이번 작품에서는 '黑髮山'을 노래하고 있으니 '빗과 머리카락'으로 연결되는 재미도 있다.

1242 足引之　山行暮　宿借者　妹立待而　宿將借鴨

あしひきの[1]　山行き暮し[2]　宿借らば　妹[3]立ち待ちて　宿貸さむかも[4]

あしひきの　やまゆきくらし　やどからば　いもたちまちて　やどかさむかも

1243 視渡者　近里廻乎　田本欲　今衣吾來　礼巾振之野尓

見渡せば　近き里廻[5]を　たもとほり[6]　今そわが來る　禮巾振りの野[7]に

みわたせば　ちかきさとみを　たもとほり　いまそわがくる　ひれふりののに

---

1 **あしひきの**：산을 수식하는 **枕詞**.
2 **山行き暮し**：가다가 날이 저무는 것이다. 저녁 무렵이 되는 것이다.
3 **妹**：'妹'로 불릴 만한 여성.
4 『**拾遺集**』에는 **石上乙麿作**으로 되어 있다.
5 **里廻**：人家가 있는 마을은 저절로 'み(灣曲)'를 이루므로 '里み'라고 한 것인가.
6 **たもとほり**：어슬렁거리며 걷는 것은 아니다.
7 **禮巾振りの野**：마을이 가까우므로 너울을 흔드는 '禮巾振りの野'라고 불리는 지명이 있었던 것인가.

1242 (아시히키노)/ 산길 가다 저물어/ 숙소 빌리면/ 처녀가 서서 맞아/ 숙소 빌려줄 건가

❀ 해설

산길을 가다가 해가 저물어서 숙소를 빌려달라고 하면 처녀가 서서 맞이하면서 숙소 빌려줄 것인가라는 내용이다.

어느 산을 지나가고 있는지 알 수 없다.

'あしひきの'는 산을 상투적으로 수식하는 枕詞다. 권제2의 107번가에서는 '足日木乃'로 되어 있다. 어떤 뜻에서 산을 수식하게 되었는지 알 수 없다. '足引之'의 글자로 보면, 험한 산길을 걸어가다 보니 힘이 들고 피곤하여 다리가 아파서 다리를 끌듯이 가게 되는 산이라는 뜻에서 그렇게 수식하게 되었는지도 모르겠다. 이것은 1262번가에서 'あしひきの'를 '足病之'로 쓴 것을 보면 더욱 그렇게 추정을 할 수가 있겠다.

1243 바라다보면/ 가까운 마을인데/ 멀리 둘러서/ 이제야 온 것이네/ 히레후리(禮巾振り)의 들에

❀ 해설

바라다보면 바로 가까운 마을인데 고생해서 멀리 둘러서 이제야 도착을 한 것이네. 히레후리(禮巾振り) 들에라는 내용이다.

渡瀬昌忠은, 'たもとほり'의 "た'는 접두어. 'もとほり'는 둘러간다는 뜻이다. 원래는 사람 눈을 피해서 둘러가면서 찾아가는 것을 의미했지만 여기서는 여행을 떠나 있는 것을 말하는 것이겠다'고 하였다[『萬葉集全注』 7, p.207].

1244　未通女等之　放髪乎　木綿山　雲莫蒙　家當將見

少女らが　放の髪[1]を　木綿の山　雲なたなびき　家のあたり見む

をとめらが　はなりのかみを　ゆふのやま　くもなたなびき　いへのあたりみむ

1245　四可能白水郎乃　釣船之緋　不堪　情念而　出而來家里

志賀[2]の白水郎の　釣船の綱[3]　堪へかてに　情に思ひて　出でて來にけり

しかのあまの　つりぶねのつな　あへかてに　こころにもひて　いでてきにけり

1　**放の髪**：성인이 되어 묶어 올리는 것에서 이어진다. **木綿山**은 **大分縣 田布岳**.
2　**志賀**：**福岡縣 福岡市 志賀島**.
3　**釣船の綱**：튼튼한 것의 대표적인 예로 사용하였다. '堪へ'에 이어진다.

1244 아가씨들이/ 늘어뜨린 머리를/ 묶는 유후(木綿)산/ 구름아 끼지 말게/ 집 있는 쪽을 보려네

🌸 **해설**

아가씨들이 늘어뜨린 머리를 '묶어 올린다. 땋아 올린다(結ふ)'고 하는 뜻을 이름으로 한 유후(木綿)산에 구름아 끼지 말게나. 집이 있는 쪽을 보려고 하네라는 내용이다.

머리를 '묶어 올린다. 땋아 올린다'고 하는 뜻인 '結ふ'의 일본어 발음이 유후(木綿)산 이름의 '유후'와 같으므로 이렇게 표현한 것이다.

1245 시카(志賀)의 어부의/ 어선의 그물처럼/ 견디지 못해/ 마음에 생각하고/ 나와 버린 것이네

🌸 **해설**

시카(志賀)의 어부의 고기잡이배의 그물이 거센 파도에 견디지 못하는 것처럼 나도 그렇게 견디지 못하는 생각을 마음에 품고 있으므로 이렇게 나와 버린 것이네라는 내용이다.

'不堪'을 注釋・全集・全注에서는 中西 進과 마찬가지로 'あへかてに'로 읽었다. 私注에서는 'たへなくに'로 大系에서는 'あへなくに'로 읽었다. 渡瀬昌忠은 이 작품을, '여행지의 연회에서 遊行女婦가 부른 것인지 모르겠다'고 하였다[『萬葉集全注』 7, p.210].

1246　之加乃白水郎之　燒塩煙　風乎疾　立者不上　山尒輕引

志賀[1]の白水郎の　塩燒く[2]煙　風をいたみ[3]　立ちは上らず　山に棚引く

しかのあまの　しほやくけぶり　かぜをいたみ　たちはのぼらず　やまにたなびく

左注　右件謌[4]者, 古集[5]中出.

1247　大穴道　少御神　作　妹勢能山　見吉

大汝[6]　少御神[7]の　作らしし　妹背の山[8]を　見らくしよしも

おほなむち　すくなみかみの　つくらしし　いもせのやまを　みらくしよしも

1　志賀：福岡縣 福岡市 志賀島.
2　塩燒く：소금을 얻기 위하여 해초를 굽는다.
3　風をいたみ：'いたし'는 '매우'라는 뜻이다.
4　右件謌：1240이하의 작품을 가리키는 것인가.
5　古集：古歌集과는 다르다.
6　大汝：大國主를 가리킨다.
7　少御神：少彦名이다. 大汝와 함께 국토를 경영하는 신이다.
8　妹背の山：紀國의 妹背山이다.

1246 시카(志賀)의 어부의/ 소금 굽는 연기는/ 바람 심해서/ 올라가지 못하고/ 산에 걸리어 있네

🌸 **해설**

시카(志賀)의 어부가 소금을 만들기 위해 불을 때므로 생긴 연기는 바람이 세게 불기 때문에 위로 올라가지 못하고 산에 옆으로 퍼져서 걸리어 있네라는 내용이다.

1247 오호나무치(大汝)/ 스쿠나미(少御)의 신이/ 만들었었던/ 이모세(妹背)의 산은요/ 보면 훌륭하네요

🌸 **해설**

오호나무치(大汝)신과 스쿠나미(少御)의 신이 만든 이모세(妹背)의 산은 보면 정말 멋지네라는 내용이다.

1248 吾妹子　見偲　奧藻　花開在　我告与

吾妹子と　見つつ思はむ　沖つ藻[1]の　花咲きたらば　われに告げこそ

わぎもこと　みつつしのはむ　おきつもの　はなさきたらば　われにつげこそ

1249 君爲　浮沼池　菱採　我染袖　沾在哉

君がため[2]　浮沼の池[3]の　菱つむと　わが染めし[4]袖　濡れにけるかも[5]

きみがため　うきぬのいけの　ひしつむと　わがそめしそで　ぬれにけるかも

1250 妹爲　菅實採　行吾　山路惑　此日暮

妹がため　菅の實[6]採りに　行きしわれ　山路にまとひ　この日暮しつ

いもがため　すがのみとりに　ゆきしわれ　やまぢにまとひ　このひくらしつ

【左注】　右四首[7]，柿本朝臣人麿之歌集出．

---

1 沖つ藻 : 나노리소(모자반)인가. 그렇다면 꽃은 피지 않는다.
2 君がため : 여성의 노래다.
3 浮沼の池 : 島根縣 大田市 三瓶山 기슭인가.
4 染めし : 천에 문질러서 염색을 하는 것이다. 곧 색이 옅어진다.
5 濡れにけるかも : 물건을 보내는 노래 유형의 표현이다.
6 菅の實 : '妹がため'라고 한 것을 보면 장식용인가.
7 右四首 : 이상 4수는 민요. 히토마로(人麿)가 채집한 것인가.

1248 나의 아내로/ 보면서 생각하자/ 바다 해초의/ 꽃이 만약 핀다면/ 나에게 알려 다오

🌸 **해설**

나의 사랑하는 아내로 생각을 하고 바라보면서 그리워하자. 그러니 바다에 있는 해초가 꽃이 핀다면 나에게 알려 달라는 내용이다.

1249 그대 위하여/ 우키누(浮沼)의 연못의/ 마름 따려다/ 나의 염색한 소매/ 젖어버렸답니다

🌸 **해설**

사랑하는 사람을 위하여 우키누(浮沼)의 연못의 마름 열매를 따려고 하다가 나의 염색한 소매는 물에 젖어버렸답니다라는 내용이다.

사랑하는 남성을 위하여 마름 열매를 따려고 하다가 염색한 옷소매까지 젖어버린 여성의 노래이다.

1250 아내 위하여/ 등골 열매 따려고/ 갔었던 나는/ 산길을 헤매다가/ 해 저물어버렸네

🌸 **해설**

사랑하는 아내에게 주기 위해 등골 열매를 따려고 갔었던 나는 산길을 헤매다가 오늘 하루해가 다 저물어버렸네라는 내용이다.

'菅の實'을 '금방동사니'로 보기도 한다.

좌주 위의 4수는 카키노모토노 아소미 히토마로(柿本朝臣人麿)의 가집에 나온다.

問答[1]

1251   佐保河尒　鳴成智鳥　何師鴨　川原乎思努比　益河上

さ佐保川に　鳴くなる[2]千鳥　何しかも[3]　川原を思ひ　いや川のぼる[4]

さほがはに　なくなるちどり　なにしかも　かはらをしのひ　いやかはのぼる

1252   人社者　意保尒毛言目　我幾許　師努布川原乎　標緒勿謹

人こそは　おほ[5]にも言はめ　わがここだ[6]　思ふ川原[7]を　標結[8]ふなゆめ

ひとこそは　おほにもいはめ　わがここだ　しのふかはらを　しめゆふなゆめ

> **左注**　右二首, 詠鳥.

---

1 **問答** : 이하 2수씩. 지명이 들어 있으므로 **雜歌**로 분류된 것이다. 내용은 **相聞**이다. **古歌集**에 수록되어 나온다. 같은 제목은 권10∼13.
2 **鳴くなる** : 추정이다.
3 **何しかも** : 'し'는 강조.
4 이 작품은 여성의 노래. '千鳥'에 남성의 **寓意**가 들어 있다.
5 **おほ** : 凡(무릇).
6 **ここだ** : 매우라는 뜻이다.
7 **川原** : 여성의 **寓意**가 있다.
8 **標結** : 출입금지의 표시다.

문답

1251 사호(佐保)川에서/ 울고 있는 물떼새/ 무엇 때문에/ 강을 그리워하여/ 점점 강을 오르나

❋ 해설

사호(佐保)川에서 울고 있는 물떼새여. 너는 무엇 때문에 강을 그리워하여 점점 강을 오르는 것인가라는 내용이다.

'何しかも'는, 답가인 1252번가로 미루어 생각하면 '대단하지도 않은 강인데'라는 뜻임을 알 수 있다. 私注에서는 '問答'이라고 하지만 문답가 중에는 반드시 물음과 대답의 내용을 가지지 않는 것도 있으므로 (중략) 사람이 물떼새에게 묻는 식으로 지은 것이다. 그러나 다음의 답가와 함께 정리된 의미를 만들고 있으므로 문답체를 빌린 일종의 서술법이라고 보아도 좋다'고 하였다[『萬葉集私注』 4, p.115].

1252 다른 사람은/ 평범하다 하지만/ 내가 대단히/ 생각하는 강이니/ 금지 표시 말게나

❋ 해설

다른 사람은 대단하지 않은 평범한 강같이 말하겠지만 내가 대단히 마음이 끌리는 강이니 못 들어가게 출입을 금지하는 표 등을 절대 묶지 말아 주세요라는 내용이다.

좌주 위의 2수는 새를 노래하였다.

1253　神樂浪之　思我津乃白水郎者　吾無二　潛者莫為　浪雖不立

　　　樂浪の　志賀津¹の白水郎は　われ²無しに　潛³はな為そ　波立たずとも

　　　ささなみの　しかつのあまは　あれなしに　かづきはなせそ　なみたたずとも

1254　大船尓　梶之母有奈牟　君無尓　潛為八方　波雖不起

　　　大船に　楫しもあらなむ⁴　君⁵無しに　潛せめやも⁶　波立たずとも

　　　おほふねに　かぢしもあらなむ　きみなしに　かづきせめやも　なみたたずとも

　　　左注　右二首, 詠白水郎.⁷

1　志賀津：滋賀縣 大津市. 琵琶湖의 선착장.
2　われ：남성이다.
3　潛：구슬을 취하려고 들어간다. 사랑의 뜻이 들어 있다.
4　楫しもあらなむ：남성에의 願望. 큰 배처럼 든든한 의지가 되어 주었으면 하는 바람이다.
5　君：남성이다.
6　潛せめやも：강한 부정을 동반한 의문이다.
7　詠白水郎：사정은 앞의 새를 노래한 작품과 같다.

1253 사사나미(樂浪)의/ 시카(志賀) 나루 어부는/ 내가 없을 때/ 물에 들어가지마/ 파도 일지 않아도

🌸 **해설**

사사나미(樂浪)의 시카츠(志賀津)의 어부는 내가 없을 때는 물속에 들어가서 구슬을 취하려고 하지 말게나. 비록 파도가 일지 않아서 물속에 들어가기가 쉽다고 하더라도라는 내용이다.

私注에서는, '아마 滋賀 나루는 물이 얕았으므로 배를 해안에 댈 경우, 어부들이 물에 들어가 배를 끌었을 것이다. (중략) 그런 위험한 일을 그만 두라고 한 해학적 표현이라고 보아진다. 혹은 항구 근처의 처녀들이 어부를 향해 부른 노래인가'라고 하였다[『萬葉集私注』 4, pp.116~117]. 注釋에서도 어부의 작업을 불안해 한 것으로 보았으며[『萬葉集注釋』 7, p.196], 渡瀬昌忠도, '어부의 보호자의 입장에서 위험한 잠수를 하지 말라'고 한 것이라고 보았다[『萬葉集全注』 7, p.225].

1254 커다란 배에/ 노라도 있었더라면/ 그대 없을 때/ 물에 들어갈까요/ 파도 일지 않아도

🌸 **해설**

노가 있는 든든한 큰 배처럼 그렇게 든든하게 있어 주었으면 하고 바랍니다. 그대를 두고 어찌 구슬을 취하려고 하겠습니까. 비록 파도가 일지 않더라도라는 내용이다.

大系에서는, '큰 배에 노라도 있었으면 좋겠네요. 그대가 없을 때는 물에 들어가지 않겠습니다. 비록 파도가 일지 않더라도'라고 해석하고 깊이 배려해주는 그대가 의지가 된다는 뜻이라고 하였다[『萬葉集』 2, p.234]. 私注・注釋에서는, '큰 배에 노라도 있었으면 좋겠네요. 그렇다면 넓은 바다로 나가서 고기를 잡을 텐데. 그렇지 않으면 그대가 없을 때는 물에 들어가지 않겠습니다. 비록 파도가 일지 않더라도'로 해석을 하였다.

좌주 위의 2수는 어부를 노래하였다.

臨時[1]

1255　月草尒　衣曾染流　君之爲　綵色衣　將摺跡念而

月草[2]に　衣そ染むる　君がため　綵色の衣[3]　摺らむ[4]と思ひて

つきくさに　ころもそしむる　きみがため　まだらのころも　すらむとおもひて

1256　春霞　井上從直尒　道者雖有　君尒將相登　他廻來毛

春霞[5]　井の上ゆ[6]直に　道[7]はあれど　君に逢はむと　たもとほり來も[8]

はるがすみ　ゐのへゆただに　みちはあれど　きみにあはむと　たもとほりくも

---

1 臨時 : 그때그때의 노래. 민중의 생활상의 그때그때. 이 노래는 제사를 지낼 때의 것인가.
2 月草 : 츠유쿠사. 청색이다.
3 綵色の衣 : 색의 濃淡으로 아름답게 무늬를 넣은 옷이다.
4 摺らむ : 문질러서 염색을 하는 것이다.
5 霞 : '霞居(い)る : 아지랑이가 피어 있다[居(い)る]'에서 井(い)을 수식한다.
6 上ゆ : '上'은 옆이라는 뜻이다. 'ゆ'는 '~로부터'라는 뜻이다.
7 直に 道 : 물을 긷기 위해 다니던 익숙한 길이다.
8 たもとほり來も : 사람들의 눈을 피해서라는 뜻이다.

그때그때의 노래

1255 닭의장풀로/ 옷을 물들입니다/ 당신을 위해/ 얼룩무늬 고운 옷/ 물들이려 생각해서

🌸 해설

닭의장풀로 옷을 물들입니다. 당신을 위해 짙고 옅은 얼룩무늬가 들어있는 아름다운 옷을 물들여서 지어드리기 위해서라는 내용이다.

'綵色衣'를 私注・注釋・全集・全注에서는 中西 進과 마찬가지로 'まだらのころも'로 읽었고, 大系에서는 '綵色(しみ)の衣'로 훈독하였다『萬葉集』 2, p.235].

私注에서는, '臨時는 그때를 당해서라는 뜻인데, 뒤에 就所發想, 寄物發想 등이 있으므로 臨時發想이라는 뜻일 것이다. 즉 닭의장풀을 채취할 때 생각을 한 것이라는 뜻으로 보인다. 극히 상식적인 민요다'고 하였다『萬葉集私注』 4, p.116].

1256 (하루가스미)/ 우물 옆으로 바로/ 길은 나 있지만/ 그대를 만나려고/ 빙 둘러서 왔지요

🌸 해설

봄 아지랑이가 아른거리는 우물 옆으로 곧장 길은 나 있지만 그 길로 오지 않고, 그대를 만나기 위해서 사람들의 눈을 피해 먼 길로 둘러서 왔지요라는 내용이다.

1257　道邊之　草深由利乃　花咲尓　咲之柄二　妻常可云也

道の邊の　草深百合[1]の　花咲に[2]　咲まひしからに[3]　妻といふべしや

みちのへの　くさふかゆりの　はなゑみに　ゑまひしからに　つまといふべしや

1258　默然不有跡　事之名種尓　云言乎　聞知良久波　少可者有來

默然あらじと　言の慰に[4]　いふ言を　聞き知れらく[5]は　つらく[6]はありけり

もだあらじと　ことのなぐさに　いふことを　ききしれらくは　つらくはありけり

1　草深百合 : 1500번가.
2　花咲に : '咲'는 '笑'와 같은 글자이다.
3　咲まひしからに : 'からに'는 때문에라는 뜻이다.
4　言の慰に : 남성의 말뿐인 위로를 말한다.
5　知れらく : 완료의 명사형이다.
6　つらく : 원문의 '少可'는 '可少なし' 뜻으로 'つらし'로 한다.

1257　길가에 있는/ 우거진 풀 속 백합/ 꽃이 웃듯이/ 미소 지었다 해서/ 아내라 부를 건가요

🌸 **해설**

　　길가에 있는 우거진 풀밭 속의 백합꽃이 웃듯이 그렇게 단지 미소 지었을 뿐인데 그것 때문에 저를
아내라고 불러서 될 것인가요라는 내용이다.
　　자신의 미소를 오해한 남성에 대해 난처하다고 말한 내용이다.

1258　말 않음 안 좋다/ 말로 하는 위로로/ 하는 말들을/ 듣고 안다는 것은/ 괴로운 일이랍니다

🌸 **해설**

　　말을 하지 않고 가만히 있으면 안 된다고 그렇게 말뿐인 위로를 하는 그대의 본심을 훤히 다 알면서
그대가 하는 말을 듣고 있으면 정말 괴롭네요라는 내용이다.
　　'少可者有來'를 私注·注釋에서는 'からくはありけり'로, 大系·全集·全注에서는 'あしくはありけり'로 훈
독하였다. 全集에서는 '少可'를, 두 글자를 합친 글자와 가까운 '劣'의 오자로도 생각할 수 있다고 하였다『萬
葉集』 2, p.246].
　　비슷한 발상의 노래로 641번가가 있다.

1259　佐伯山　于花以之　哀我　子鴛取而者　花散鞆

　　　　佐伯山¹　卯の花²持ちし　愛しき³が　子をしとりてば⁴　花は散るとも

　　　　さへきやま　うのはなもちし　かなしきが　こをしとりてば　はなはちるとも

1260　不時　斑衣服　々欲香　嶋針原　時二不有鞆

　　　　時じくの⁵　斑の衣⁶　着欲しきか⁷　島⁸の榛⁹原　時にあらぬとも¹⁰

　　　　ときじくの　まだらのころも　きほしきか　しまのはりはら　ときにあらぬとも

---

1 **佐伯山** : 어디인지 알 수 없다.
2 **卯の花** : 병꽃나무를 말한다.
3 **愛しき** : 지닌 모습이 사랑스럽다는 뜻이다.
4 **子をしとりてば** : 소녀만 손에 넣을 수 있다면, 연정을 불러일으킨 꽃은 어떻게 되든 상관없다는 내용이다.
5 **時じくの** : 때와 상관없이.
6 **斑の衣** : 여러 가지 색으로 아름답게 염색한 옷이다.
7 **着欲しきか** : 영탄을 나타낸다.
8 **島** : 섬의 농장이 있는 땅이다.
9 **榛** : 개암나무.
10 **時にあらぬとも** : 일반적인 가정을 말한다.

1259 사헤키(佐伯)산서/ 병꽃을 쥐고 있던/ 사랑스러운/ 소녀 취할 수 있담/ 병꽃은 져버려도

🌸 **해설**

　사헤키(佐伯)산에서 병꽃을 손에 쥐고 있던 사랑스러운 그 소녀를 취할 수만 있다면 비록 병꽃은 져버려도 좋다는 내용이다.

　私注에서는, '사헤키(佐伯)산의 병꽃을 손에 쥐고 있던 사랑스러운 그 소녀의 손을 잡을 수만 있다면 병꽃은 져버려도 좋다'고 해석을 하였다『萬葉集私注』4, p.120]. '子をしとりてば'를 注釋·大系·全集·全注에서도 '소녀의 손을 잡을 수만 있다면'으로 해석을 하였다. '佐伯山 卯の花'는 '사헤키(佐伯)산에서 병꽃을'으로 해석을 한 경우와(私注·注釋·中西 進), '사헤키(佐伯)산의 병꽃을'으로 해석한 경우로(大系·全集·全注) 나뉜다.

　'佐伯山'을 私注에서는 '지명으로 西大寺 資財帳에 보이는 攝津 豊島郡 佐伯村'의 산으로, 그것은 지금 池田市 북쪽의 五月山으로 부르는 것이라고 말해진다. 佐伯의 지명은 安藝의 郡名에도 있고 그것도 하나의 견해로 들 수 있다. 鄕名으로는 丹波, 美濃, 越後 등에도 보인다'고 하였다『萬葉集私注』4, pp.120~121]. 全集에서는 '소재미상. 廣島縣 佐伯郡의 산인가 하는 설 등이 있다'고 하였다『萬葉集』2, p.246].

1260 언제나 항상/ 아름다운 무늬 옷/ 입고 싶으네/ 섬의 개암나무 숲/ 결실 때가 아니라도

🌸 **해설**

　언제나 변함없이 항상 여러 가지 색으로 무늬를 넣은 아름다운 옷을 입고 싶네. 개암나무 숲에, 물을 들이는 재료인 개암나무 열매가 열리는 때가 아니더라도라는 내용이다.

　'不時'를 私注에서는 中西 進과 마찬가지로 'ときじくの'로, 大系에서는 'ときじくに'로, 注釋·全集·全注에서는 'ときならぬ'로 읽었다. 해석은 大系는 '항상'으로, 私注·注釋·全集·全注에서는 '제철이 아닌'으로 해석을 하였다. 渡瀨昌忠은 이 작품을 '가을, 결혼의 계절은 아니지만 상대방 여성을 자신의 사람으로 하려고 할 때의 남성의 노래'라고 하였다『萬葉集全注』7, p.232].

1261 山守之　里邊通　山道曾　茂成來　忘來下

山守¹の　里邊に通ふ　山道そ　繁くなりける　忘れけらしも²

やまもりの　さとへにかよふ　やまみちそ　しげくなりける　わすれけらしも

1262 足病之　山海石榴開　八峯越　鹿待君之　伊波比嬬可聞

あしひきの³　山つばき咲く　八峰越え　鹿待つ⁴君の　齋ひ⁵嬬かも⁶

あしひきの　やまつばきさく　やつをこえ　ししまつきみの　いはひつまかも

---

1 山守 : 남자의 비유.
2 忘れけらしも : 여자를 못 잊는다는 것이다.
3 あしひきの : 원문은 足ひき(다리에 쥐가 나는 것, 굳어지는 것)로 해석한 한자 사용법이다.
4 鹿待つ : 멀리 떨어져 있다는 뜻이다.
5 齋ひ : 남편이 소중하게 생각한다는 뜻이다.
6 타인이 부른 것이라면 야유가 되고 본인이 부른 것이라면 원망하는 노래가 된다.

1261 산지기가요/ 마을로 다니었던/ 산으로 난 길/ 무성하게 되었네/ 잊어버렸는가봐

🌸 해설

산지기가요 마을로 다녔던 산길은 초목이 무성하게 되어 버렸네. 아마도 잊어버렸는가 보다라는 내용이다.

여성을 만나러 다니던 산길에 초목이 무성한 것을 보니 산지기가 이제는 산길을 다니지 않기 때문에 그렇다고 보고 여성을 잊어버린 것인가 하고 노래한 것이다.

渡瀬昌忠은 '산지기가 찾아오지 않게 된 것을 마을의 여성이 원망하는 노래인가'라고 하였다『萬葉集全注』7, p.232].

1262 (아시히키노)/ 산 진달래가 피는/ 산들을 넘어/ 사슴 기다리는 분/ 소중한 아내지요

🌸 해설

(산길을 걸으므로 다리가 아프게 되는) 산에 진달래가 피는 여러 산들을 넘어서 사슴이 나오면 쏘아서 잡으려고 기다리고 있는 사냥하는 분이 소중하게 생각하는 아내지요라는 내용이다.

'齋ひ'를 中西 進은 '소중하게 생각하는 것'으로 해석을 하였는데, 私注·注釋·大系·全集·全注에서는 '사냥나간 남편이 무사하기를 기원하기 위해 몸을 정결히 하는 것'으로 해석을 하였다.

私注에서는, '사냥을 나간 사냥꾼인 남편을 기다리는 아내의 노래로서 비로소 감명이 생겨난다. '君'으로 보면 아내의 입장에서의 노래로 볼 수 있지만, 혹은 사냥나간 남편이 없는 동안 집을 보는 사냥꾼 아내에게, 나아가 일반적으로 집을 지키는 아내에게 수작을 거는 남성이, 여성이 절조를 지키는 것에 난처해 하는 모습을 노래하고 있다고도 볼 수 있겠다. 그렇다면 민요다운 아이러니를 느낄 수가 있다'고 하였다[『萬葉集私注』4, p.124].

이처럼 이 작품은 몸을 정결히 하고, 사냥나간 남편의 안전을 기원하는 아내가 부른 노래로 볼 수 있으며, 그 때는 '사슴을 사냥하려고 기다리는 그대의 무사함을 기원하는 아내랍니다. 저는'의 뜻인 것이다. 만약 제3자, 특히 남편이 집을 비운 사이 여성에게 수작을 거는 남성의 노래라면, '사슴을 사냥하려고 기다리는 남편의 무사함을 기원하는 아내군요. 그대는'의 뜻이 되어 다소 빈정거리는 느낌을 주게 된다.

'あしひきの'는 산을 상투적으로 수식하는 枕詞다. 권제2의 107번가에서는 '足日木乃'로 되어 있다. 어떤 뜻에서 산을 수식하게 되었는지 알 수 없다. '足引之'의 글자로 보면, 험한 산길을 걸어가다 보니 힘이 들고 피곤하여 다리가 아파서 다리를 끌듯이 가게 되는 산이라는 뜻에서 그렇게 수식하게 되었는지도 모르겠다. 이것은 이 작품에서 'あしひきの'를 '足病之'로 쓴 것을 보면 더욱 그렇게 추정을 할 수가 있겠다.

1263　曉跡　夜烏雖鳴　此山上之　木末之於者　未靜之

曉¹と　夜烏鳴けど　この山上の　木末の上は　いまだ靜けし²

あかときと　よがらすなけど　このみねの　こぬれのうへは　いまだしづけし

1264　西市尓　但獨出而　眼不並　買師絹之　商自許里鴨

西の市³に　ただ獨り出でて　眼目竝べず　買ひにし絹の　商じこり⁴かも⁵

にしのいちに　ただひとりいでて　めならべず　かひにしきぬの　あきじこりかも

1　曉：아직 해가 뜨기 전의 아침이다.
2　남성을 더 머물도록 붙잡는 여성의 노래다.
3　西の市：奈良의 서쪽 시장이다. 大和郡 山市九條.
4　商じこり：'し(為)', 'こ(懲)리', 실패를 말한다.
5　이 작품은 비싼 물건을 산 실패에 사랑을 寓意한 자조가이다.

1263　새벽이라고/ 밤 까마귀 울지만/ 이 봉우리의/ 나무 끝의 위에는/ 아직 조용하네요

✿ 해설

새벽이 되었다고 밤 까마귀는 울지만 이 산봉우리의 나뭇가지 끝에서 백조는 울지 않고 있어서 조용하네요라는 내용이다.

남성이 저녁에 여성의 집을 찾아가 밤을 보내고 날이 샐 때쯤 돌아가는 것이 일본 고대의 결혼 풍속이었다. 날이 새었다고 밤 까마귀는 울지만, 정말 날이 밝으면 나무 위에서 지저귀는 작은 새들이 아직 지저귀지 않고 조용하네. 그러므로 날이 완전히 샌 것이 아닌 것을 알 수 있으니 더 머물러도 되지 않겠느냐는 뜻이다.

渡瀬昌忠은 '남성이 방문하고 있는 언덕의 여성의 집 주위는, 새벽녘의 새들 지저귐은 아직 시작되지 않고 있다(날이 새지 않았다는 뜻이다). 그러나 이별의 시간이 다가오고 있다. 그런 때 떠나는 남성의 노래인가. 붙잡는 여성의 노래인가. 이상할 정도로 조용한 것을 노래하고 있으므로 내면적인 것은 1237번가와 통하는 데가 있다. 일종의 성적 의례인 우타가키(歌垣) 등 聖婚의례가 행해진 언덕에서의 노래인가라고 하였다[『萬葉集全注』 7, p.233].

1264　서쪽의 시장에/ 단지 혼자서 나가서/ 잘 보지 않고/ 사버렸던 비단은/ 잘못 산 것이라네

✿ 해설

서쪽 시장에 단지 혼자 나가서 다른 것과 잘 비교해 보지도 않고 덥석 사버렸던 비단은 잘못 산 것이라네라는 내용이다.

1265　今年去　新嶋守之　麻衣　肩乃間亂者　誰取見

今年行く　新島守[1]が　麻衣　肩の紐[2]は　誰か取り見む[3]

ことしゆく　にひしまもりが　あさごろも　かたのまよひは　たれかとりみむ

1266　大舟乎　荒海尓榜出　八船多氣　吾見之兒等之　目見者知之母

大船を　荒海に漕ぎ出　彌船たけ[4]　わが見し子ら[5]が　目見[6]は著しも

おほふねを　あるみにこぎで　やふねたけ　わがみしこらが　まみはしるしも

1 新島守 : '今年', '新'은 나이가 어린 것을 말한다. '島守'는 변경의 섬을 지키는 사람, 사키모리(防人)를 말한다.
2 紐 : 실의 타짐.
3 誰か取り見む : 보살핀다는 뜻이다.
4 たけ : 젓는다는 뜻인가.
5 子ら : 뒤에 남겨두고 온 처녀를 말한다.
6 目見 : 눈을 말한다.

1265   올해 첨 가는/ 새로운 섬지기의/ 마로 만든 옷/ 어깨 쪽 타진 곳은/ 누가 꿰매 줄 건가

해설

올해 처음으로 섬지기로 떠나가는 아이가 입은, 마로 만든 옷의 어깨 쪽의 타진 곳은 누가 꿰매어 줄 것인가라는 내용이다.

1266   크나큰 배를/ 거친 바다로 저어/ 배들 젓지만/ 내가 보았던 아이/ 눈이 또렷하네요

해설

크나큰 배를 거친 바다로 저어 내어서 많은 배들을 저어서 오지만 내가 보았던 그 처녀의 눈이 또렷하게 생각이 되네요라는 내용이다.

'彌船たけ'를 大系에서는, '드디어 배를 젓지만. 'たけ'는 다음에 'と'를 붙이지 않고 역접의 전제 조건을 나타내는 어법의 특이한 예'라고 하였다[『萬葉集』 2, p.237].

就所發思[1] 旋頭歌[2]

1267 百師木乃　大宮人之　踏跡所　奧浪　來不依有勢婆　不失有麻思乎

　　　　ももしきの[3]　大宮人の　踏みし跡所[4]　沖つ波　來寄せざりせば　失せざらましを[5]

　　　　ももしきの　おほみやびとの　ふみしあとどころ　おきつなみ　きよせざりせば　うせざらましを

　　　　左注　右十七首, 古謌集出.

1268 兒等手乎　卷向山者　常在常　過徃人尒　徃卷目八方

　　　　兒らが手を　卷向山[6]は　常にあれど[7]　過ぎにし人[8]に　行き纏かめやも

　　　　こらがてを　まきむくやまは　つねにあれど　すぎにしひとに　ゆきまかめやも

---

1 就所發思 : 곳곳의 감흥을 따라 노래한 것이라는 뜻이다.
2 旋頭歌 : 577을 다시 한 번 반복하여 노래한 형식이다. 短歌의 원형에 해당한다.
3 ももしきの(百磯城) : 많은 돌로 견고하게 한 울타리라는 뜻으로 堅牢를 비유한 표현이다.
4 踏みし跡所 : 해변의 행행한 곳일 것이다.
5 失せざらましを : 足跡인가.
6 卷向山 : 下句와 대응한다.
7 常にあれど : 불변하다는 뜻이다.
8 過ぎにし人 : 사망한 사람을 말한다.

어떤 곳에 임하여 생각을 나타내었다 旋頭歌

1267 (모모시키노)/ 궁중의 관료들이/ 방문하였던 유적지/ 바다 파도가/ 치지 않았더라면/ 없어지잖았을 걸

해설

많은 돌로 만든 훌륭한 궁중의 관료들이 방문을 하였던 유적지는, 만약 바다 파도가 밀려오지 않았더라면 없어지지 않고 그대로 있었을 텐데라는 내용이다.

세상이 무상함을 나타낸 것이겠다.

'旋頭歌(세도우카)'는 577 577 형식의 노래를 말한다. 『萬葉集』에 총 62수가 들어 있다.

渡瀨昌忠은 '來不依有勢婆'를 'きよせずありせば' 8음절로 읽었다[萬葉集全注』 7, p.239].

'ももしきの(百磯城)'는 많은 돌로 견고하게 한 울타리라는 뜻으로 堅牢를 비유한 표현이다. 옛날에는 궁전에 돌을 사용하지 않았으며 天智천황 이후의 새로운, 중국·한국풍의 건물 관념에 의한 표현이다[中西 進 『萬葉集』 1, p.64. 29번가의 주20 참조].

좌주 위의 17수는 옛 가집에 나온다.

1268 (코라가테오)/ 마키무쿠(卷向)의 산은/ 변함이 없지만/ 가버린 사람에게/ 가서 벨 수 있을까

해설

사랑스러운 사람의 손을 베게로 한다고 하는 뜻을 이름으로 한 마키무쿠(卷向)의 산은 여전히 변함없이 그대로 있는데 이미 저세상으로 간 사람을 찾아가 만나서 서로 팔을 베고 잠을 잘 수 있을 것인가라는 내용이다. 마키무쿠(卷向)의 산은 그대로 있어서 연인의 팔을 팔베개로 한다는 뜻을 그대로 보이고 있지만 연인이 이미 사망을 하였으므로 팔베개를 할 수 없다는 것을 노래한 것이다.

사랑하는 사람과 서로 팔을 벤다는 뜻의 '마쿠(卷く)'가 마키무쿠(卷向)의 산의 이름과 같으므로 산 이름에 흥미를 느껴서 지은 작품이겠다. '兒らが手を'는 '마쿠(卷く)'를 상투적으로 수식하는 枕詞다.

1269 卷向之　山邊響而　徃水之　三名沫如　世人吾等者

卷向の　山邊とよみて¹　行く水の　水沫²のごとし　世の人³われは⁴

まきむくの　やまへとよみて　ゆくみづの　みなわのごとし　よのひとわれは

左注　右二首, 柿本朝臣人麿之謌集出.

寄物發思⁵

1270 隱口乃　泊瀨之山丹　照月者　盈昊爲焉　人之常無

隱口の　泊瀨の山⁶に　照る月は　盈昊しけり⁷　人の常無き

こもりくの　はつせのやまに　てるつきは　みちかけしけり　ひとのつねなき

左注　右一首, 古歌集出.

---

1 **とよみて**：자동사. 울리는 것을 말한다.
2 **水沫**：물거품. 덧없음을 비유한 것이다.
3 **世の人**：'世'는 살아 있을 동안을 말한다.
4 **われは**：원문의 '等'은 겸양을 나타낸다.
5 **寄物發思**：'寄物'은 앞의 '就所'와 대응한다. '寄物陳思'와 같은 뜻이다.
6 **泊瀨の山**：'泊瀨'는 옛날부터 매장지이며, 1269번가와 관련이 있는 1수.
7 **盈昊しけり**：원문의 '焉'은 강조를 나타내는 조사다. 'するを'라고도 읽을 수 있다.

1269　마키무쿠(卷向)의/ 산 주위를 울리며/ 흐르는 물의/ 물거품과도 같네/ 살아있는 이 몸은

해설

　　마키무쿠(卷向)산 주위가 울릴 정도로 세차게 흐르는 물의 물거품과도 같네. 살아 있는 이내 몸은이라는 내용이다.

　　全集에서는 1087번가로 미루어 '行く水'는 '痛足川'을 가리킨다고 하였다[『萬葉集』 2, p.248].

　　좌주　위의 2수는 카키노모토노 아소미 히토마로(柿本朝臣人麿)의 가집에 나온다.

사물에 부쳐서 생각을 나타내었다

1270　(코모리쿠노)/ 하츠세(泊瀨)의 산 위에/ 비치는 달은/ 차고 이지러지네/ 인생 무상함이여

해설

　　숨는다고 하는 뜻을 지닌 하츠세(泊瀨)의 산 위에 비치는 달은 차서 만월이 되었다가는 다시 이지러지고 하여 변화하네. 그렇게 변화하는 인생의 무상함이여라는 내용이다.

　　'隱口の'는 '하츠세(泊瀨)'를 상투적으로 수식하는 枕詞다. 泊瀨가 옛날에 매장지였음을 생각하면 '隱口の'는 '죽어서 들어가 숨는 입구, 장소'의 뜻이라고 할 수 있겠다.

　　좌주　위의 1수는 옛 가집에 나온다.

行路[1]

1271   遠有而　雲居尓所見　妹家尓　早將至　步黑駒

遠くありて　雲居[2]に見ゆる　妹が家に　早く至らむ　步め黑駒[3]

とほくありて　くもゐにみゆる　いもがいへに　はやくいたらむ　あゆめくろこま

左注　右一首, 柿本朝臣人麿之謌集出.

旋頭歌[4]

1272   釖　從鞘納野邇　葛引吾妹　眞袖以　着點等鴨　夏草苅母

劍太刀[5]　鞘ゆ入野[6]に　葛引く[7]吾妹[8]　眞袖もち　着せてむ[9]とかも　夏草苅るも[10]

つるぎたち　さやゆいりのに　くずひくわぎも　まそでもち　きせてむとかも　なつくさかるも

---

1 行路 : 다른 예가 없다. **羈旅歌**라는 뜻이다.
2 雲居 : 구름과 같다.
3 이 작품은 3441번가, 히토마로(人麿)의 가집 노래와 같다. 널리 구송되었던 1수.
4 旋頭歌 : 이하 모두, 집단의 사람들이 부른 **歌垣歌**로 권10·11의 旋頭歌보다 오래된 것이다.
5 劍太刀 : 劍은 直刀로 찌르는 데 사용하고 太刀는 曲刀로 자르는데 사용하는 것으로 본래 구별되었지만 劍과 太刀라는 뜻이다.
6 入野 : 鞘로 들어간다(入)에서 入野로 연결됨. 入野는 산 사이에 들어있는 들을 말한다.
7 葛引く : 덩굴풀이므로 끈다고 한다.
8 吾妹 : 특정한 사람이 아니다.
9 着せてむ : 양쪽 소매를 가지고 입힌다.
10 이 작품은 남성이 마음대로 정한 느낌이다.

여행 노래

1271 먼 곳에 있어서/ 구름 너머 보이는/ 아내의 집으로/ 빨리 도착을 하자/ 걸어라 검은 말아

🌸 해설
멀리 구름 너머에 보이는 아내가 살고 있는 집으로 빨리 가고 싶네. 그러니 걸어라. 내가 타고 있는 검은 말이여라는 내용이다.

> **좌주** 위의 1수는 카키노모토노 아소미 히토마로(柿本朝臣人麿)의 가집에 나온다.

세도우카(旋頭歌)

1272 커다란 칼이/ 칼집 들어가는 들/ 덩굴 끄는 처녀야/ 양 소매 달린/ 옷을 입혀주려고/ 여름 풀 베고 있나

🌸 해설
커다란 칼끝이 칼집으로 들어간다고 하는 뜻을 이름으로 한 이리노(入野)에서, 거친 베를 짤 섬유를 만들기 위해 덩굴을 끌어서 모으고 있는 처녀여. 양쪽 소매가 달린 옷을 만들어서 나에게 입혀주려고 여름 풀 덩굴을 열심히 베고 있는가라는 내용이다.

注釋 · 全集 · 全注에서는 '釖'을 '釖後'로 하여 'たちのしり'로 읽었다.

渡瀨昌忠은 旋頭歌에 대해, '旋頭歌는 5·7·7·5·7·7, 6句로 된 노래 형식의 명칭이다. 처음 5·7·7 의 3구를 부르고 쉬고 나서 앞으로 돌아가서 5·7·7의 3구를 이어 부르므로 이 명칭이 된 것이다. 『만엽집』 에 62수 있는 것이 거의 전부이며 다른 고전에는 손꼽을 정도로 극소수가 있을 뿐이다. 『만엽집』에서는 人麿 가집에 35수 있는 것이 가장 많고 다음으로는 古歌集에 6수가 있으며 모두 권제7과 11에 집중되어 있다. 권제7에서는 古歌集의 1수 1267번가와, 출전을 알 수 없는 1295 · 1403번가 2수가 있는 이외에 이 人麿 가집의 23수가 있을 뿐이며 이것은 『만엽집』 중에서도 가장 많은 旋頭歌를 정리한 것이다. 이 23수는 내용으로 미루어 보면 歌垣의 유혹하는 노래와 媒介歌, 노동 작업하는 동안의 웃음 노래, 장난하는 노래 등, 민요성이 강한 작품이 많고, 문답이나 말을 거는 것, 반복의 형식이 많다. 그러나 거의 短歌와 차이가 없는, 개인의 서정을 보여주는 내용의 노래도 있어 폭이 넓고 일본에서의 서정시의 성립 과정에서 人麿 가집의 旋頭歌는 중요한 위치를 차지하고 있다'고 하였다[『萬葉集全注』 7, p.245].

1273　住吉　波豆麻公之　馬乗衣　雜豆藤　漢女乎座而　縫衣叙

住吉の　波豆麻[1]の君が　馬乗衣[2]　さひづらふ[3]　漢女[4]をすゑて　縫へる衣ぞ[5]

すみのえの　はづまのきみが　うまのりごろも　さひづらふ　あやめをすゑて　ぬへるころもぞ

1274　住吉　出見濱　柴莫苅曾尼　未通女等　赤裳下　閏將徃見

住吉の　出見の濱の　柴な苅りそね[6]　未通女等が　赤裳の裾の　濡れて[7]ゆく見む

すみのえの　いでみのはまの　しばなかりそね　をとめらが　あかものすその　ぬれてゆくみむ

---

1 波豆麻 : 지명인가. 인명에도 있다. 조선어인가.
2 馬乗衣 : 조선식의 복장이다.
3 さひづらふ : 지저귀듯이 들린다.
4 漢女 : 아야(漢, 중국) 하토리(베짜기, 하타오리의 축약형)의 여자.
5 이 작품은 젊은 도련님을 찬미한 노래다.
6 柴な苅りそね : '柴苅'는 入會地의 공동 작업을 말한다.
7 濡れて : 붉은 치마가 젖어서 색이 또렷하게 된 예는 많다.

1273　스미노에(住吉)의/ 하즈마(波豆麻)의 도련님/ 말을 탈 때 입는 옷/ (사히즈라후)/ 漢女들 고용해서/ 만든 승마복이네

　　스미노에(住吉)의 하즈마(波豆麻)의 도련님이 말을 탈 때 입는 옷은, 재잘대지만 무슨 말인지 알아들을 수가 없는 외국인 漢女들을 고용해서 만든 승마복이네라는 내용이다.

　　'波豆麻'는 무슨 뜻인지 잘 알 수 없는데, 私注에서는 '배를 대는 곳이라는 뜻으로 住吉의 부두를 가리킨 것이겠다. (중략) 住吉은 개항지이므로 그 부두의 사람은 매우 하이칼라였다고 보아도 좋다'고 하였다(『萬葉集私注』 4, p.131). 大系에서는 '지명인가'라고 하였고(『萬葉集』 2, p.238), 全集에서는 '인명인가. 개항지인 住吉의 거리를 지나가는 세련된 남성의 이름인가'라고 하였다(『萬葉集』 2, p.249). 渡瀬昌忠은 '선착장인가'라고 하였다(『萬葉集全注』 7, p.246).

1274　스미노에(住吉)의/ 이데미(出見)의 해변의/ 섶을 자르지 말게/ 아가씨들의/ 붉은 치맛자락이/ 젖어가는 것 보자

　　스미노에(住吉)의 이데미(出見) 해변의 섶을 자르지 말게나. 아가씨들이 입고 있는 붉은 치맛자락이 젖어서 점점 붉은 색이 또렷하게 드러나는 것을 보자라는 내용이다.

　　이 내용과 해변의 섶과 무슨 관계가 있는지 확실하게 드러나 있지 않은데, 私注에서는 '섶을 베지 않고 남겨두면 거기에 숨어서 아가씨들을 보려고 한 것'이라고 하였다(『萬葉集私注』 4, p.132). 注釋·全注에서도 그렇게 해석을 하였다.

1275 　住吉　小田苅爲子　賤鴨無　奴雖在　妹御爲　私田苅

住吉の　小田を苅らす[1]子　奴[2]かも無き　奴あれど　妹が御爲と　私田[3]苅る[4]

すみのえの　をだをからすこ　やつこかもなき　やつこあれど　いもがみためと　わたくしだかる

1276 　池邊　小槻下　細竹苅嫌　其谷　公形見尓　監乍將偲

池の邊の　小槻[5]が下の　細竹な苅りそ[6]ね　それをだに　君が形見[7]に　見つつ思はむ

いけのへの　をつきがもとの　しのなかりそね　それをだに　きみがかたみに　みつつしのはむ

1　苅らす：존경을 나타낸다.
2　子奴：奴(남), 婢(여)의 구별이 있었다.
3　私田：位田·賜田·墾田 등 비과세의 밭. 公田의 반대다.
4　이 작품은 上下句 문답으로 야유와 복수.
5　小槻：'小'는 美稱.
6　細竹な苅りそ：원문은 'な…そ'의 금지를 '嫌'자로 하였다.
7　君が形見：만나는 장소이므로.

1275 스미노에(住吉)의/ 밭을 베는 사람아/ 종이 없는 것인가/ 종이야 있지만 / 연인을 위하여서 / 私田을 베고 있네

🌸 해설

　　스미노에(住吉)의 밭을 베고 있는 사람아 그대는 부리는 종이 없는 것인가. 종은 비록 있지만 사랑하는 그녀를 위하여 私田을 베고 있는 것이라네라는 내용이다.

　　私注에서는 이 작품을 '부부가 동거하지 않는 혼인 관계에서도 남편은 아내의 집에 노동을 제공하는 관습이 있어서 이러한 노래가 있는 것이겠다. 자신의 밭은 종에게 맡겨서 베게 해도 아내 집의 밭은 베기 위해 가지 않으면 안 되는 관습을 풍자하고 있는 것처럼도 보인다. (중략) 公田을 임차해서 경작하는 정도의, 대규모의 농가는 아니고, 아내가 口分田만을 가지는, 住吉의 流行女婦를 나타내는 것일까. 그렇다면 그런 여자를 위하여 스스로 노동을 제공하는 남자에 대한 풍자로 볼 수 있다'고 하였다[萬葉集私注』 4, p.133].

　　渡瀬昌忠은 이 작품을 '旋頭歌의 가장 전형적인 형식으로 문답을 전반과 후반으로 보이고 있다. 젊은 남성에게 물으며 놀리는 전반과, 젊은이가 그것에 답하며 얼버무려 넘기는 후반으로 이루어진 戲笑歌. 입장이 다른 두 집단의 창화의 場이 배경으로 상정된다'고 하였다[萬葉集全注』 7, p.248].

1276 연못 근처의/ 물푸레나무 밑의/ 가는 대 베지 말게/ 그것이나마/ 그 사람 추억으로/ 보면서 생각하자

🌸 해설

　　연못 근처의 물푸레나무 밑의 가는 대나무를 베지 말게나. 그것으로나마 그 사람과의 추억거리로 보면서 생각하자라는 내용이다.

　　渡瀬昌忠은 '歌垣 등의 성스러운 장소를 설정하기 위하여 물푸레나무 밑의 대나무를 베는 남성에게 대하여 말을 거는 형식의 여성의 노래. 전반에서 말을 걸고, 후반에서 그 이유를 말하는 것은 1274번가와 같다. 1275번가의 略體歌가 더해지지 않은 그 전에는 1274번가의 男歌와 이 女歌는 한 조가 되어 있었던 것인가'라고 하였다[萬葉集全注』 7, pp.249~250].

1277　天在　日賣菅原　草莫苅嫌　弥那綿　香烏髪　飽田志付勿

天にある¹　姫菅原²の　草な苅りそね　蜷の腹³　か黑き髪に　芥し⁴着くも

あめにある　ひめすがはらの　くさなかりそね　みなのわた　かぐろきかみに　あくたしつくも

1278　夏影　房之下邇　衣裁吾妹　裏儲　吾爲裁者　差大裁

夏蔭の　房⁵の下に　衣裁つ吾妹　心設けて　わがため裁たば　やや大に裁て⁶

なつかげの　つまやのしたに　きぬたつわぎも　うらまけて　わがためたたば　ややおほにたて

1　天にある : 천상의 日(히)에서 姫(히메)로 이어진다.
2　姫菅原 : 姫島原인가.
3　蜷の腹 : 우렁이를 말한다.
4　芥し : 풀 벨 때의 먼지와 흰 머리를 이중적으로 나타내었다.
5　房 : 아내가 사는 다른 건물을 말한다.
6　やや大に裁て : 좀 큰 복장이 멋이 있었다.

1277 (아메니아루)/ 히메스가(姫菅)의 들의/ 풀 절대 베지 말게/ (미나노와타)/ 검은 머리카락에 / 먼지가 붙으니까

🌸 **해설**

　　히메스가(姫菅)들의 풀을 절대로 베지 말게나. 풀을 베면 우렁이 창자같이 검은 머리가, 풀을 벨 때 생기는 먼지가 붙어서 흰머리처럼 되니까라는 내용이다.

　　이 작품은 풀을 베는 사람을 여성으로도 남성으로도 볼 수 있다. 남성으로 보면 여성의 머리에 먼지가 붙으니까 남성은 풀을 베지 말라는 뜻이 되고, 여성으로 보면 머리에 먼지를 덮어쓰며 풀을 베는 여성을 안쓰럽게 생각한 노래라고 볼 수 있다. 노래의 작자는 남성의 입장이라고 생각된다.

　　'天にある'는 하늘에 있는 '日(히)'의 발음이 '姫(히메)'와 발음이 같으므로 '姫'를 상투적으로 수식하게 된 枕詞며, '蜷の腹'은 우렁이 창자가 검으므로 'か黑き'를 상투적으로 수식하는 枕詞다.

1278 여름 그늘의/ 아내의 집 안에서/ 옷을 짓는 그대여/ 마음을 먹고/ 나를 위해 지으면/ 조금 크게 짓게나

🌸 **해설**

　　여름 나무 그늘 아래에 있는 아내의 집 안에서 옷을 만들고 있는 그대여. 마음을 먹고 나를 위해 옷을 만든다면 이왕이면 조금 크게 만들어 주면 좋겠네라는 내용이다.

　　1272번가와 비슷한 노래다. 남성이 마음대로 생각하고 옷을 만드는 여성을 연인으로 부르고는 자신의 희망사항을 주문한 내용이다.

　　'房の下'의 '下'를, 大系에서는 '보이지 않는 곳'으로 보아 中西 進처럼 '방안'으로 해석을 하였대『萬葉集』 2, p.240]. 그런데 私注에서는 '아내의 집 그늘로 해석을 하고 여성이 옥외에서 작업을 하고 있는 것이라고 하였대『萬葉集私注』 4, p.135]. 全注에서도 '아내의 집 그늘로 해석을 하였대『萬葉集全注』 7, p.151].

1279　梓弓　引津邊在　莫謂花　及採　不相有目八方　勿謂花

　　　梓弓　引津の邊¹なる　莫告藻の花²　採むまでに　逢はざらめやも　莫告藻の花

　　　あづさゆみ　ひきつのへなる　なのりそのはな　つむまでに　あはざらめやも　なのりそのはな

1280　撃日刺　宮路行丹　吾裳破　玉緒　念委　家在矣

　　　うち日さす³　宮路を行くに⁴　わが裳は破れぬ　玉の緒の　思ひ委せて　家にあらましを

　　　うちひさす　みやぢをゆくに　わがもはやれぬ　たまのをの　おもひまかせて　いへにあらましを

1　引津の邊：福岡縣 絲島반도.
2　莫告藻の花：모자반. '이름을 말하지 말라'는 뜻을 내포하였다.
3　うち日さす：'うち'는 강조의 뜻. 태양이 빛나는 '都'로 이어진다.
4　宮路を行くに：여성이 연인을 만나기 위하여 가는 것이다.

1279　(아즈사유미)/ 히키츠(引津)의 주변의/ 나노리소라는 꽃/ 딸 때까지는/ 만나지 못할 건가/ 나노리소라는 꽃

해설

　　멋진 활을 당긴다고 하는 뜻의 히키츠(引津) 주변의 나노리소라는 꽃이여. 꽃을 딸 때까지는 만나지 않는다고 하는 일이 있을 것인가. 나노리소라는 꽃이여라는 내용이다.

　　渡瀬昌忠은 '정을 통한 해변의 여성에게 사람들에게 말하지 말라고 하는 남성의 노래. 항구 주위에서의 연회에서 불린 것 같은 노래. 같은 형식의 남성의 노래가 1290번가에도 있다'고 하였다[『萬葉集全注』 7, p.253].

　　'莫告藻の花'는 모자반인데 일본어 발음을 알아야 노래의 내용을 이해하기가 쉽다.

　　모자반은 일본어로 '나노리소(名告藻)'이다. '나노리소(名告藻)'의 '나(名)'가 '己が名'의 '名'과 같으므로 연상하여 연결을 한 것이다. 'なのりそ'의 'のり'는 원형이 'のる'이며 '告'로 '말하다'라는 뜻이다. 그런데 'な'는 두 가지로 해석을 할 수 있다. 첫째는 '名告藻'인데 이렇게 보면 '이름을 말하라'는 뜻의 해초가 된다. 두 번째는 '勿告藻・莫告藻로 쓰는 경우이다. 이렇게 쓰게 되면 'な'는 하지 말라는 부정명령을 나타내므로 '이름을 말하지 말라'는 뜻이 된다.

1280　(우치히사스)/ 궁중으로 길가다/ 내 치마 다 버렸네/ (타마노오노)/ 마음 애타면서도/ 집에 있을 걸 그랬네

해설

　　태양이 눈부시게 내리비친다는 궁중으로 길을 걸어가다 보니 내 치마 끝이 스쳐서 닳아버렸네. 구슬을 꿴 끈이 구부러지듯이 그렇게 생각되는 대로 맡겨서 마음이 애타면서도 집에 있었던 편이 좋았네라는 내용이다.

　　私注에서는 '복장이 여성의 생명이었던 것은 예나 지금이나 같다. 그러한 심리를 살린 민요일 것이다'고 하였다[『萬葉集私注』 4, p.137]. 全注에서는 '이 작품에 대답한 듯한 남성의 노래(11・2365)가 있다'고 하였다[『萬葉集全注』 7, p.154].

　　'念委'를 私注에서는 'おもひたわみて'로, 注釋・大系・全集・全注에서는 'おもひみだれて'로 읽었다.

1281　公爲　手力勞　織在衣服叙　春去　何色　摺者吉

君がため　手力疲れ　織りたる衣ぞ　春さらば[1]　いかなる色に　摺りてば好けむ

きみがため　たぢからつかれ　おりたるきぬぞ　はるさらば　いかなるいろに　すりてばよけむ

1282　橋立　倉椅山　立白雲　見欲　我爲苗　立白雲

梯立の[2]　倉椅山[3]に　立てる白雲[4]　見まく欲り[5]　わがするなへに[6]　立てる白雲

はしたての　くらはしやまに　たてるしらくも　みまくほり　わがするなへに　たてるしらくも

---

1 **春さらば**：야산에 꽃이 온통 핀다.
2 **梯立の**：사다리를 세우는 '倉'으로 연결된다.
3 **倉椅山**：奈良縣 櫻井市 남쪽의 音羽山이다.
4 **白雲**：구름은 사람의 혼이라고 생각되었다.
5 **見まく欲り**：연인을 보고 싶어하는 것이다.
6 **なへに**：～와 함께라는 뜻이다.

1281 그대를 위해/ 손의 힘 다하도록/ 짜서 만든 옷이죠/ 봄이 오면은/ 어떤 색으로 하여/ 물들이면 좋을까

✿ **해설**

그대에게 드리기 위해 손의 힘이 다하도록 피곤해하며 고생해서 짠 옷이랍니다. 봄이 오면 어떤 색으로 문질러서 물들이면 좋을까요라는 내용이다.

渡瀨昌忠은 '남성을 기쁘게 하기 위하여 열심히 옷을 만들려고 하며 애정을 표시한 여성의 노래'라고 하였다[萬葉集全注』 7, p.255].

1282 (하시타테노)/ 쿠라하시(倉橋)의 산에/ 일어나는 흰 구름/ 보고 싶다고/ 내가 생각할 때에/ 일어나는 흰 구름

✿ **해설**

사다리를 세운 창고라는 뜻을 이름으로 한 쿠라하시(倉橋)산에 일어나는 흰 구름. 사랑하는 사람을 보고 싶다고 내가 생각하는 그 때 일어나는 흰 구름인가라는 내용이다.

고대 일본에서는 구름을 사람의 영혼으로 보았다. 제3구와 제6구에서 '立て白雲'을 반복하고 있다.

1283　橋立　倉椅川　石走者裳　壮子時　我度爲　石走者裳

梯立の　倉椅川^{1}の　石の橋^{2}はも　壮子時^{3}に　わが渡りてし^4　石の橋はも^5

はしたての　くらはしがはの　いはのはしはも　をざかりに　わがわたりてし　いはのはしはも

1284　橋立　倉椅川　河靜菅　余苅　笠裳不編　川靜菅

梯立の　倉椅川の　川のしづ菅^6　わが苅りて^7　笠にも編まぬ　川のしづ菅

はしたての　くらはしがはの　かはのしづすげ　わがかりて　かさにもあまぬ　かはのしづすげ

1　倉椅川 : 奈良縣 櫻井市 寺川 상류를 말한다.
2　石の橋 : 自然川 속의 징검다리를 말한다.
3　壮子時 : 장년의 때.
4　渡りてし : 'て'는 완료, 'し'는 과거를 나타낸다.
5　이 작품은 **歌垣**의 노인의 노래다.
6　しづ菅 : 'しづ'는 아래라는 뜻으로 키가 작은 등골나무를 말한다. 여성을 **寓意**한 것이다.
7　苅りて : 자신의 사람으로 한다는 비유이다.

1283 (하시타테노)/ 쿠라하시(倉椅)川 속의/ 돌로 된 징검다리/ 젊었을 때에/ 내가 건너다녔던/ 징검다린 어떨까

🌸 해설

　사다리를 세운 창고라는 뜻을 이름으로 한 쿠라하시(倉椅)川 속의 징검다리여. 젊었을 때에 내가 건너다 녔던 징검다리여라는 내용이다.

　제3구와 제6구에서 '石の橋はも'를 반복하고 있다.

　土橋寬은 '노인이 한창이었던 때를 회상하고 그리워하는 노래. 歌垣에서 노인이 늙은 것을 한탄하며 젊은 남녀에게 사랑을 하라고 권하는 노래의 계통을 잇고 있다'고 하였다[渡瀨昌忠, 『萬葉集全注』7, p.258].

1284 (하시타테노)/ 쿠라하시(倉椅)의 川의/ 강의 작은 등골풀/ 내가 베어서/ 갓으로 엮지 않은/ 강의 작은 등골풀

🌸 해설

　사다리를 세운 창고라는 뜻을 이름으로 한 쿠라하시(倉椅)川의, 높이가 높지 않은 등골풀이여. 내가 베어서 삿갓으로 엮지 않은 강의 작은 등골풀이여라는 내용이다.

　'笠にも編まぬ'는 '함께 잠자리를 하지 않은'이라는 뜻이다. 제3구와 제6구에서 '川のしづ菅'을 반복하고 있다.

　渡瀨昌忠은 '靜菅'을 한자 의미 그대로 '조용하게 자라나 있는 등골풀'로 해석하였으며 이 작품을 歌垣에서, 그렇게 높게 가만히 있으면 결혼 상대를 얻을 수 없다고 야유하는 노래라고 하였다[『萬葉集全注』7, pp.258~259].

1285　春日尙　田立嬴　公哀　若草　孋無公　田立嬴

春日[1]すら　田に立ち疲る　君はかなしも　若草の　孋[2]無き君が　田に立ち疲る[3]

はるひすら　たにたちつかる　きみはかなしも　わかくさの　つまなききみが　たにたちつかる

1286　開木代　來背社　草勿手折　己時　立雖榮　草勿手折

山城[4]の　久世[5]の社の　草[6]な手折りそ　おのが時[7]と　立ち榮ゆとも　草な手折りそ

やましろの　くせのやしろの　くさなたをりそ　おのがよと　たちさかゆとも　くさなたをりそ

---

1 春日 : 들놀이를 하는 봄날.
2 孋 : 함께 노는 여성이다.
3 이 노래는 인기가 없는 남성을 야유한 것이다.
4 山城 : 원문의 '開木'은 벌목의 뜻으로 산에 해당한다.
5 久世 : 木津村 동쪽 해안, 京都府 城陽市.
6 草 : 신의 여자를 비유한 것이다.
7 時 : 자신의 권세를 자랑하는 때.

1285 봄날조차도/ 밭에서 지쳐 있는/ 그대는 슬프네요/ (와카쿠사노)/ 아내 없는 그대가/ 밭에서 지쳐 있네

🌸 **해설**

　들놀이를 하는 봄날조차도 歌垣에 참가하지 않고 밭에서 일하며 지쳐 있는 그대는 슬프네요. 싱싱한 풀과 같은 아내도 없는 그대가 밭에서 일을 하며 지쳐 있네라는 내용이다.

　제2구와 제6구에서 '田に立ち疲る'를 반복하고 있다. 봄날 우타가키(歌垣) 행사에 참여하지도 않은 남성을 야유한 노래로 보인다.

1286 야마시로(山城)의/ 쿠세(久世)에 있는 신사/ 풀은 꺾지를 말게/ 내 전성기라/ 번영하고 있어도/ 풀은 꺾지를 말게

🌸 **해설**

　야마시로(山城)의 쿠세(久世)에 있는 신사의 풀은 손으로 꺾지를 말게나. 자신의 전성기라서 번영하고 있어도 풀은 손으로 꺾지를 말게나라는 내용이다.

　제3구와 제6구에서 '草な手折りそ'를 반복하고 있다.

　渡瀬昌忠은, 성스러운 여성과 남의 아내에게 손을 내미는 것을 비난하는 노래라고 하였다[『萬葉集全注』 7, p.262].

1287　青角髮　依網原　人相鴨　石走　淡海縣　物語爲

青みづら¹　依網²の原に　人も³逢はぬかも　石走る　淡海縣の　物がたりせむ

あをみづら　よさみのはらに　ひともあはぬかも　いはばしる　あふみあがたの　ものがたりせむ

1288　水門　葦末葉　誰手折　吾背子　振手見　我手折

水門の　葦の末葉を　誰か手折りし　わが背子⁴が　振る手を見むと　われそ手折りし⁵

みなとの　あしのうらばを　たれかたをりし　わがせこが　ふるてをみむと　われそたをりし

1　**青みづら** : 푸른 풀을 결발에 붙여 엮는 뜻인가.
2　**依網** : 大阪市 住吉區.
3　**人も** : **依網(羅)娘子**라고 칭하는 **語部**가 있어서 아후미(近江)와 히토마로(人麿)의 전승을 전하였던 것인가. 그 사람.
4　**わが背子** : 배를 타고 출어하는 어부를 말한다.
5　문답체로 **河口**의 여성 집단의 노래다.

1287 (아오미즈라)/ 요사미(依網)의 들에서/ 사람도 만나지 않나/ (이하바시루)/ 아후미(近江)의 나라의/ 이야기를 전하자

🌸 **해설**

　　푸른 덩굴풀을 끌어당긴다는 뜻을 이름으로 한 요사미(依網)들에서 사람도 만나지 않는 것인가. 돌 위를 물이 세차게 흐른다는 아후미(近江)나라의 이야기를 전하고 싶네라는 내용이다.

　　아후미(近江)나라의 이야기를 전하려고 요사미(依網)들에서 사람을 만나고 싶다는 내용이다.

　　'あをみづら'는 요사미(依網)를 상투적으로 수식하는 枕詞다. 私注에서는 '푸른 덩굴풀이므로 그것을 끌 어당긴다는 뜻으로 요사미(依網)의 '요세'에 연결시킨 것일 것이다'고 하였다『萬葉集私注』 4, p.142].

1288 항구에 난/ 갈대의 끝 쪽 잎을/ 누가 꺾었는가요/ 나의 님이요/ 흔드는 손 보려고/ 내가 꺾은 것이죠

🌸 **해설**

　　항구에 나 있는 갈대의 끝 쪽 잎을 누가 손으로 꺾었는가. 나의 사랑하는 사람이 흔드는 손을 보려고 내가 꺾었네라는 내용이다.

　　문답 형식으로 되어 있다. 후반부가 여성이 답한 것이므로 전반부는 남성이 물은 것으로 볼 수 있다.

1289 垣越　犬召越　鳥獦爲公　靑山　葉茂山邊　馬安公

垣越¹しに　犬呼びこして　鳥狩²する君　靑山の　しげき山邊に　馬息め³君

かきごしに　いぬよびこして　とがりするきみ　あをやまの　しげきやまへに　うまやすめきみ

1290 海底　奧玉藻之　名乘曾花　妹与吾　此何有跡　莫語之花

海の底　沖つ玉藻の　名告藻の花⁴　妹とわれと　此處にしありと　莫告藻の花

わたのそこ　おきつたまもの　なのりそのはな　いもとわれと　ここにしありと　なのりそのはな

---

1 **垣越**：**犬飼部**의 여자 집의 담 밖에서.
2 **鳥狩**：매 사냥이다.
3 **馬息め**：밖에서나마 볼 수 있으므로.
4 **名告藻の花**：모자반. 꽃이 없으므로 반쯤 알려진 것에 흥미를 느낀 노래. 노래를 부른 자는 당사자가 아니다.

1289 담을 뛰넘는/ 개를 불러들여서/ 매사냥하는 그대/ 푸르른 산의/ 무성한 산 근처에/ 말 쉬게 해요 그대

해설

　담을 뛰어넘는 개를 불러들여서 매사냥을 하는 젊은 그대여. 푸르른 산의 나무가 무성한 산 근처에 말을 쉬게 하세요. 그대여라는 내용이다.

　渡瀬昌忠은 이 작품을 '여성이 유혹하는 노래. 말을 타고 오는 귀공자를 기다리는 여성 입장에서의 노래'라고 하였다[『萬葉集全注』7, p.265].

1290 바다 아래의/ 깊은 곳의 해초인/ 나노리소라는 꽃/ 그녀와 내가요/ 여기에 있다는 것/ 말하지 말아 꽃아

해설

　바다 저 밑에 있는 해초인 나노리소라는 꽃이여. 그녀와 내가 함께 여기에 있다는 것을 말하지 말아. 나노리소 꽃이여라는 내용이다.

　'わたのそこ'는 바다의 깊은 곳인 '沖'을 상투적으로 수식하는 枕詞다.

　'莫告藻の花'는 모자반인데 일본어 발음을 알아야 노래의 내용을 이해하기가 쉽다. 모자반은 일본어로 '나노리소(名告藻)'이다. '나노리소(名告藻)'의 '나(名)'가 '己が名'의 '名'과 같으므로 연상하여 연결을 한 것이다. 'なのりそ'의 'のり'는 원형이 'のる'이며 告로 '말하다'라는 뜻이다. 그런데 'な'는 두 가지로 해석을 할 수 있다. 첫째는 名告藻인데 이렇게 보면 '이름을 말하라'는 뜻의 해초가 된다. 두 번째는 勿告藻・莫告藻로 쓰는 경우이다. 이렇게 쓰게 되면 'な'는 하지 말라는 부정명령을 나타내므로 '이름을 말하지 말라는 뜻이 된다. 이 작품에서는 두 번째의 뜻이다.

1291　此岡　草苅小子　勿然苅　有乍　公來座　御馬草爲

　　　この岡に　草苅る小子　然な苅りそね　在りつつも[1]　君[2]が來まして　御馬草にせむ

　　　このをかに　くさかるわらは　しかなかりそね　ありつつも　きみがきまして　みまくさにせむ

1292　江林　次宍也物　求吉　白栲　袖纒上　宍待我背

　　　江林に　やどる猪鹿やも　求むるによき　白栲の　袖纒き上げて[3]　猪鹿待つわが背

　　　えばやしに　やどるししやも　もとむるによき　しろたへの　そでまきあげて　ししまつわがせ

---

1 **在りつつも** : 언제까지나 그대로 둔다는 뜻이다.
2 **君** : 집단적인 노래로 불특정한 인물을 가리킨다.
3 **袖纒き上げて** : 세련된 복장으로 사냥하는 옷차림은 아니다.

1291 이 언덕에서/ 풀을 베는 아이야/ 그렇게 베지 말아/ 그대로 두면/ 그분이 오시어서/ 말의
      먹이 할 테지

해설

　이 언덕에서 풀을 베는 아이야. 그렇게 풀을 베지 말아라. 풀을 있는 그대로 두면 그분이 오셔서 말의
먹이로 하실 테지라는 내용이다.

　전반부에서는 풀을 베는 아이에게 풀을 베지 말라고 자신의 희망 사항을 말하고 후반부에서는 그 이유
를 설명하고 있다.

　私注에서는 노동가일까라고 하였다『萬葉集私注』 4, p.144].

1292 강 근처 숲에/ 살고 있는 짐승을/ 잡는데 편리한가/ (시로타헤노)/ 소매 걷어 올리고/
      짐승 기다리는 님

해설

　강 근처 숲에 살고 있는 짐승을 잡는데 편리해서인가. 흰 소매를 걷어 올리고 짐승을 기다리고 있는
그대여라는 내용이다.

　渡瀨昌忠은 이 작품을, 歌垣에서 여자를 기다리는 노래로 보고 '고대의 구애와 이별 때 행해진 소매
흔들기는, 소매가 좁고 손끝보다도 긴 옷을 입고, 손을 들어 그 소매 끝을 흔들었지만 그것이 끝나면
소매를 걷어 올려서 손을 사용할 수 있도록 하였다. (중략) 이 노래는 歌垣에서 소매를 흔드는 것을 멈추고
그 소매를 걷어 올리고 여자를 기다리고 있는 남자에게 그렇게 해서는 여자를 얻을 수가 없다고 놀리는
노래일 것이다'고 하였다『萬葉集全注』 7, p.269].

　'次宍也物'을 私注・注釋・大系・全注에서는 中西 進과 마찬가지로 'やどる猪鹿やも'로 훈독을 하였으나
全集에서는 '臥(ふ)せる獸(しし)やも'로 훈독하였다.

1293　丸雪降　遠江　吾跡川楊　雛苅　亦生云　余跡川楊

霰降り[1]　遠江の　吾跡[2]川楊　苅りぬとも　またも生ふといふ[3]　吾跡川楊

あられふり　とほつあふみの　あとかはやなぎ　かりぬとも　またもおふといふ　あとかはやなぎ

1294　朝月日　向山　月立所見　遠妻　持在人　看乍偲

朝づく日[4]　向ひの山に　月立てり見ゆ　遠妻を　持ちたる人し　見つつ思はむ

あさづくひ　むかひのやまに　つきたてりみゆ　とほづまを　もちたるひとし　みつつしのはむ

左注　右廿三首, 柿本朝臣人麿之謌集出.[5]

---

1 **霰降り**：싸락눈 내리는 소리를 '遠(토호)'으로 하여 '遠江'에 이어진다.
2 **吾跡**：어딘지 알 수 없다.
3 **またも生ふといふ**：버들의 성장은 꺾꽂이 버드나무 등으로 말해지며 노래로 많이 불린다.
4 **朝づく日**：아침 해를 맞이한다는 뜻으로 이어진다.
5 **人麿之謌集出**：人麿謌集의 민요인가.

1293 (아라레후리)/ 토호츠 아후미(遠江)의/ 아토카하(吾跡)川 버들/ 베어버려도/ 다시 또 자라

　　　　난다는/ 아토카하(吾跡)川 버들

🌸 **해설**

　　싸락눈이 '토호토호'하고 내리는 소리를 이름으로 한 토호츠 아후미(遠江)의 아토카하(吾跡)川 버들이

여. 베어버려도 다시 또 자라난다는 아토카하(吾跡)川 버들이여라는 내용이다.

　　제3구와 제6구에서 '吾跡川楊'을 반복하였다.

　　渡瀬昌忠은 이 작품을, '봄의 예축의례 때 베어서 사용한 강 버들의, 강한 생명력을 찬미한다. 그럼으로

써 강한 연정을 비유적으로 표현한 것이겠다'고 하였다[『萬葉集全注』 7, p.270].

1294 (아사즈쿠히)/ 건너편의 산에요/ 달 뜨는 것 보이네/ 멀리 있는 처/ 기다리는 사람은/

　　　　보면서 그리겠지

🌸 **해설**

　　아침 해를 맞이한다는 건너편의 산에 달이 뜨는 것이 보이네. 멀리 있는 아내를 기다리는 사람은 달을

보면서 아내를 그리워하겠지라는 내용이다.

　　'朝づく日'을 私注에서는, '아침이 되어 내가 해를 向한다는 뜻에서 向(むか)ひ'에 이어지는 枕詞라고 하였

다[『萬葉集私注』 4, p.146].

　　1272번가부터 여기까지 23수가 카키노모토노 아소미 히토마로(柿本朝臣人麿)의 가집에 나오는 旋頭歌

이다.

　　　좌주　위의 23수는 카키노모토노 아소미 히토마로(柿本朝臣人麿)의 가집에 나온다.

1295　春日在　三笠乃山二　月船出　遊士之　飲酒坏尒　陰尒所見管

春日なる　三笠の山に　月の船[1]出づ　遊士[2]の　飲む酒坏に　影に見え[3]つつ[4]

かすがなる　みかさのやまに　つきのふねいづ　みやびをの　のむさかづきに　かげにみえつつ

譬喩謌[5]

....

寄衣

1296　今造　斑衣服　面就　吾尒所念　末服友

今つくる　斑の衣[6]　面づきて[7]　われに思ほゆ　いまだ着ねども[8, 9]

いまつくる　まだらのころも　おもづきて　われにおもほゆ　いまだきねども

---

1 **月の船**：달을 말한다.
2 **遊士**：뜻은 '宮び男'. '미야부(宮ぶ)'는 '히나부[鄙(ひな)ぶ]'와 반대로, 도회풍이며 풍류정신을 가진 인간상으로, 이전의 '마스라오(ますらを)'를 대신하여 이상적인 인간상이 되었다. 여기서는 연애의 정서를 이해하는 남자를 말한다.
3 **影に見え**：풍류의 취향이다.
4 이 작품은 歌垣에서의 노래가 아니라 **奈良朝** 관료의 연회석에서의 창작가로 앞의 작품들과 좋은 대조를 이룬다.
5 **譬喩謌**：생각을 물건에 비유한 노래.
6 **斑の衣**：색의 **濃淡**으로 아름답게 무늬를 넣은 옷이다.
7 **面づきて**：얼굴에 어울리게.
8 **いまだ着ねども**：친밀하게 되어 있지는 않지만이라는 뜻이다.
9 이 작품은 새로운 연인에 대한 기대를 나타내었다.

1295 카스가(春日)의요/ 미카사(三笠)의 산 위에/ 달의 배(月船) 나왔네요/ 遊士들이요/ 마시는 술잔 속에/ 비추어 보이면서

🌸 **해설**

    카스가(春日)에 있는 미카사(三笠)의 산 위에 달이 나왔네요. 遊士들이 마시는 술잔 속에 비추어 보이면서라는 내용이다.

    '月の船'은 중국 문학의 영향에 의한 표현으로, 달 모양의 배를 말하며 일본의 한시집인 『회풍조』의 한시에도 '月舟'가 보인다.

비유가

....

옷에 비유하였다

1296 지금 만드는/ 반점 무늬의 옷은/ 어울릴 거라/ 나에겐 생각되네/ 아직 입진 않아도

🌸 **해설**

    지금 새로 만들고 있는, 색의 濃淡을 이용하여 아름답게 무늬를 넣은 옷은 어울릴 것이라고 생각되네. 아직 입어보지는 않았지만이라는 내용이다.

    비유가이므로 '지금 만드는 옷'은 아직 완성되지 않은 것이므로, 곧 성인이 될 아름다운 소녀를 말한 것이다. 그 소녀를 아직 접하지는 않았지만 자신과 잘 어울릴 것이라고 생각된다는 내용이다.

1297　紅　衣染　雛欲　著丹穂哉　人可知

　　　紅に　衣染めまく¹　欲しけども　着てにほはばか²　人の知るべき

　　　くれなゐに　ころもそめまく　ほしけども　きてにほはばか　ひとのしるべき

1298　干各　人雖云　織次　我廿物　白麻衣

　　　かにかくに　人はいふとも　織り繼がむ　わが機物の　白き麻衣³

　　　かにかくに　ひとはいふとも　おりつがむ　わがはたものの　しろきあさごろも

---

1 **衣染めまく** : 'む'의 명사형이다.
2 **着てにほはばか** : 'にほふ'는 또렷하게 빛나는 것이다. 붉은 색을 관용적으로 표현한 것이다. 'か'는 의문을
　나타낸다.
3 이 작품은 이 사랑을 계속하자는 뜻을 담았다.

1297　붉은 색으로/ 옷 물들이고 싶다/ 생각하지만/ 입어 눈에 띈다면/ 사람들 알게 될까

🌸 **해설**

　붉은 색으로 옷을 아름답게 물들이고 싶다고 생각하지만 만약 그 옷을 입어 눈에 띈다면 사람들이 알아버릴 것인가라는 내용이다.

　사랑하는 사람과 만나서 연애 관계를 맺고 싶지만 거동이 지나치게 눈에 띄면 사람들이 두 사람 관계를 알아버릴 것인가라고 하며 사람들 눈이 신경 쓰인다는 뜻이다. 옷은 여성을 비유한 것이므로, 옷을 붉은 색으로 물들인다는 것은 사랑을 한다는 비유인 것을 알 수 있다.

1298　여러 가지로/ 사람들은 말해도/ 계속 짜야지/ 나의 베틀에 짜는/ 하이얀 삼베옷이여

🌸 **해설**

　이러쿵저러쿵 여러 가지로 세상 사람들은 두 사람의 관계를 소문내어서 말을 하지만 그래도 계속 짜야지. 나의 베틀에 걸어서 짜고 있는 흰 삼베옷을이라는 내용이다.

　여성의 입장에서의 노래이며 '白き麻衣'는 남성을 비유한 것임을 알 수 있다. 소문과 상관없이 베를 계속해서 짜겠다는 것은 사랑을 계속하겠다는 뜻이다.

寄玉

1299　安治村　十依海　船浮　白玉採　人所知勿

あぢ群[1]の　とをよる[2]海に　船浮けて　白玉[3]採ると　人に知らゆな[4]

あぢむらの　とをよるうみに　ふねうけて　しらたまとると　ひとにしらゆな

1300　遠近　礒中在　白玉　人不知　見依鴨

遠近[5]の　礒の中なる　白玉[6]を　人に知らえず　見む[7]よしもがも[8]

をちこちの　いそのなかなる　しらたまを　ひとにしらえず　みむよしもがも

---

1 **あぢ群**：味鴨(あぢがも) 떼. 오리 떼.
2 **とをよる**：나는 모습을 형용한 것이다.
3 **白玉**：여성의 비유다.
4 **人に知らゆな**：수동형이다. 사람 눈이 많은 데서 만나서 사람들에게 알려지게 하지 말라는 뜻이다.
5 **遠近**：많은 바위라는 뜻으로, 사람이 많은 것을 비유한 것이다.
6 **白玉**：여성을 비유한 것이다.
7 **見む**：만나는 것이다.
8 **よしもがも**：'よし'는 방법이며, 'もがも'는 **願望**을 나타낸다.

구슬에 비유하였다

1299   오리 떼들이/ 날고 있는 바다에/ 배를 띄워서/ 진주를 찾는다고/ 남이 알게 마세요

✿ 해설

　　오리 떼들이 많이 날고 있는 바다에 배를 띄워서 진주를 찾는다고 하는 것을 다른 사람들에게 알려지게 하지 말라는 내용이다.

　　오리 떼는 세상 사람들이며 진주를 찾는 사람은 남성이며 진주는 여성을 비유한 것이다.

　　이 작품을 私注에서는 '스스로 경고한 것인가'라고 하였으므로[『萬葉集全注』 4, p.150] 남성의 작품으로 본 듯하다. 大系에서는 '사람이 많은 데서 자신에게 접근하여 사람들이 알도록 하지 말라'는 뜻으로 해석하였으므로[『萬葉集』 2, p.245] 여성의 입장에서의 작품으로 본 것이 된다. 全集에서는 '사랑의 모험을 하는 남성에 대한 친구 등의 충고인가, 자신에 대한 경고인가'라고 하였으므로[『萬葉集』 2, p.255] 제삼자의 작품이거나 남성의 작품이 된다. 渡瀬昌忠은 '여성을 자신의 사람으로 하려고 하는 남성에게 제삼자의 입장에서 말리는 노래'라고 하였다[『萬葉集全注』 7, p.278].

　　이처럼 이 작품은 여성의 입장, 남성의 입장, 제삼자의 입장에서의 작품으로 다양하게 해석이 되고 있다.

1300   여기저기의/ 바위 가운데 있는/ 하얀 구슬을/ 남에게 알리잖고/ 만날 방법 있다면

✿ 해설

　　여기저기에 있는 많은 바위 가운데 있는 진주를 다른 사람들이 눈치 채지 못하게 만날 방법이 있다면 좋겠네라는 내용이다.

　　많은 바위는 사람들을 말한 것이므로 그 사람들 눈을 피해서 여성을 만날 방법이 있었으면 좋겠다는 내용이다.

1301　海神　手纏持在　玉故　石浦廻　潛爲鴨
　　　海神の　手に纏き持てる¹　玉ゆゑに　礒の浦廻に　潛きするかも²
　　　わたつみの　てにまきもてる　たまゆゑに　いそのうらみに　かづきするかも

1302　海神　持在白玉　見欲　千遍告　潛爲海子
　　　海神の　持てる白玉　見まく欲り　千遍そ告りし³　潛する海人
　　　わたつみの　もてるしらたま　みまくほり　ちたびそのりし　かづきするあま

1303　潛爲　海子雖告　海神　心不得　所見不云
　　　潛する　海人は告るとも　海神の　心し得ずは　見ゆ⁴といはなくに⁵, ⁶
　　　かづきする　あまはのるとも　わたつみの　こころしえずは　みゆといはなくに

---

1 **手に纏き持てる**: 얻기 힘든 여성을 형용한 것이다. 두려운 바다신이 가지고 있는 구슬 같은 고귀한 여성인가.
2 이하 3수가 연속적이다.
3 **千遍そ告りし**: 어부가 잠수할 때 주문을 외우는 것에, 이름을 부르는 뜻을 내포시켰다.
4 **見ゆ**: 만날 수 있다.
5 **いはなくに**: '나く'는 'ず'의 명사형이다. 'に'는 'のに'로 이유를 말한다.
6 이 작품은 앞의 두 작품과 一連.

1301 바다의 신이/ 손에 감아 쥐었는/ 구슬 때문에/ 바위 있는 해안에/ 들어가는 것인가

해설

　　바다의 신이 손에 감아서 가지고 있는 소중한 구슬을 얻기 위하여 바위가 있는 해안에 들어가는 고생을 하고 있는 것인가라는 내용이다.

　　大系에서는 바다 신을, 딸을 엄중하게 관리하는 부모로 보았다[『萬葉集』 2, p.245]. 구슬은 남성이 취하고 싶은 여성을 비유한 것이다.

1302 바다의 신이/ 가지고 있는 진주/ 보고 싶어서/ 몇 번이나 불렀네/ 잠수하는 어부듯

해설

　　바다의 신이 가지고 있는 고귀한 진주를 보고 싶어서 몇 번이나 그 이름을 불렀네. 마치 잠수하는 어부인 것처럼이라는 내용이다.

　　1301번가와 마찬가지로 이 작품에서도 바다 신은, 딸을 엄중하게 관리하는 부모로도 볼 수 있겠다. 여성을 진주에 비유하였다.

　　渡瀬昌忠은 '전복 등을 따러 잠수하는 어부가 안전과 풍어를 원하여 주문을 외우는 것을 배경으로 한 표현이지만 여기에서는 여성에게 구혼하는 행위의 비유이므로 이름을 말하는 것을 암시한다. 자신도 이름을 말하고 상대방에게도 이름을 말하게 하는 것이 고대의 구혼이었다'고 하였다[『萬葉集全注』 7, p.281].

1303 잠수를 하는/ 어부 呪文 외워도/ 바다의 신의/ 마음 얻지 못하면/ 만날 수 있다 말 못해

해설

　　잠수를 하는 어부는 비록 주문을 외우기는 하지만 바다 신의 마음을 얻지 못한다면 만날 수 있다고는 말할 수 없네라는 내용이다.

　　바다의 신의 마음을 얻는다는 것은 상대방 처녀의 부모의 승락을 받는다는 뜻이다.

寄木

1304　天雲　棚引山　隱在　吾下心　木葉知

　　　天雲の　棚引く山の　隱りたる　わが下ごころ　木の葉[1]知るらむ

　　　あまくもの　たなびくやまの　こもりたる　わがしたごころ　このはしるらむ

1305　雖見不飽　人國山　木葉　己心　名着念

　　　見れど飽かぬ[2]　人國山[3]の　木の葉をそ　己が心から[4]　懷しみ思ふ

　　　みれどあかぬ　ひとくにやまの　このはをそ　わがこころから　なつかしみおもふ

寄花

1306　是山　黃葉下　花矣我　小端見　反戀

　　　この山の　黃葉の下の　花[5]をわれ　はつはつに[6]見て　なほ戀ひにけり[7]

　　　このやまの　もみちのしたの　はなをわれ　はつはつにみて　なほこひにけり

1　木の葉 : 여성을 비유한 것이다.
2　見れど飽かぬ : 사람을 찬미하는 표현이다.
3　人國山 : 和歌山縣 田邊市에 있는 산이다.
4　己が心から : 마음 내키는 대로, 마음 속. 말뜻으로 '己心'이라는 표현으로 충분했는가.
5　花 : 숨어서 피는 꽃을 말한다. 그러한 상태의 여성을 비유한 것이다.
6　はつはつに : 겨우. 조금.
7　なほ戀ひにけり : 조금 보았을 뿐인데 오히려라는 뜻이다.

나무에 비유하였다

1304　하늘 구름이/ 걸리어 있는 산이/ 숨어 있듯이/ 나의 속마음을요/ 나뭇잎은 알겠지

🌸 해설

　　하늘 구름이 걸리어 있는 산이 보이지 않고 숨어 있듯이 그렇게 드러내지 않고 감추어져 있는 나의 속마음은, 산의 나뭇잎이 알고 있겠지라는 내용이다.
　　여성을 나뭇잎에 비유하였다.
　　渡瀬昌忠은 '멀리서 보내는 은밀한 마음을, 연인만은 알아줄 것이라고 상대방을 믿고 기대하는 마음'이라고 하였다『萬葉集全注』 7, p.284].

1305　봐도 질리잖는/ 히토쿠니(人國)의 산의/ 나뭇잎을요/ 내 맘속으로부터/ 그립게 생각을 하네

🌸 해설

　　아무리 보아도 싫증나지 않고 계속 보고 싶은 사람이라는 뜻을 이름으로 한 히토쿠니(人國)산의 나뭇잎을 내 맘속으로부터 그립게 생각하네라는 내용이다.
　　여성을 히토쿠니(人國)산의 나뭇잎에 비유한 것이다.

꽃에 비유하였다

1306　이 산에 있는/ 단풍잎의 아래의/ 꽃을요 나는/ 아주 조금 봤지만/ 되레 사랑하였네

🌸 해설

　　이 산에 있는, 단풍이 아름답게 물든 나무 아래에 숨어서 피어 있는 꽃을 나는 아주 조금 보았을 뿐인데 오히려 사랑하게 되었네라는 내용이다.
　　가을 산의 단풍나무 아래의 꽃을 여성에 비유하였다.

寄川

1307 從此川　船可行　雖在　渡瀬別　守人有

この川¹ゆ　船に行くべく　ありといへど　渡り瀬²ごとに　守る人³はあり⁴

このかはゆ　ふねにゆくべく　ありといへど　わたりぜごとに　もるひとはあり

寄海

1308 大海　候水門　事有　從何方君　吾率凌

大海を　さもらふ⁵水門　事し⁶あらば　何方ゆ君が　吾を率凌がむ

おほうみを　さもらふみなと　ことしあらば　いづへゆきみが　わをゐしのがむ

---

1 **この川** : 내를 건너는 것이겠다.
2 **渡り瀬** : 내를 건너는데 편리한 얕은 여울을 말한다.
3 **守る人** : 감시하는 사람이다.
4 이 작품은 어떤 방법으로도 사랑을 이룰 수 없다는 것을 표현한 노래이다.
5 **さもらふ** : 날씨가 좋기를 살펴서 기다리는 것이다.
6 **事し** : 바다가 거친 것을 말한다.

강에 비유하였다

1307 이곳의 강을/ 배로 건너갈 수가/ 있다고 하지만/ 건너는 여울마다/ 지키는 이가 있네

🌸 해설

이 강을 배로 건너갈 수가 있다고는 하지만 건너는 여울마다 모두 지키는 사람이 있네라는 내용이다. 여성을 강에 비유한 것이므로 강을 건널 수 있다고 하는 것은 여성이 마음을 허락하였다는 뜻이겠다. 그런데 건너는 여울마다 지키는 사람이 있다고 한 것은 부모의 감시가 엄한 것을 말한 것이겠다. 여성은 마음을 허락하였지만 부모 감시가 심해서 좀처럼 만나기가 힘든 것을 노래한 것이다.

'船に行くべく'를 私注에서는, 강을 가로 질러 건너는 것 보다는, '강을 올라갔다가 내려갔다가 하면서 배가 다니는 것처럼 우리의 사랑은 계속된다고 해도 강의 여울마다 지키는 사람이 있는 것과 같이 가끔 방해가 있는 것은 생각하지 않으면 안 된다는 뜻이겠다'고 하였다『萬葉集私注』 4, p.155].

바다에 비유하였다

1308 넓은 바다를/ 살피고 있는 항구/ 무슨 일 있다면/ 어느 쪽으로 그댄/ 날 피하게 할 건가

🌸 해설

넓은 바다의 상태를 살피며 배를 정박시키고 있는 항구에 만약 무슨 일이 일어난다면 그대는 어느 쪽으로 나를 데리고 가서 안전하게 피하게 할 것인가요라는 내용이다.

여성이 연애를 두려워하며 남성에게, 자신을 만약의 경우에 보호할 것인지를 묻는 내용이므로 여성의 작품이 된다. 注釋・大系・全集・全注 모두 여성의 입장에서의 작품으로 보았다. 그런데 私注에서는, '넓은 바다를/ 살피고 있는 항구/ 무슨 일 있다면/ 어느 쪽으로 그댈/ 나는 피하게 할 건가로 해석하였다『萬葉集私注』 4, p.155]. 이렇게 해석하면 남성이 부른 노래가 된다. 이렇게 해석할 수 있는 것은 원문이 '從何方君吾率凌'로 되어 있어 조사를 표기하지 않았으므로, 훈독할 때 '君'과 '吾' 다음의 조사를 주격, 목적격으로 할 것인가, 아니면 반대로 목적격, 주격으로 할 것인가의 차이에 의한 것이다. 어느 쪽이든 가능하다. 그러나 '君'은 거의 대부분 남성에 사용하므로 남성을 가리키는 것으로 보는 것이 좋겠다. '그대를 나는 어디로 피하게 할까'라고 하게 되면 '君'은 여성을 가리키는 것이 되어 특이한 '君'의 용법이 되어 어색할 뿐더러, 다소 무책임한 내용이 되어버린다. 여성이 두려움을 느끼며 '그대는 나를 어디로 피하게 할 것인가' 하고 묻는 쪽이 '君'의 의미와도 맞고 긴박감을 주는 내용이 되는 것 같다.

1309　風吹　海荒　明日言　應久　公隨

　　　　風吹きて　海は荒るれど　明日と言はば　久しかるべし　君がまにまに

　　　　かぜふきて　うみはあるれど　あすといはば　ひさしかるべし　きみがまにまに

1310　雲隱　小嶋神之　恐者　目間　心間哉

　　　　雲隱る　小島の神[1]の　かしこけば　目こそは隔て[2]　心隔てや[3]

　　　　くもがくる　こしまのかみの　かしこけば　めこそはへだて　こころへだてや

　　　　左注　右十五首, 柿本朝臣人麿之謌集出.

---

1 小島の神 : 멀리 감시하는 사람이다.
2 目こそは隔て : 떨어져 있지만.
3 心隔てや : 강한 부정을 동반한 의문이다.

1309 바람이 불어/ 바다가 거칠어도/ 내일이라 하면/ 기다리기 힘들죠/ 그대 원하는 대로

🌸 해설

바람이 불어서 바다가 거칠어도, 내일이라고 말하면 기다리기 힘들지요. 그러니 그대가 원하는 대로 하세요라는 내용이다.

두 사람 사이에 거센 파도와 같은 방해가 있어도 내일까지 기다릴 수 없으니 오늘 남성의 뜻에 따르겠다는 여성의 노래이다.

私注에서는 1308번가를 남성의 노래로 보았으므로 이 작품을 1308번가에 대한 여성의 답가로 보았다『萬葉集私注』 4, p.157].

1310 구름에 숨은/ 코시마(小島)의 신이요/ 무서우므로/ 만날 수는 없지만/ 마음 멀어지잖네

🌸 해설

구름 사이에 숨은 코시마(小島)의 신이 무척 무서우므로 두 사람이 직접 만날 수는 없지만 마음은 결코 멀어지는 일이 있을 것인가라는 내용이다.

渡瀬昌忠은 이 작품을, '연인의 배후에 있는 모친, 본처 등의 감시의 눈이 엄하므로, 지금은 만날 수 없지만 마음이 변한 것은 아니라고 변명하는 것. 또는 두려워서 만나지 못하지만 마음은 곁에 있다고 호소하는 것인가. 남성의 노래로도 여성의 노래로도 될 수 있다'고 하였다『萬葉集全注』 7, p.291].

[좌주] 위의 15수는 카키노모토노 아소미 히토마로(柿本朝臣人麿)의 가집에 나온다.

寄衣

1311　橡　衣人皆　事無跡　曰師時從　欲服所念

橡¹の　衣は人皆　事²無しと　いひし時³より　着欲しく思ほゆ

つるばみの　きぬはひとみな　ことなしと　いひしときより　きほしくおもほゆ

1312　凡尒　吾之念者　下服而　穢尒師衣乎　取而將著八方

おほろかに　われし思はば　下に着て　穢れにし衣⁴を　取りて着めやも⁵

おほろかに　われしおもはば　したにきて　なれにしきぬを　とりてきめやも

---

1 **橡**: 도토리의 열매가 검은색의 염료이다. 붉은 색의 반대. 당시 그 옷은 천민의 옷이었다. 여성을 비유한 것이다.
2 **事**: 사람들에게 알려져서 시끄러운 것을 말한다.
3 **いひし時**: 들은 순간 마음이 움직인다.
4 **衣**: 한번 깊이 사귄 그대.
5 **着めやも**: 다시 사랑의 말을 보낸다. 'や'는 강한 부정을 동반한 의문을, 'も'는 영탄을 나타낸다.

옷에 비유하였다

1311 도토리 염색/ 옷은 모든 사람이/ 문제가 없다/ 말했던 때로부터/ 입고 싶다 생각했네

🌸 해설

　　도토리로 염색한 검은 옷은, 모든 사람이 무난하다고 말했던 때부터 입고 싶다고 생각했었네라는 내용이다.

　　도토리로 염색한 검은 옷은 천한 사람이 입던 옷이었는데 이 옷이 여성을 비유한 것이므로, 별로 대단하지 않은 평범한 여성임을 알 수 있다. 그런 여성을 아내로 맞이하면 별로 걱정할 것도 없고 무난하다는 말을 듣고는 그런 여성을 만나고 싶어한다는 뜻이다. 渡瀨昌忠은 이 작품을, '사랑 때문에 고통 받는 것으로부터 벗어나고 싶다고 생각하는 남성의 마음'이라고 하였다『萬葉集全注』 7, p.292]. 私注에서는 '橡の 衣'를 보통의 아내를 비유한 것으로 보았으며 '정해진 아내는 결국 신경 쓰지 않아도 된다는 말을 들었던 때부터 정해진 아내를 원했다는 뜻으로, 사실상의 혼인 형태가 매우 난잡했던 사회에서는 오히려 이러한 마음도 진실이었고, 詩情으로 통하는 것이었다고 생각된다'고 하였다『萬葉集私注』 4, pp.158~159]. 비천한 여성으로 보든, 보통의 아내로 보든 이 여성들은 남성의 속을 썩이지 않는 편안한 대상이라 생각한 데에는 남성의 이기적인 태도가, 한편으로는 당시의 연애 관계에 있어서 남성이 당한 심적인 고통이 느껴진다.

1312 미지근하게/ 내가 생각한다면/ 속에 입어서/ 이미 더러워진 옷/ 내어서 입을 건가

🌸 해설

　　만약 내가 그대를 대충 적당하게 생각했다면 속에 지금까지 입어서 이미 더러워진 옷을 내어서 입는 일을 할 리가 있겠는가라는 내용이다.

　　이 작품에서는 '속에 입어서 더러워진 옷'이 여성을 비유하고 있으므로 이 여성은 이미 남성과 오래 교제한 것을 알 수 있다. 그런데 그 옷을 '取りて着めやも(내어서 입을 건가)'라는 뜻을 私注에서는 '한번 다른 사람의 아내가 되었던 사람을, 연모한 내가 아내로 한다는 마음일 것이다. 속에 입었다는 것은 다른 사람이 입었던 것이라는 뜻으로 보아야 할 것이다. 正妻가 아니었던 것을 정처로 한다는 마음이라는 설은 취하지 않는다'고 하였다『萬葉集私注』 4, p.159]. 注釋·全集·全注에서는 '取りて着めやも'를 속에 입던 옷을 드러내어 입는다는 뜻으로 보고 지금까지 사람들 몰래 만나오던 여성을 아내로 맞이하면서 자신의 사랑이 깊다는 것을 말한 남성의 노래로 보았다. 이렇게 해석하면 지금까지 속에 옷을 입고 있던 사람은 여성에게 말하는 남성 자신이 된다. 주어가 'われ'이므로 이 주어는 '下に着て'의 주어이기도 하다고 생각된다. 그러므로 지금 아내를 맞이하는 남성이 지금까지 만나던 여성을 아내로 맞이하는 것으로 보는 것이 좋을 듯하다. 그래야 '穢れにし衣'의 의미도 깊이가 있게 될 것이다.

1313　紅之　深染之衣　下着而　上取着者　事將成鴨

紅の　深染の衣[1]　下に着て　上に取り着ば[2]　言なさむかも

くれなゐの　こぞめのころも　したにきて　うへにとりきば　ことなさむかも

1314　橡　解濯衣之　怪　殊欲服　此暮可聞

橡[3]の　解濯衣の　あやしくも　殊に着欲しき　この夕かも[4]

つるばみの　ときあらひぎぬの　あやしくも　ことにきほしき　このゆふへかも

1 深染の衣 : 사람 눈에 잘 띄는 색이 있는 옷이다.
2 上に取り着ば : 여성과의 사이를 소문내면.
3 橡 : 도토리의 열매가 검은색의 염료이다. 붉은 색의 반대. 당시 그 옷은 천민의 옷이었다. 여성을 비유한 것이다.
4 이 작품에서 작자는 비천한 여성의 진실한 정을 원하고 있는 것인가.

1313   붉은 색으로/ 짙게 염색한 옷을/ 속에 입은 걸/ 겉에다 입는다면/ 소문들 무성할까

❀ 해설

붉은 색으로 짙게 염색한 옷을 남들이 보지 못하게 속에 감추어서 입고 있는데, 그것을 겉에다 입는다면 사람들은 말들이 많을까라는 내용이다.

붉은 색으로 짙게 염색한 옷은 여성을 비유한 것이다. 1312번가와 마찬가지로 속에 입었던 옷을 겉에 입는다는 것은 남들 모르게 은밀히 만나던 여성을 드러내놓고 만나는 것을 뜻한다.

1314   도토리 염색/ 뜯어서 빤 헌 옷이요/ 이상하게도/ 특별히 입고 싶은/ 오늘 저녁때인가

❀ 해설

도토리로 물들여서 색이 검은데, 더구나 뜯어서 빨기까지 한 오래된 옷이 이상하게도 특히 입고 싶다고 생각되는 오늘 저녁인가라는 내용이다.

도토리로 물들이고 뜯어서 빨기까지 한 헌 옷은 오래전부터 친숙하던 신분이 낮은 여성을 비유한 것이다. 渡瀬昌忠은 이 작품도 1311번가와 마찬가지로 '현재 사랑이 괴롭고 고통스러우므로 문득 옛날에 친했던 신분이 낮은 여성을 생각하고, 여성 때문에 받는 고통이 없었던 그때를 그리워하는 남성의 노래'로 보았다 [『萬葉集全注』 7, p.294].

1315　橘之　嶋尒之居者　河遠　不曝縫之　吾下衣

橘の　島¹にし居れば　川遠み　曝さず²縫ひし　わが下衣³

たちばなの　しまにしをれば　かはとほみ　さらさずぬひし　わがしたごろも

寄糸

1316　河内女之　手染之糸乎　絡反　片糸尒雖有　将絶跡念也

河内女の　手染めの糸⁴を　繰り返し⁵　片糸⁶にあれど　絶えむと思へや

かふちめの　てぞめのいとを　くりかへし　かたいとにあれど　たえむとおもへや

---

1 橘の 島 : 아스카(明日香)섬은 아스카(明日香)川의 근처이므로, 河內의 지명인가. 어디인지 알 수 없다.
2 曝さず : 섬유는 냇물에 씻어 강하게 한다. 여기서는 사람 눈에 띄지 않고 사람들 몰래 연인 사이가 되었다.
3 わが下衣 : 마음속에 숨겨둔 남편이다.
4 糸 : 천을 염색하는 것이 아니라, 실 한 올 한 올을 손으로 염색하는 도래 기술.
5 繰り返し : 물레에 몇 번이나 감다.
6 片糸 : 합쳐서 꼬지 않은 한 오라기의 실이다. 가냘픈 여성의 생각이지만.

1315   타치바나(橘)의/ 섬 마을에 있으면/ 川이 멀어서/ 씻지를 않고 꿰맨/ 내 입은 속옷이여

해설

　타치바나(橘)의 섬 마을에 있으면 천을 씻어서 햇볕에 쬐어 표백을 할 만한, 넓은 시내가 멀어서 씻어서 햇볕에 쬐고 하는 과정을 거치지 않고 만든 속옷이여라는 내용이다.
　천을 씻어서 말리고 옷을 만드는 이런 작업을 하는 것은 여성이므로 이 작품은 여성의 노래임을 알 수 있다. 그러면 '下衣'는 여성이 입고 있는 속옷이므로 여성의 연인인 남성을 비유한 것이 되는데, 그 옷은 제대로 된 과정을 거친 천으로 만든 것이 아니므로 좋지 않은 옷, 즉 좋지 않은 남성을 말한 것이 된다.
　渡瀬昌忠은 이 작품을, '자신이 몰래 만나던 남성이 세련된 사람이 아닌 것을 후회하기도 하고 겸손해 하기도 하는, 연회석에서의 노래일 것이다'고 하였다『萬葉集全注』 7, p.296].

실에 비유하였다

1316   카후치(河內) 여인/ 손으로 염색한 실/ 계속 감듯이/ 한 오라기 실이지만/ 끊어진다 생각할까

해설

　카후치(河內)의 여인이 손으로 염색한 실을 몇 번이고 감는 것처럼, 그렇게 계속 되풀이해서 그리움에 애타지만 짝사랑이네. 한 오라기 실처럼 약하기는 해도 상대방에 대한 생각이 끊어지리라고 생각할 것인가라는 내용이다.
　여성의 짝사랑을 실에 비유하였다. 그 실은 한 오라기이므로 약하기는 하지만 한 올 한 올을 손으로 염색한 것이므로 여성이 마음을 다한 사랑임을 알 수 있다.

寄玉

1317 海底　沈白玉　風吹而　海者雖荒　不取者不止

海の底　沈く白玉[1]　風吹きて　海は荒るとも[2]　取らずは止まじ

わたのそこ　しづくしらたま　かぜふきて　うみはあるとも　とらずはやまじ

1318 底清　沈有玉乎　欲見　千遍曾告之　潛爲白水郎

底清み　しづける玉[3]を　見まく欲り　千遍そ告りし[4]　潛する白水郎[5]

そこきよみ　しづけるたまを　みまくほり　ちたびそのりし　かづきするあま

---

1 **沈く白玉**：사람 눈 깊이 감추어진 처녀를 말한다.
2 **海は荒るとも**：어떤 장애가 있더라도라는 뜻이다.
3 **しづける玉**：사람 눈 깊이 감추어진 처녀를 말한다.
4 **千遍そ告りし**：어부가 주문을 외우는 것과, 이름을 부르는 것을 중의적으로 뜻한 것이다.
5 **潛する白水郎**：어부여, 나는이라는 뜻이다.

구슬에 비유하였다

1317   바다 아래에/ 가라앉은 진주여/ 바람 불어서/ 바다가 거칠어도/ 취하잖곤 안 되네

🌸 **해설**

바다 밑에 가라앉은 진주여. 바람이 세게 불어서 바다가 아무리 거칠어도 진주를 손에 넣지 않고는 그만 둘 수가 없네라는 내용이다.

바다 밑에 가라앉은 진주는 쉽게 만날 수 없는 고귀한 여성을 비유한 것이다. '바람이 불어서 바다가 거칠어도'라는 표현은 1309번가에서와 마찬가지로 두 사람 사이를 가로막는 어떤 방해물이 있더라도라는 뜻이다.

1299번가부터 1302번가까지도 진주를 여성에 비유한 작품들이었다.

1318   바닥 깨끗해/ 가라앉은 진주를/ 보고 싶어서/ 몇 번이나 불렀네/ 잠수부가 하듯이

🌸 **해설**

바다의 바닥이 깨끗해서 가라앉아 있는 진주를 보고 싶어서 몇 번이나 주문을 외웠던 것이네. 바다에 들어가는 어부가 그렇게 하는 것처럼. 나는 그렇게 하였네라는 내용이다.

바다 밑에 가라앉아 있는 진주는 부모의 감시가 심하거나 해서 함부로 접근할 수 없는 고귀한 여성을 비유한 것이다.

'千遍そ告りし'는 1302번가에도 보였는데 어부들이 바다에 들어갈 때 주문을 외우는 것처럼 여성의 이름을 여러 번 불렀다는 뜻이다. 이 표현에 대해 渡瀬昌忠은, '전복 등을 따려 잠수하는 어부가 안전과 풍어를 원하여 주문을 외우는 것을 배경으로 한 표현이지만 여기에서는 여성에게 구혼하는 행위의 비유이므로 이름을 말하는 것을 암시한다. 자신도 이름을 말하고 상대방에게도 이름을 말하게 하는 것이 고대의 구혼이었다'고 하였다[『萬葉集全注』 7, p.281].

1319　大海之　水底照之　石着玉　齋而將探　風莫吹行年

大海の　水底照らし　しづく玉　齋ひて¹探らむ　風な吹きそね²

おほうみの　みなそこてらし　しづくたま　いはひてとらむ　かぜなふきそね

1320　水底尓　沈白玉　誰故　心盡而　吾不念尓

水底に　しづく白玉　誰がゆゑに³　心つくして⁴　わが思はなくに⁵

みなそこに　しづくしらたま　たがゆゑに　こころつくして　わがおもはなくに

---

1 **齋ひて** : 몸을 깨끗하게 하고.
2 **風な吹きそね** : 'そ'는 금지, 'ね'는 **願望**을 나타낸다.
3 **誰がゆゑに** : 누구를 위해서도. 생각하지 않은 것인데라는 뜻이다. 추량이 되지 않는 것이 일반적이다.
4 **心つくして** : 마음을 다하여
5 **思はなくに** : 'なく'는 'ず'의 명사형이며, 'に'는 역접.

1319　넓은 바다의/ 물밑 빛나게 하며/ 가랐은 진주/ 재계하고 캐보자/ 바람아 불지 말게

　넓은 바다의 물밑을 밝게 빛나게 하며 가라앉아 있는 진주를 몸을 깨끗이 하고 캐보자. 그러니 내가 바다에 들어가는데 지장이 없도록 바람은 불지 말라는 내용이다.
　바다 밑에 가라앉아 있는 진주는 부모의 감시가 심하거나 해서 함부로 접근할 수 없는 고귀한 여성을 비유한 것이다. 바람은 사랑의 성취를 방해하는 것으로 비유되었다.

1320　바다 바닥에/ 가라앉은 진주여/ 누굴 위하여/ 마음을 다하여서/ 난 생각지 않는 걸요

　바다 깊은 바닥에 가라앉아 있는 진주여. 그것을 두고 다른 누구를 위해서도 나는 마음을 다하여서 생각하는 일은 없을 것이라는 내용이다.
　바다 밑에 가라앉아 있는 진주는 부모의 감시가 심하거나 해서 함부로 접근할 수 없는 고귀한 여성을 비유한 것이다.
　私注·注釋·大系·全集에서도 中西 進과 같이 해석하였다. 그러나 渡瀨昌忠은 '誰がゆゑに'를 '누구 때문에'로 보고 '물밑에 가라앉아 있는 진주여. 나는, 그대 이외에 다른 누구 때문에 이렇게 마음도 꺼질 정도로 번민을 하고 있는 것일까요? 단지 그대 때문입니다'로 해석을 하였다[『萬葉集全注』 7, p.299]. 이렇게 해석하면 'わが思はなくに'가 정확하게 해석되지 않게 된다.

1321　世間　常如是耳加　結大王　白玉之緒　絶樂思者

世の中は　常かくのみか　結びてし[1]　白玉の緒の　絶ゆらく[2]思へば

よのなかは　つねかくのみか　むすびてし　しらたまのをの　たゆらくおもへば

1322　伊勢海之　白水郎之嶋津我　鰒玉　取而後毛可　戀之將繁

伊勢の海の　白水郎[3]の島津[4]が　鰒玉　採りて後[5]もか　戀[6]の繁けむ

いせのうみの　あまのしまつが　あはびたま　とりてのちもか　こひのしげけむ

1　結びてし : 원문의 '大王'은 왕희지를 말한다(아들 왕헌지는 小王). 手師와 같다.
2　絶ゆらく : 관계가 끊어진 것을 비유한 것이다.
3　白水郎 : '鰒玉'에 이어진다.
4　島津 : 志摩(원래 伊勢의 일부) 항구.
5　採りて後 : 취하고 싶지만 취하더라도 그 후도.
6　戀 : 戀心.

1321 세상일이란/ 언제나 이런 건가/ 묶어 놓았던/ 진주를 꿰던 끈도/ 끊어진 것 생각하면

❀ 해설

세상일이라는 것은 언제나 이런 것인가. 묶어 놓았던 진주를 꿰었던 끈도 끊어져버린 것을 생각하면이라는 내용이다.

진주는 여성을 비유한 것이다. 진주를 꿰었던 끈도 끊어져버린 것은 두 사람의 관계가 끊어진 것을 비유한 것으로 사랑의 덧없음과 실연의 탄식을 표현한 노래로 볼 수 있다.

全集과 全注에서는 '상대방에게 버림받은 여성의 노래인가'라고 하였다[『萬葉集』 2, p.260, 『萬葉集全注』 7, p301].

1322 이세(伊勢)의 바다의/ 어부의 시마(志摩)津의/ 진주 구슬아/ 취하고 난 후에도/ 사랑 여전할 건가

❀ 해설

이세(伊勢)바다의 시마(志摩)津의 어부가 캐는 진주여. 너를 손에 취하고 난 후에도 사랑하는 마음은 여전히 계속될 것인가라는 내용이다.

진주는 여성을 비유한 것이다.

'島津'을 私注・注釋에서는 中西 進과 마찬가지로 지명으로 보았다. 그러나 大系・全集・全注에서는 어부의 이름으로 보아 '島津이라는 어부의 노래'로 해석하였다.

1323 海之底　奥津白玉　縁乎無三　常如此耳也　戀度味試

海の底　沖つ白玉　縁[1]を無み[2]　常かくのみや　戀ひ渡りなむ[3]

わたのそこ　おきつしらたま　よしをなみ　つねかくのみや　こひわたりなむ

1324 葦根之　懃念而　結義之　玉緒云者　人將解八方

葦の根の　ねもころ[4]思ひて　結びてし　玉の緒といはば[5]　人解かめやも

あしのねの　ねもころもひて　むすびてし　たまのをといはば　ひととかめやも

1325 白玉乎　手者不纏尒　匣耳　置有之人曾　玉令詠流

白玉を　手には纏かずに　箱のみに　置けりし人そ　玉詠かする[6]

しらたまを　てにはまかずに　はこのみに　おけりしひとそ　たまなげかする

---

1 緣 : 방법을 말한다.
2 無み : 'を…なみ'는 '~이~므로'라는 뜻이다.
3 戀ひ渡りなむ : 원문 '味試'는 戲書.
4 ねもころ : 뿌리가 깊이 얽혀서 친밀하듯이라는 뜻이다.
5 いはば : '…라고 하는 것이 가능하다면'이라는 뜻이다.
6 남자가 여자의 결단을 재촉하는 노래로도, 여자가 요구하는 노래로도 사용된다.

1323   바다 아래의/ 깊은 곳의 진주를/ 캘 방법 없어/ 항상 이렇게로만/ 계속 그리워하나

해설

바다 속 깊은 곳의 진주를 캘 방법이 없어서 항상 이렇게 계속 그리워하고 있어야만 하는 것일까라는 내용이다.

바다 속 깊은 곳의 진주는 함부로 접근할 수 없는 고귀한 여성을 비유한 것이다. 사랑하는 여성을 만날 방법이 없는 것을 탄식한 남성의 노래다.

1324   (아시노네노)/ 친밀히 생각하여/ 묶어 놓았는/ 구슬 끈이라 한다면/ 남이 어찌 풀 건가

해설

갈대 뿌리가 잘 엉기어 있듯이 그렇게 친밀하게 생각하여 묶어 놓은 구슬 끈이라면 다른 사람이 풀어 버리는 일이 어찌 있을 것인가라는 내용이다.

'葦の根の'는 그 갈대 뿌리가 세밀하게 엉겨 붙어 친밀하다(ねんごろ)는 뜻에서 'ねもころ'를 상투적으로 수식하게 된 상투어다.

구슬은 여성을, 구슬을 꿴 끈은 남녀간의 연애관계를 비유한 것이다. 두 사람이 서로 친밀하다면 그 사랑은 공고할 것이라는 내용이다.

1325   하얀 구슬을/ 손에는 감지 않고/ 상자 안에만/ 넣어두는 사람은/ 구슬 탄식케 하네

해설

진주를 손에는 감지 않고 상자 안에만 넣어두는 사람은 구슬을 탄식하게 하는 것이네라는 내용이다.

여기서 구슬은 아내를 비유한 것이다. 상자 속의 진주는 남편이 자신을 돌보지 않는 것을 비유한 것이다. 이름만 아내인 여성이 자신의 신세를 한탄한 노래라고 할 수 있다.

1326　照左豆我　手尓纏古須　玉毛欲得　其緒者替而　吾玉尓將爲

照左豆[1]が　手に纏き古す　玉もがも[2]　その緒は替へて[3]　わが玉にせむ

てるさづが　てにまきふるす　たまもがも　そのをはかへて　わがたまにせむ

1327　秋風者　継而莫吹　海底　奥在玉乎　手纏左右二

秋風[4]は　繼ぎてな吹きそ[5]　海の底　奥なる玉を　手に纏くまでに

あきかぜは　つぎてなふきそ　わたのそこ　おきなるたまを　てにまくまでに

1326　테루사즈가/ 손에 오래 감았던/ 구슬 원하네/ 그 끈은 바꾸어서/ 나의 구슬로 하자

✿ 해설

테루사즈가 손에 오래 감고 있던 구슬을 가지고 싶네. 구슬을 지금까지 꿰었던 끈을 버리고 새로 바꾸어서 나의 구슬로 하자라는 내용이다.

구슬은 여성을 비유한 것이다. 다른 사람의 아내를 자신의 아내로 삼고 싶다는 뜻이다.

'照左豆'는 난해구인데 私注에서는, "さづ'는 'さつを' 즉 사냥꾼의 뜻일 것이라고 한다. 그렇다면 'てる'는 照射의 照가 아닐까. (중략) 밤에 불을 밝히고 짐승을 잡는 밤 사냥이다'고 하고 노래 내용은 '밤에 사냥을 하는 비천한 사람의 아내로 있었던 자라도 좋다. 구슬 끈을 바꾸듯이 내 아내로 하고 싶다는 뜻으로 보인다'고 해석을 하였다[『萬葉集私注』 4, p.166]. 全集에서는 '照左豆'를, '천한 신분의 남자 이름인가. (중략) 현실에 존재하는 인물이 아니라, 신분에 어울리지 않는 여성을 아내로 하고 있던 전설적인 인물을 말하는가'라고 하였다[『萬葉集』 2, p.261].

1327　가을바람은/ 계속해서 불지 마/ 바다 저 밑의/ 깊은 곳의 구슬을/ 손에 감을 때까지

✿ 해설

가을바람은 계속해서 불지 말아다오. 바다 저 밑의 깊은 곳의 구슬을 캐서 내 손에 감을 때까지는이라는 내용이다.

바다 저 밑의 깊은 곳의 구슬은 얻기 힘든 여성을 비유한 것이다. 그 여성을 아내로 맞이할 때까지 다른 방해물이 없기를 바라는 남성의 노래이다.

寄日本琴[1]

1328 伏膝　玉之小琴之　事無者　甚幾許　吾將戀也毛

膝におく[2]　玉の小琴[3]の　事[4]なくは　いとここだくは　われ戀ひめやも[5]

ひざにおく　たまのをごとの　ことなくは　いとここだくは　われこひめやも

寄弓

1329 陸奧之　吾田多良眞弓　着弦而　引者香人之　吾乎事將成

陸奧の　安太多良[6]眞弓　弦着けて　引かば[7]か人[8]の　吾を言なさむ

みちのくの　あだたらまゆみ　つらはけて　ひかばかひとの　わをことなさむ

1330 南渕之　細川山　立檀　弓束纏及　人二不所知

南淵の　細川山[9]に　立つ檀弓　束[10]纏く[11]まで　人に知らえじ

みなぶちの　ほそかはやまに　たつまゆみ　ゆづかまくまで　ひとにしらえじ

---

1 **日本琴**：810번가의 제목에 보인다. 6현으로 되어 있으며 무릎 위에 두고 탄다.
2 **膝におく**：'ふす'의 訓은 '伏す'(타동사)가 下二段이므로 불가하다.
3 **玉の小琴**：'こと'를 연속하였다.
4 **事**：지장이 있는 것을 말한다.
5 **めやも**：강한 부정을 동반한 의문이다.
6 **安太多良**：福島縣 安達郡 安達太良山. 좋은 활을 만들 수 있는 박달나무로 알려졌다.
7 **引かば**：여성을 끌어당기는 비유.
8 **人**：세상 사람이다.
9 **細川山**：아스카(飛鳥)의 남쪽, 그 당시 細川山까지 南淵이라고 하였던 것인가.
10 **束**：활 가운데. 손으로 잡는 부분이다. 가죽이나 벚나무 껍질을 감았다.
11 **纏く**：팔베개를 한다는 뜻을 의미하고 있다.

일본 거문고에 비유하였다

1328   무릎에 놓는/ 아름다운 거문고/ 일이 없다면/ 이렇게도 심하게/ 생각을 할 것인가

🌸 해설

　　무릎에 놓는 아름다운 작은 거문고 그 거문고의 명칭처럼 아무 일이 없다면 이렇게도 심하게 생각할까. 하지 않겠지라는 내용이다.

　　사랑하는 여성을 거문고에 비유하였다. 거문고와 '事'의 일본어 발음이 'こと'로 같으므로 이렇게 표현한 것이다. 사랑을 성취하는데 여러 가지 지장이 많다는 뜻이다.

활에 비유하였다

1329   미치노쿠(陸奧)의/ 아다타라(安達太良)산의 활/ 현을 붙여서/ 당긴다면 사람들/ 나를 소문 낼 건가

🌸 해설

　　미치노쿠(陸奧)의 아다타라(安達太良)산에서 나는 박달나무로 만든 좋은 활에다 현을 붙여서 당기듯이 그렇게 그녀에게 구애를 한다면 사람들은 나를 뭐라고들 말하여 소문을 낼 것인가라는 내용이다.

　　활은 여성을 비유한 것이다. 활을 당긴다는 것은 구애한다는 뜻이다. 생각하고 있는 여성에게 구애하고 싶지만 사람들이 뭐라고 할까 신경이 쓰인다는 내용이다.

1330   미나부치(南淵)의/ 호소카하(細川)산에서/ 나는 박달 활/ 줌통 감을 때까지/ 남들 모르게 하자

🌸 해설

　　미나부치(南淵)의 호소카하(細川)산에서 생산되는 박달나무로 만든 멋진 활의 가운데 부분인 줌통을 감을 때까지 사람들에게 알려지지 않도록 하자는 내용이다.

　　여성을 활에 비유하였으며 활의 중간인 줌통에 가죽 등을 감는 것을 사랑의 성취로 비유한 것이다. 그때까지 조심하겠다는 남성의 노래이다.

奇山

1331　磐疊　恐山常　知管毛　吾者戀香　同等不有尒

　　　　磐疊¹　かしこき山²と　知りつつも　われは戀ふるか　同等にあらなくに

　　　　いはたたみ　かしこきやまと　しりつつも　われはこふるか　なみにあらなくに

1332　石金之　凝本敷山尒　入始而　山名付染　出不勝鴨

　　　　岩が根の　凝しき³山に　入り初めて　山なつかしみ　出でかてぬかも⁴

　　　　いはがねの　こごしきやまに　いりそめて　やまなつかしみ　いでかてぬかも

---

1 磐疊 : 동사.
2 かしこき山 : 신분이 높은 사람을 비유한 것이다.
3 凝しき : 굳어서 딱딱하게 된 상태를 말한다.
4 出でかてぬかも : 'かて'는 할 수 있다는 뜻이며, 'ぬ'는 부정을 나타낸다.

산에 비유하였다

1331 바위 첩첩해/ 무서운 산이라고/ 알면서도요/ 나는 그리워하나/ 동등하지도 않은데

해설

바위가 첩첩해 있어서 오르기 무서운 산이라고 알고 있으면서도 나는 그리워하는 것인가. 동등하지도 않은데라는 내용이다.

여기에서 무서운 산은 신분이 높은 사람을 비유한 것이다. 남성의 노래로도 여성의 노래로도 볼 수 있다.

'同等にあらなくに'를 注釋·大系·全集·全注에서는, 中西 進과 마찬가지로 신분의 차이로 보았다. 그러나 私注에서는 신분의 차이보다 나이 차이로 보는 것이 좋다고 하고, 이 작품을 '아마도 여성이, 나이 차이가 있는 남성을 사랑하는 마음일 것이다'고 하였다(『萬葉集私注』 4, p.169).

1332 바위들이요/ 험악한 산속으로/ 들어가 처음/ 산에 마음 끌려서/ 나올 수가 없네요

해설

바위들 험악한 산으로 들어가서 처음으로 산에 마음이 끌려서 산에서 나올 수가 없네요라는 내용이다.

'岩が根の 凝しき山'은 1331번가의 '磐疊 かしこき山'과 마찬가지로 신분이 높은 사람을 비유한 것이겠다. 이 작품도 남성의 노래로도 여성의 노래로도 볼 수 있다.

私注에서는 '마음에 든 혼인을 비유한 것인가. (중략) 혹은 연애를 두려워하고 있었는데 막상 해보니라는 뜻인가'라고 하였다(『萬葉集私注』 4, p.170).

1333　佐穂山乎　於凡尓見之鹿跡　今見者　山夏香思母　風吹莫勤

佐保山を　凡に[1]見しかど　今見れば　山なつかしも[2]　風吹くなゆめ[3]

さほやまを　おほにみしかど　いまみれば　やまなつかしも　かぜふくなゆめ

1334　奥山之　於石蘿生　恐常　思情乎　何如裳勢武

奥山の　岩に蘿生し　恐けど[4]　思ふ情を　いかにかもせむ

おくやまの　いはにこけむし　かしこけど　おもふこころを　いかにかもせむ

1335　思騰　痛文爲便無　玉手次　雲飛山仁　吾印結

思ひあまり[5]　甚もすべ無み　玉襷[6]　畝火の山[7]に　われは標結ふ[8]

おもひあまり　いたもすべなみ　たまだすき　うねびのやまに　われはしめゆふ

1　凡に : 표면상으로라는 뜻이다.
2　山なつかしも : 마음이 적응이 되다.
3　なゆめ : 강한 금지를 나타낸다.
4　恐けど : 두려운 마음이다. 산이 두렵다.
5　思ひあまり : 사모하는 마음이 가득한 것이다.
6　玉襷 : 멜빵을 목(うね)에 건다는 뜻으로 '畝火(うねび)'를 상투적으로 수식한다.
7　畝火の山 : 고귀한 여성을 비유한 것이다.
8　われは標結ふ : 자신의 것으로 하는 주문이다.

1333 사호(佐保)산을요/ 대충 보았지만은/ 지금 보니까/ 산이 정다웁네요/ 바람 절대 불지 마

🌸 **해설**

　사호(佐保)산을 지금까지는 평범한 산이라 생각하고 대충 보았지만 지금 보니까 산이 정답네요. 바람이 불어서는 절대로 안 되니 불지 말라는 내용이다.

　사호(佐保)산은 상대방 여성을 비유한 것인데, 이전에는 대수롭지 않게 보았지만 지금 보니까 마음이 이끌리는 사랑스러운 여인이라는 뜻이다. '風吹くなゆめ'를 全集에서는, '여성의 귀에 쓸데없는 소문이 들어가는 것을 두려워해서 말한 것'으로 보았다『萬葉集』 2, p.263].

1334 깊은 산 속의/ 바위에 이끼 끼어/ 두렵지만은/ 사랑하는 마음은/ 어떻게 해야 하나

🌸 **해설**

　깊은 산 속의 바위는 신령스러운데 거기에 이끼까지 끼어 더욱 두렵지만, 그래도 사랑하게 되는 마음은 어떻게 해야 하나하는 내용이다.

　산에 비유한 노래들이지만 이 작품에서는 산의 이끼 낀 바위는 신분이 높은 상대방을 비유한 것이다. '奧山の 岩に蘿生し'는 962번가에도 보인다. 바위는 신령스러운 것으로 생각되었다.

　私注에서는 '연애를 겁내고 상대를 두렵게 생각하는 초심자의 마음일 것이다'고 하였다『萬葉集私注』 4, p.171].

1335 사모하는 마음/ 걷잡을 수 없어서/ (타마다스키)/ 우네비(畝火)의 산에다/ 나는 금줄을 쳤네

🌸 **해설**

　그리워하는 마음을 견딜 수가 없어서 멜빵을 목에 건다고 하는 뜻의 우네비(畝火)산에 나는 나의 점유지라는 표시를 하였네라는 내용이다.

　우네비(畝火)산은 고귀한 상대를 비유한 것이다.

　渡瀨昌忠은 '도저히 참을 수가 없어서 고귀한 이성에 대한 마음을 공표해버린 남성 또는 여성의 노래'라고 하였다『萬葉集全注』 7, p.313].

寄草

1336　冬隱　春乃大野乎　燒人者　燒不足香文　吾情熾

冬ごもり[1]　春の大野を　燒く[2]人は　燒き足らねかも[3]　わが情燒く[4]

ふゆごもり　はるのおほのを　やくひとは　やきたらねかも　わがこころやく

1337　葛城乃　高間草野　早知而　標指益乎　今悔拭

葛城の　高間[5]の草野[6]　早知りて[7]　標刺さまし[8]を　今[9]そ悔しき

かづらきの　たかまのかやの　とくしりて　しめささましを　いまそくやしき

---

1 冬ごもり : 'こもる'는 완전히 사라지는 것이다.
2 燒く : 화전 농법이다. '大野'는 충분히 태운다는 뜻이다.
3 足らねかも : 충분하지 않은 것인가. 'か'는 의문, 'も'는 영탄이다.
4 わが情燒く : 사랑에 마음이 타는 것이다.
5 高間 : 奈良縣 御所市의 高天(타카마).
6 草野 : 여성을 비유한 것이다.
7 早知りて : 관계를 가지고라는 뜻이다.
8 標刺さまし : 자신의 사람으로 한다는 뜻이다.
9 今 : 타인의 사람이 된 지금이라는 뜻이다.

풀에 비유하였다

1336 (후유고모리)/ 봄이 돌아온 야산/ 태우는 사람/ 충분히 못 태웠나/ 내 마음이 타네요

✿ **해설**

겨울이 지나고 봄이 돌아온 야산을 새로 경작하기 위해 태우고 있는 사람은, 저 정도로 태워도 충분하지 않기 때문인가. 내 마음까지 타네라는 내용이다.

渡瀬昌忠은 '燒き足らねかも わが情燒く'를, '자신의 마음이 사랑으로 타는 것은, 봄이 온 야산을 태우는 사람이 그 불을 붙여서 마음을 태우기 때문이다'고 하였다『萬葉集全注』7, p.314].

1337 카즈라키(葛城)의/ 타카마(高間)의 들판을/ 빨리 알아서/ 표시를 해놓을 걸/ 지금 유감스럽네

✿ **해설**

카즈라키(葛城)의 타카마(高間) 들판을 빨리 알아서 자신의 것이라는 표시를 해놓을 걸 그랬네. 표시를 하지 않아서 다른 사람의 것이 되어버린 그 들판을 지금 생각하면 분하네라는 내용이다.

'草野'를 全集·全注에서는 '萱野'로 보았다.

草野는 여성을 비유한 것이다. 빨리 구애하지 않아서 다른 사람과 결혼해 버린 것을 한탄하는 남성의 노래다.

'早知りて'를 私注·注釋·大系·全集·全注에서는 'はやしりて'로 읽었다.

1338　吾屋前尓　生土針　從心毛　不想人之　衣尓須良由奈

わが屋前に　生ふる土針[1]　心ゆも　想はぬ人の　衣に摺らゆな[2]

わがやどに　おふるつちはり　こころゆも　おもはぬひとの　きぬにすらゆな

1339　鴨頭草丹　服色取　摺目伴　移變色登　偁之苦沙

鴨頭草[3]に　衣色どり　摺らめども　移ろふ色と　いふが[4]苦しさ[5]

つきくさに　ころもいろどり　すらめども　うつろふいろと　いふがくるしさ

---

1 **土針** : 백합종류라고도 익모초라고도 한다. 여성을 비유한 것이다.
2 **衣に摺らゆな** : 'ゆ'는 수동이다. 'な'는 금지를 나타낸다.
3 **鴨頭草** : 닭의장풀이다. 푸른색 염료로.
4 **いふが** : 화려한 여성은 변하기 쉽다고 사람들이 말하는 것인가.
5 **苦しさ** : 괴롭다는 뜻은 아니다.

1338　우리 집 뜰에/ 나 있는 백합이여/ 마음으로도/ 생각 않는 사람의/ 옷에 물들지 말아

❀ 해설

　　우리 집 뜰에 나 있는 백합이여. 마음으로부터 생각하지도 않는 사람의 옷에 염색되지 말라는 내용이다. '土針'은 여성을 비유한 것이다. 全集에서는 '마음에 들지 않는 결혼을 하지 말라고 처녀의 부모 등이 말한 것인가'라고 하였다[『萬葉集』 2, p.264].

1339　닭의장풀로/ 옷을 아름답게요/ 물들이려나/ 변키 쉬운 색이라/ 하는 것이 괴롭네

❀ 해설

　　닭의장풀로 옷을 아름답게 물을 들이고 싶지만 변하기 쉬운 색이라고 하는 것이 괴롭네라는 내용이다. 닭의장풀은 여성 자신을 비유한 것이다. 마음이 끌려서 결혼을 하고 싶기는 하지만 남성의 마음이 변하기 쉬운 것을 걱정하며 주저하는 여성의 노래다.

1340 紫　絲乎曾吾搓　足檜之　山橘乎　將貫跡念而

紫の　糸[1]をそわが搓る　あしひきの[2]　山橘[3]を　貫かむと思ひて

むらさきの　いとをそわがよる　あしひきの　やまたちばなを　ぬかむとおもひて

1341 眞珠付　越能菅原　吾不苅　人之苅卷　惜菅原

眞珠つく[4]　越[5]の菅原[6]　われ苅らず[7]　人の苅らまく[8]　惜しき菅原[9]

またまつく　をちのすがはら　われからず　ひとのからまく　をしきすがはら

---

1 **糸**：고귀한 실. 열성적인 것을 표현하였다.
2 **あしひきの**：산을 상투적으로 수식하는 **枕詞**다.
3 **山橘**：붉은 열매가 열린다. 여성을 비유한 것이다.
4 **眞珠つく**：구슬을 꿰는 끈(**緒**：を)이라는 뜻으로 'をち'를 상투적으로 수식하는 **枕詞**다.
5 **越**：아스카(**飛鳥**)의 서쪽인가.
6 **菅原**：여성을 비유한 것이다.
7 **われ苅らず**：자신의 사람으로 한다는 뜻이다.
8 **らまく**：'む'의 명사형.
9 이 작품은 **旋頭歌形**의 **殘存濃厚**한 민요.

1340 보라색깔의/ 실을 난 꼬아 만드네/ (아시히키노)/ 산의 홍귤 열매를/ 꿰려고 생각해서요

🌸 해설

보라색의 실을 나는 꼬아서 만드네. 다리가 아파서 걷기가 힘든 산의 홍귤을 꿰려고 생각해서라는 내용이다.

私注에서는, "山橘을 여성에 비유하고 그것을 꿰는 것을 아내로 하는 것에 비유한 것이다'고 하였다『萬葉集私注』 4, p.174]. 남성의 작품으로 본 것이 된다. 渡瀬昌忠은 '생각하는 상대의 마음을 자신의 것으로 하려고 열심인 여성의 마음을 나타낸 것'으로 보았다『萬葉集全注』 7, p.317].

1341 (마타마츠쿠)/ 오치(越)의 스가하라(菅原)/ 내가 베잖고/ 다른 사람 벨 것인/ 애석한 스가하라(菅原)

🌸 해설

진주를 꿰는 실이라는 뜻의 오치(越)의 스가하라(菅原)여. 내가 베지를 않고 다른 사람이 그것을 벨 것이라는 사실이 안타까운 스가하라(菅原)여라는 내용이다.

菅原은 여성을 비유한 것이다. 私注에서는 '자신은 아내로 맞이하지 않으면서 다른 사람이 아내로 맞이해 가면 안타깝게 생각된다고 하는 것은, 민요에서 자주 불리는 감정이다'고 하였다『萬葉集私注』 4, p.175]. 이 해석을 따르면 노래를 부르는 남성은 여성을 아내로 맞이할 마음은 없는 것이 된다. 渡瀬昌忠은 '자신이 구혼하지 않으면 다른 사람이 재빨리 아내로 삼아 버릴 것이므로 그것이 유감이라고 하며 미녀에게 수작을 걸려고 하는 남성의 노래'로 보았다『萬葉集全注』 7, p.318]. 이 해석을 따르면 남성은 여성을 아내로 맞이하려고 하는 것이다. 私注·全注의 해석은 내용은 다르지만 노래를 부른 남성이든, 다른 남성이든 여인을 아직 아내로 취하지 않은 상태로 미래의 일을 말하였다. 注釋·大系·全集에서는 '(여성의 팔베개를) 자신이 베지 않고 다른 사람이 베는 것이 유감이다'고 해석을 하였다. 다소 불분명하지만 이 해석으로 보면 자신이 아내로 삼고 싶었는데 다른 사람이 이미 아내로 삼았다는 내용이 된다.

1342　山高　夕日隱奴　淺茅原　後見多米尒　標結申尾

山高み　夕日隱りぬ[1]　淺茅原[2]　後見む[3]ために　標結はましを[4]

やまたかみ　ゆふひかくりぬ　あさぢはら　のちみむために　しめゆはましを

1343　事痛者　左右將爲乎　石代之　野邊之下草　吾之苅而者 [一云, 紅之　寫心哉　於妹不相將有]

言痛く[5]は　かもかも[6]爲むを　磐代[7]の　野邊の下草[8]　われそ苅りては [一は云はく, くれなゐ
の　うつし心[9]や　妹にあはずあらむ]

こちたくは　かもかもせむを　いはしろの　のへのしたくさ　われそかりては [あるはいはく,
くれなゐの　うつしごころや　いもにあはずあらむ]

---

1 夕日隱りぬ : 이미 어두워 표를 할 수 없다.
2 淺茅原 : 여성을 비유한 것이다.
3 後見む : 부부가 될 약속을 하는 것이다.
4 標結はましを : 표시를 하고 싶었는데 하지 못했다는 뜻이다.
5 言痛く : '言(こと) いた(甚)し'의 수식형.
6 かもかも : 이렇게 하든 저렇게 하든, 어떻게든지라는 뜻이다.
7 磐代 : 가지를 묶은 소나무로 유명한 곳이다.
8 下草 : 숨겨 놓은 여인을 말한다.
9 うつし心 : 정색으로.

1342 산이 높아서/ 해는 숨어버렸네/ 아사지(淺茅)들을/ 후에 보기 위하여/ 표를 해놓을 것을

🌸 해설

산이 높아서 저녁 해는 이미 산을 넘어가 숨어버려 어두워졌네. 아사지(淺茅)들을 후에 다시 보기 위하여 표를 해놓았으면 좋았을 것을. 어두워서 표를 하지 못했네라는 내용이다.

淺茅原은 여성을 비유한 것이다. 다시 만날 표시를 하지 못했다고 하였으므로 이별한 것이 된다. 빨리 이별하게 된 것을 안타까워한 남성의 노래다. 산이 높아서 해가 숨은 것은 두 사람 사이를 가로막는 것으로 볼 수 있겠다.

私注에서는, '淺茅와 淺茅原을 여성에 비유하는 것이 가끔 보이는데 그 심리적인 근거는 무엇인가. 풀을 베는 것은 말을 키우고 밭을 경작하는데 필요한 작업이므로 농경을 하는 사람들 사이에 淺茅와 淺茅原에 대한 친근감이 일반적으로 있었기 때문일 것이다'고 하였다『萬葉集私注』 4, p.175]. 全集에서는 '아쉬운 채로 헤어지지 않으면 아니 되었던 사정이 생긴 것을 말하는가'라고 하였다『萬葉集』 2, p.265].

1343 소문이 나면/ 어떻게든 할 것을/ 이하시로(磐代)의/ 길가 나무 밑의 풀/ 내가 베기만 하면
[혹은 말하기를 (쿠레나이노)/ 확실한 마음으로/ 그녀 만나잖고 있겠나]

🌸 해설

이하시로(磐代)의 길가에 있는 크지 않은 나무 밑의 풀을 내가 베기만 한다면 그 다음에는 사람들 시끄럽게 소문을 낸다고 해도 어떻게든지 할 것인데[혹은 말하기를, 붉은 색이 눈에 띄게 확실하게 드러나는 것처럼 그렇게 확실한 마음으로 그녀를 만나지 않고 있는 것이 어떻게 가능하겠는개라는 내용이다.

길가 나무 밑의 풀은 여성을 비유한 것이다. 'くれなゐの'는 'うつし'를 상투적으로 수식하는 枕詞다. '一云'의 '寫心哉'를 'うつしごころや'로 읽은 경우와 'うつろふごころや'로 읽은 경우가 있다. 注釋・全注에서는 中西 進과 마찬가지로 'うつしごころや(現心)'로 훈독하여 '확실한 마음'으로 해석하였다. 私注에서는, 'うつろ(移)ふごころや'로 훈독하고 '내 자신이 변하기 쉬운 마음을 가지고 있어서 그녀를 만나지 않고 있는 것이겠지. 만나지 않는 것을 세간의 탓으로 돌리는 것은 자신이 부족하기 때문이라고 스스로 돌아보며 부끄러워하는 마음일 것이다'고 하여 남성 자신의 마음이 변한 것으로 해석하였다『萬葉集私注』 4, p.176]. 大系에서는 'うつしごころや'로 읽으면서 'うつ(移)し'의 뜻으로 보고 '(그녀의) 마음이 변해버린 것인가. 그녀를 전혀 만날 수가 없네'로 해석하였다『萬葉集』 2, p.253]. 'くれなゐの'가 붉은 색으로 물을 들이면 물이 들어서 확실하게 눈에 잘 띈다는 뜻에서 'うつし'를 수식하게 된 것이므로 '분명한 마음'으로 해석하는 것이 더 나을 듯하다.

소문이 날 것을 신경 쓰며 망설이는 여성에게 하는 노래이다.

1344　眞鳥住　卯名手之神社之　菅根乎　衣尒書付　令服兒欲得

眞鳥住む　卯名手の神杜[1]の　菅の根[2]を　衣にかきつけ[3]　着せむ子もがも

まとりすむ　うなてのもりの　すがのねを　きぬにかきつけ　きせむこもがも

1345　常不　人國山乃　秋津野乃　垣津幡鴛　夢見鴨

常ならぬ[4]　人國山の　秋津野[5]の　杜若[6]をし　夢に見るかも

つねならぬ　ひとくにやまの　あきづのの　かきつはたをし　いめにみるかも

---

1 神杜：奈良縣 橿原市.
2 菅の根：마음 깊이 사랑하는 것을 비유한 것이다.
3 衣にかきつけ：등골 뿌리를 옷에 묶는 신성한 習俗이 있었던 것인가. 'かき'는 접두어.
4 常ならぬ：항상 있지 않다는 뜻으로 인간 무상을 의미하는 데서 '人'을 상투적으로 수식하게 된 **枕詞**다. 동시에 아련한 모습이 꿈과 호응한다.
5 秋津野：和歌山縣 田邊市.
6 杜若：창포과. 염료로 사용하는데 이 작품에서는 눈을 자극하는 여성을 비유한 것이다.

1344   독수리 사는/ 우나테(卯名手)의 신사의/ 등골 뿌리를/ 옷에다 묶어서는/ 입혀줄 애 있다면

❋ 해설

독수리가 사는 우나테(卯名手)의 신사의 등골 뿌리를 옷에다 묶어서는 입혀줄 소녀가 있다면 좋겠네라는 내용이다.

大系에서는 '衣にか(書)きつけ'로 훈독을 하여 '독수리가 사는 우나테(卯名手)신사의 등골 뿌리 모양을 옷에 그려서 입혀줄 사람이 있다면'으로 해석하였다『萬葉集』 2, p.253]. 注釋에서도 이 해석을 따랐다『萬葉集注釋』 7, p.311]. 私注에서는 물을 들이는 것으로 해석하였다『萬葉集私注』 4, p.177]. 渡瀬昌忠은 '엉겨 있는 길게 뻗은 등골 뿌리를 캐내어서 그것을 문지르기도 하고 그 모양을 옷에 그리기도 하고라는 뜻이다. 언제까지나 변하지 않는 깊은 마음을 밝혀서라는 뜻을 의미하는 것'으로 보았다『萬葉集全注』 7, p.321].

全集에서는 원문의 '兒'를, '일반적으로 부부 또는 그에 준하는 관계에 있는 것을 나타내는 '妹'에 비해 그렇게 긴밀한 관계가 아닌 여성을 말한다'고 하고 이 작품은 비유가로 보기가 어렵다고 하였다『萬葉集』 2, p.266].

1345   (츠네나라누)/ 히토쿠니(人國)의 산의/ 아키즈(秋津)들의/ 창포를 말이지요/ 꿈에 보았답 니다

❋ 해설

무상한 인간, 그런 인간이라는 뜻이 이름에 들어있는 히토쿠니(人國)산 아키즈(秋津)들의 창포꽃을 꿈에 서 보았답니다라는 내용이다.

'창포꽃'은 여성을 비유한 것인데, 注釋·全集·全注에서는 이전에 본 아름다운, 다른 사람의 아내로 보았다. 그렇게 본 근거는 '히토쿠니(人國)'의 '人'을 '남, 다른 사람'으로 보았기 때문일 것이다.

1346　姫押　生澤邊之　眞田葛原　何時鴨絡而　我衣將服

　　　　女郎花[1]　生ふる澤邊の　眞田葛[2]原　何時かも絡りて　わが衣に着む

　　　　をみなへし　おふるさはへの　まくずはら　いつかもくりて　わがきぬにきむ

1347　於君似　草登見從　我標之　野山之淺茅　人莫苅根

　　　　君に似る　草[3]と見しより　わが標めし　野山の淺茅　人な苅りそね[4, 5]

　　　　きみににる　くさとみしより　わがしめし　のやまのあさぢ　ひとなかりそね

---

1 **女郎花** : 가을의 일곱 화초의 하나.
2 **眞田葛** : 'さきさはのへの'의 훈독도 있다. '眞(ま)'은 미칭, 섬유로 해서 옷을 만든다. 여성을 비유한다.
3 **草** : 제4구의 '淺茅'를 말한다.
4 **人な苅りそね** : 旋頭歌에 자주 나오는 표현이다.
5 이 작품은 풀을 베는 집단의 여성 **勞動歌**. 첫 구를 '妹'라고 하는 남성의 노래를 바꾸어 부른 것인가.

1346 여랑화가요/ 피어 있는 못가의/ 덩굴 난 들판/ 언제 실로 자아서/ 내 옷으로 입을까

🌸 **해설**

여랑화가 피어 있는 못가에 있는 덩굴이 나 있는 들판이여. 언제 덩굴로 실을 뽑고 천을 짜서 내 옷으로 만들어 입을까라는 내용이다.

'眞田葛原'은 여성을 비유한 것이다.

'をみなへし'를 大系에서는 中西 進과 마찬가지로 '여랑화가 피어 있는'으로 해석을 하였으나 注釋·全集·私注·全注에서는 枕詞로 보았으며 '生澤邊之'를 'さきさは(佐紀澤)のへの'로 훈독하였다.

사랑하는 여인과 빨리 결혼하고 싶은 마음을 노래한 것이다. 실을 뽑고 천을 짜는 것은 여성의 작업이므로 남성이 이런 비유로 말한 것은 다소 독특하게 느껴진다.

1347 그대와 닮은/ 풀이라고 본 후로/ 내가 표해 둔/ 야산의 아사지(淺茅)를/ 사람들아 베지 마

🌸 **해설**

그대와 닮은 풀이라고 본 후로부터 내가 표시를 해 둔 야산의 아사지(淺茅)를 다른 사람들이여, 베지를 말아 주세요라는 내용이다.

私注에서는 '淺茅'를 여성에 비유한 것이라고 하였다『萬葉集私注』 4, p.179]. 注釋에서는 남성을 비유한 것으로 보고 '민요풍의 노래로 여성이 몰래 마음속에 품고 있는 남성을 다른 여성에게 빼앗기지 않으려고 하는 마음을 노래한 것으로 볼 수 없을까'라고 하였다『萬葉集注釋』 7, p.316]. 渡瀨昌忠도 남성으로 보았다[『萬葉集全注』 7, p.321]. 노래 내용을 보면 남성이 부른 것 같은데, 제1구에서 '君'이라고 한 것을 보면 여성의 노래로도 볼 수가 있다. 풀을 벨 때의 노동요로 보면 '君'은 남성이고 여성이 부른 노래로 이해할 수가 있겠다.

1348 三嶋江之　玉江之薦乎　從標之　己我跡曾念　雖未苅

三島江[1]の　玉江の薦[2]を　標めしより　己[3]がとそ思ふ　いまだ苅らねど

みしまえの　たまえのこもを　しめしより　おのがとそおもふ　いまだからねど

1349 如是為而也　尚哉將老　三雪零　大荒木野之　小竹尓不有九二

かくして[4]や　なほや[5]老いなむ　み雪降る　大荒木野[6]の　小竹にあらなくに

かくしてや　なほやおいなむ　みゆきふる　おほあらきのの　しのにあらなくに

1　三島江：大阪府　高槻市.
2　薦：마코모(줄).
3　己が：자신의 것으로 생각한다.
4　かくして：사람에게 보이지 않고 베이지 않고 눈에 덮여서라는 뜻이다.
5　なほや：'や'는 함께 의문을 나타낸다.
6　大荒木野：奈良縣　五條市.

1348　미시마(三島)강의/ 아름다운 강의 줄/ 표시한 후로/ 내 것이라 생각네/ 아직 베진 않아도

🌸 **해설**

　　미시마(三島)강의 아름다운 강의 줄에 표시를 한 이후로 내 것이라고 생각하네. 아직 베지는 않았지만이
라는 내용이다.
　　'薦'은 여성을 비유한 것이다. 私注에서는 '몰래 어떤 여성을 자신의 것이라고 정하고 있는 마음'이라고
하였다『萬葉集私注』 4, p.180]. 渡瀨昌忠은 이 작품을 '그대를 자신의 상대로 정하고 사람들에게도 그것을
밝힌 이상은, 아직 잠자리를 함께 하지는 않았지만 우리는 부부가 된 것이나 마찬가지라고 생각하고 있다
고 상대방 여성에게 말하는 남성의 노래'라고 보았다『萬葉集全注』 7, p.324].

1349　이렇게 해서/ 역시 나이 드는가/ 눈이 내리는/ 오호아라키(大荒木)들의/ 조릿대도 아닌데도

🌸 **해설**

　　이렇게 해서 나도 역시 이대로 나이가 들어가는가. 눈이 내리는 오호아라키(大荒木)들의, 베어지지도
않고 눈에 덮인 조릿대도 아닌데도라는 내용이다.
　　'小竹(조릿대)'은 여성을 비유한 것이다. 베이지도 않은 채로 말라서 눈에 덮여 있다는 것은 결혼을
하지 않았다는 뜻이므로 미혼으로 나이가 든 것을 한탄한 것이다.
　　'大荒木野'를 私注에서는, '눈이 내리는 것을 특히 드러낸 것은 오호아라키가 북쪽에 있기 때문인가.
(중략) 새로 개간한 땅을 '아라키'라고 한다. 'み雪降る 大荒木野'는 북쪽 나라의 새로 개척한 지방의 들이라
는 뜻으로 해석된다'고 하였다『萬葉集私注』 4, p.180].

1350 淡海之哉　八橋乃小竹乎　不造笑而　信有得哉　戀敷鬼呼

淡海のや　矢橋¹の小竹を　矢着がず²て　まことありえむや³　戀しきものを

あふみのや　やばせのしのを　やはがずて　まことありえむや　こひしきものを

1351 月草尒　衣者將揩　朝露尒　所沾而後者　徒去友

月草⁴に　衣は揩らむ　朝露に　濡れての後⁵は　移ろひぬとも

つきくさに　ころもはすらむ　あさつゆに　ぬれてののちは　うつろひぬとも

---

1 **矢橋**: 瀬田의 **矢橋**. 다음의 '下'에 호응한다.
2 **矢着がず**: 조릿대에 살깃을 붙여서 화살을 만든다. 여성을 자신의 것으로 하는 비유다.
3 **まことありえむや**: 'まこと'는 '정말로, 실제로'라는 뜻이다. 'えむや'는 강한 부정을 동반한 의문이다. 정말로 있을 수 있겠는가라는 뜻이다.
4 **月草**: 닭의장풀이다. 여성을 비유한 것이다.
5 **濡れての後**: 만난 후는이라는 뜻이다.

1350 아후미(淡海)의요/ 야바세(矢橋)의 조릿대/ 화살로 않고/ 정말로 있을 수 있나/ 이렇게 그리운 걸

❀ 해설

아후미(淡海)의 야바세(矢橋)의 조릿대를 화살로 만들지 않고 정말로 있을 수 있는 것인가. 이렇게 그리운 것을이라는 내용이다.

조릿대는 여성을 비유한 것이다. 조릿대를 화살로 만들지 않고는 있을 수 없다는 뜻이므로 꼭 화살로 만들겠다는 뜻이다. 즉 자신의 아내로 삼겠다는 비유다. 大系・注釋・私注・全注에서는 모두 그렇게 해석하였다. 그러나 全集에서는, '자신의 아내로 삼을 수 없는 것을 한탄한 노래'로 보았다[『萬葉集』 2, pp.266~267].

1351 닭의장풀로/ 옷을 물들여보자/ 아침 이슬에/ 젖어버린 다음엔/ 색이 변할지라도

❀ 해설

닭의장풀로 옷을 물들여보자. 아침 이슬에 젖은 다음에는 색이 변할지라도라는 내용이다.

나중에 상대방의 마음이 변할지 모르지만 어쨌든 결혼을 해보자는 내용이다.

渡瀬昌忠은 이 작품을 '상대 남성의 바람기를 걱정하면서도 결혼하려고 하는 적극적인 여성의 마음'이라고 보았다[『萬葉集全注』 7, p.327]. 남성의 노래로도 여성의 노래로도 볼 수 있겠다.

全集에서는, '이 노래는 『古今集』의 247번가에도 있다. 『萬葉集』의 노래는 수록하지 않는 것을 방침으로 하는 『古今集』에, 이 외에도 1655・1701번가 등 『萬葉集』의 노래가 수록되어 있다. 이 사실은 그 작품들이 기록된 『萬葉集』에서 직접 인용한 것이 아니라 민간에 구전되던 것을 채록한 것이 우연히 일치했다고 보아야만 할 것이다'고 하였다[『萬葉集』 2, p.267].

1352　吾情　湯谷絶谷　浮蓴　邊毛奧毛　依勝益士

わが情　ゆたにたゆたに[1]　浮蓴[2]　邊にも奧にも　寄りかつましじ[3]

あがこころ　ゆたにたゆたに　うきぬなは　へにもおきにも　よりかつましじ

寄稻

1353　石上　振之早田乎　雖不秀　縄谷延与　守乍將居

石上　布留[4]の早稻田[5]を　秀でずとも[6]　縄だに延へよ　守り[7]つつ居らむ[8]

いそのかみ　ふるのわさだを　ひでずとも　なはだにはへよ　もりつつをらむ

1　ゆたにたゆたに : 'ゆた'는 '豊(ゆた)か', 'たゆたふ' 등의 어간이며, 'た'는 접두어이다.
2　浮蓴 : 물 위에 뜨는 순채. 새싹은 먹는다.
3　이 작품은 남녀 함께 사용하는 민요이다.
4　布留 : 奈良縣 天理市.
5　早稻田 : 여성을 비유한 것이다. 올벼이므로 빨리 새끼줄을 치라고 부모에게 말한다.
6　秀でずとも : '秀づ'는 穗出(ほい)づ'의 축약형으로 아직 이삭이 나오지 않았다는 뜻이다.
7　守り : 함께 지키자는 뜻이다.
8　이 작품은, 실은 早稻田(여성)을 황폐케 할 남성 집단의 민요이다.

1352　나의 마음은/ 흔들흔들 하면서/ 떠 있는 순채/ 해안도 바다에도/ 정착할 수 없겠지

　　나의 마음은 흔들흔들 움직이면서 떠 있는 순채네. 물이 얕은 해안으로도 깊은 바다로도 가서 정착할 수 없겠지라는 내용이다.

　　자신의 마음을 물위에 떠서 흔들리는 순채에 비유하였다. 자신의 사랑을 구하는 상대방에게 마음을 열지도 거절하지도 못하는 마음 상태를 비유한 것으로 볼 수 있다. 渡瀨昌忠은 이 작품을 '자신에게 접근하는 남성에 대해 마음을 결정하지 못하고 있는 여성의 마음을 비유하였다'고 하였다[『萬葉集全注』7, p.328].

　　'ゆたにたゆたに'를 大系・私注에서는 中西 進과 마찬가지로 '흔들흔들 동요하는 것'으로 보았다. 注釋・全集・全注에서는, 'ゆたに'를 'ゆったり(느긋하게)'로, 'たゆたに'를 'ゆらゆら(흔들흔들)' 동요하는 것으로 보아 '느긋하다가 동요하다가'로 해석하였다.

벼에 비유하였다

1353　이소노카미(石上)/ 후루(布留)의 올벼 밭을/ 이삭 안 나도/ 새끼줄을 치세요/ 지키면서　
　　　　있지요

　　이소노카미(石上) 후루(布留)의 올벼 밭은, 아직 이삭이 나오지 않았지만 새끼줄만이라도 쳐 두세요. 감시하면서 있지요라는 내용이다.

　　'早稻田'은 아직 결혼할 나이가 되지 않은 여성을 비유한 것이다.

　　私注에서는 이 작품을, '아직 성인이 되지 않은 처녀를 자신의 사람으로 표를 하여 그 성장을 지켜본다는 마음이다'고 하였다[『萬葉集私注』4, p.183]. 全集에서는, '딸의 부모가, 말을 해오는 남성에게 애정이 변하지 말 것을 맹세시키는 내용의 노래인가'라고 하였다[『萬葉集』2, p.267]. 渡瀨昌忠은 '아직 혼기가 되지 않은 딸을 키우는 사람이, 마음에 든 남성에게 딸을 소개하는 노래'라고 하였다[『萬葉集全注』7, p.329]. 여성에게 마음이 있는 남성의 노래로도, 여성의 부모의 노래로도 볼 수 있다. 진지하게 여성을 혼기가 될 때까지 잘 보호하겠다는 뜻으로 해석을 하였다. 그런데 中西 進의 해석으로 보면, 새끼줄을 치면 지키겠다고 했지만 오히려 여성을 자신의 사람으로 만들려는 남성의 술책이 된다.

寄木

1354 白菅之　眞野乃榛原　心從毛　不念吾之　衣尓揩

白菅の　眞野の榛原[1]　心ゆも　思はぬ[2]吾し[3]　衣に摺りつ

しらすげの　まののはりはら　こころゆも　おもはぬわれし　ころもにすりつ

1355 眞木柱　作蘇麻人　伊左佐目丹　借廬之爲跡　造計米八方

眞木柱[4]　つくる杣人[5]　いささめに[6]　仮廬のためと　造りけめやも[7, 8]

まきばしら　つくるそまひと　いささめに　かりほのためと　つくりけめやも

---

1 **榛原**：개암나무 숲.
2 **思はぬ**：생각하지도 않는.
3 **吾し**：일부 이본에는 '君'으로 되어 있다.
4 **眞木柱**：멋진 기둥을 말한다.
5 **つくる杣人**：산에서 벌목을 하는 사람이다. 여기서는 자신을 가리킨다.
6 **いささめに**：경솔하게라는 뜻이다.
7 **造りけめやも**：강한 부정을 동반한 의문을 나타낸다.
8 이 작품은 자신의 사랑하는 마음의 **誠意**를 나타내었다.

나무에 비유하였다

1354 (시라스게노)/ 마노(眞野) 개암나무 숲/ 마음속 깊이/ 생각지도 않는데/ 옷에 물을 들였네

❀ 해설

    흰 골풀이 나 있는 마노(眞野)의 개암나무 들판이여. 그 들판처럼 그렇게 마음속 깊이 생각지도 않고 있던 내가 옷에 물을 들여버렸네라는 내용이다.

    私注에서는 이 작품을, '깊이 생각하지도 않는데 연애, 혹은 결혼 관계를 맺는 일이 있으므로, 이 노래는 그것에 대한 여성의 원한을 노래한 것으로 볼 수 있다'고 하였다[『萬葉集私注』 4, p.184]. 여성의 노래로 본 것이다. 渡瀨昌忠은 '바람기로 여성과 관계를 맺은 남성의 술회. 榛原에서 옷을 물들이는 것은 남성 (1166, 1260)이므로, 이것도 남성의, 원래는 여행지에서의 노래일 것이다'고 하였다[『萬葉集全注』 7, p.329]. 남성의 노래로 본 것이다.

    '眞野の榛原을 大系에서는, '神戸市 長田區 東尻池町 부근의 개암나무 들이라고 하였다. 眞野는 愛知縣豊橋市 동부에서 靜岡縣 濱名郡 湖西町에 걸친 白須賀 들판이라고도 한다'고 하였다[『萬葉集』 2, p.218]. 渡瀨昌忠은 '마노(眞野) 新戸市 長田區 東尻池町, 西尻池町 부근이다'고 하였다[『萬葉集全注』 7, p.127]. '白菅の'는 '眞野를 상투적으로 수식하는 枕詞다.

1355 멋진 기둥을/ 만드는 벌목군은/ 경솔하게도/ 임시 거처로 하려/ 집을 지었겠나요

❀ 해설

    나무를 베어서 멋진 기둥을 만드는 사람이 경솔하게 임시 거처로 하려고 해서 집을 지었겠나요라는 내용이다.

    임시 거처가 아니라 제대로 된 집을 짓기 위해서라는 뜻이다. 注釋에서는 '멋진 기둥을 만드는 벌목군은, 잠시 임시 거처를 지으려고 만든 것일까요. 멋진 집을 짓기 위해서 한 것으로, 그렇게 우리들 사이도 멋진 부부생활의 완성을 원하기 때문입니다'로 해석하였다[『萬葉集注釋』 7, p.324]. 渡瀨昌忠도 '멋진 기둥을 만든 벌목군은, 잠시 일시적인 집을 지으려고 만든 것은 아니네. 멋진 집을 짓고 싶다고 생각해서라네'라고 해석하였다. 그리고 '공고한 부부 생활을 하고 싶다고 생각해서 구혼한 것이다고 여자에게 말하는 남자의 노래. 또는 제대로 된 상대를 고르라고 딸에게 말해주는 부모의 노래'로 보았다[『萬葉集全注』 7, pp.330~331]. 大系에서도, '모친의 노래인가'라고 하였다[『萬葉集』 2, p.255].

1356　向峯尒　立有桃樹　將成哉等　人曾耳言爲　汝情勤

　　　向つ峯に　立てる桃の樹　成らめや[1]と　人そ耳言く[2]　汝が情ゆめ[3]

　　　むかつをに　たてるもものき　ならめやと　ひとそささやく　ながこころゆめ

1357　足乳根乃　母之其業　桑尙　願者衣尒　着常云物乎

　　　足乳ねの[4]　母がそれ養ふ[5]　桑[6]すら　願へば衣に　着すといふものを

　　　たらちねの　ははがそれかふ　くはこすら　ねがへばきぬに　けすといふものを

1　成らめや : 사랑이 성취되지 않음을 비유한 것이다.
2　人そ耳言く : 원문 '耳言爲'는 'ささやく'의 假名表記다.
3　汝が情ゆめ : 금지를 나타낸다. 금하는 동작은 표현하지 않았다.
4　足乳ねの : 풍부한 젖이라는 뜻으로 '母'를 상투적으로 수식하는 枕詞다. 'ね'는 접미어.
5　母がそれ養ふ : 'それ'는 강조의 뜻을 나타낸다. '業'은 이 작품에서는 양잠업을 말한다.
6　桑 : 조정에 바치는 것이므로 생업은 아니다.

1356   건너편 산에/ 섰는 복숭아나무/ 열매 맺겠나/ 사람들 수근대네/ 그대 조심하세요

해설

건너편 산에 서 있는 복숭아나무를 보고 과연 열매를 맺겠나 하고 사람들은 수근거리네. 그러니 그대는 조심하세요라는 내용이다.

건너편 산의 복숭아나무는 여성을 비유한 것이다. 사람들은 두 사람의 사랑이 과연 이루어질까 의심을 하면서 수근대지만 성취되지 않을 일이 없으니 그대는 사람들 소문에 신경을 쓰지 말고 단단히 정신을 차리고 있으라는 내용이다.

渡瀨昌忠은 "'向つ峯'은 歌垣이 행해지는 장소로 '向つ峯に 立てる'는 歌垣에서 불리는 노래의 관용구였다. 봄의 농경의례(농작을 예축)의 일환으로 歌垣이 산 위에서 행해지는, 그 건너편 산에 서 있는 복숭아나무는 歌垣에 선 젊은 남녀를 비유한다. 그 나무의 꽃이 핀 뒤에 열매를 맺는 것이 풍작의 표시였으므로, 그런 뜻으로 나무 아래에서 두 사람의 연애가 성취되는 것인가 하고 묻는 구애·구혼하는 풍속이 있었다'고 하였다[『萬葉集全注』 7, p.331]. 그리고 노래 내용은 '연인에게, 다른 사람의 유혹을 조심하라고 한 노래. 歌垣의 노래로서는 남녀 어느 쪽의 노래도 될 수 있으나, 복숭아나무는 여성을 비유했다고 보는 것이 좋을까. 그렇다면 남성이 상대 여성을 걱정하고 있는 노래가 된다'고 하였다[『萬葉集全注』 7, p.332].

1357   (타라치네노)/ 어머니가 기르는/ 누에조차도/ 원한다면 옷으로/ 입혀 준다고 하는 걸

해설

젖이 많은 어머니가 소중하게 기르고 있는 누에조차, 원한다면 실을 뽑아 비단으로 옷을 만들어서 입혀 준다고 하는 것을이라는 내용이다.

'たらちねの'는 '足乳ねの'로 보아 젖이 많은으로도 해석할 수 있지만, 大系에서 '垂ら乳ねの'로 보았듯이 [『萬葉集』 2, p.401] 나이 들어서 젖이 늘어진 것을 표현한 것이라고도 볼 수 있다.

大系에서는 '其業 桑尙'을 '정원에 심은 뽕나무'로 해석하였다[『萬葉集』 2, p.255]. 私注·全集에서는, '마음으로 원하면 무슨 일이든 생각대로 된다, 이루어지기 힘든 사랑이라도 원하면 언젠가는 결실을 맺는다고 하는 마음'이라고 하였다[(『萬葉集私注』 4 p.186), (『萬葉集』 2, p.268)]. 渡瀨昌忠은 '(옷까지 만들어 주는데) 여성과 만나는 것을 모친으로부터 허락받지 못한 남성의 탄식. 또는 남성과 만나는 것을 모친으로부터 허락받지 못한 딸의 탄식이라고 볼 수도 있다'고 하였다[『萬葉集全注』 7, p.333].

1358　波之吉也思　吾家乃毛桃　本繁　花耳開而　不成在目八方

　　　　はしきやし¹　吾家の毛桃　本しげみ²　花のみ咲きて　ならざらめやも³

　　　　はしきやし　わぎへのけもも　もとしげみ　はなのみさきて　ならざらめやも

1359　向岳之　若楓木　下枝取　花待伊間尓　嘆鶴鴨

　　　　向つ岡の　若楓の木⁴　下枝取り⁵　花待つい間⁶に　嘆き⁷つるかも

　　　　むかつをの　わかかつらのき　しづえとり　はなまついまに　なげきつるかも

---

1 **はしきやし** : 털복숭아를(복숭아에 털이 있으므로 그렇게 말한 것이다. 여성의 비유) 수식한다.
2 **本しげみ** : 제5구에 걸린다.
3 **ならざらめやも** : 사랑이 성취되지 못한 것이다.
4 **若楓の木** : 침나무, 초여름에 붉은 꽃을 피운다. 여성을 비유한 것이다.
5 **下枝取り** : 다소 친밀하게 된다는 뜻이다.
6 **花待つい間** : 꽃은 성인이 되는 것을 말한다. 'い'는 접두어.
7 **嘆き** : 기다리기가 힘들어서 탄식하는 것이다.

1358　사랑스러운/ 우리 집 털복숭아/ 가지 무성해/ 꽃만이 피고서는/ 열매 못 맺을 손가

❀ 해설

　　우리 집의 사랑스러운 털복숭아는 가지에 잎이 많아서 꽃만 피고서는 열매를 맺지 못하는 일이 있을 수 있겠는가라는 내용이다.

　　全集에서는 '여성과의 관계가 성립되지 않을 수 있겠는가'로 해석하였다[『萬葉集』 2, p.269]. 이렇게 보면 남성의 노래가 된다. 渡瀬昌忠은 '자신의 딸의 연애·결혼이 이루어지지 않을 리가 없다고 하며 결혼을 기다리는 부모의 노래'라고 하였다[『萬葉集全注』 7, p.334]. 복숭아는 주로 여성을 비유하므로 '털복숭아'는 여성을 비유한 것으로 보는 것이 좋겠다. 그리고 '우리 집의 사랑스러운 털복숭아'라고 하였으므로 부모의 노래로 해석하는 것이 이해하기가 쉽겠다.

1359　건너편 산의/ 어린 침나무의요/ 밑 가지 꺾어/ 꽃 기다리는 동안/ 탄식을 하는 건가

❀ 해설

　　건너편 산에 있는 어린 침나무의 아래 쪽 가지를 꺾어서 손에 들고 꽃이 피기를 기다리고 있는 동안 몇 번이고 탄식을 하였네라는 내용이다.

　　'침나무'의 가지는 소녀를 비유한 것이다. 자신이 마음에 정한 소녀가 빨리 성인이 되기를 기다리는 마음을 노래한 것이다.

　　渡瀬昌忠은 '向つ峰의 若桂の木'을, '歌垣에 선 젊은 남녀를 비유한다'고 하고는 상대방 소녀가 성인이 되기를 기다리는 남성의 노래인가 하였다[『萬葉集全注』 7, pp.334~335].

寄花

1360　氣緒尓　念有吾乎　山治左能　花尓香公之　移奴良武

　　　氣の緒[1]に　思へるわれを　山ぢさ[2]の　花にか君が　移ろひぬらむ

　　　いきのをに　おもへるわれを　やまぢさの　はなにかきみが　うつろひぬらむ

1361　墨吉之　淺澤小野之　垣津幡　衣尓揩着　將衣日不知毛

　　　住吉の　淺澤小野[3]の　杜若[4]　衣に摺りつけ　着む日知らずも

　　　すみのえの　あささはをのの　かきつはた　きぬにすりつけ　きむひしらずも

1　氣の緒 : 息(命)을 긴 것으로 보고 말한 것이다.
2　山ぢさ : 때죽나무.
3　淺澤小野 : 住吉신사 남쪽에 있다.
4　杜若 : 창포과. 염료로 사용하는데 이 작품에서는 여성을 비유한 것이다.

꽃에 비유하였다

1360 생명과 같이/ 생각하는 나인 걸/ 때죽나무의/ 꽃과 같이 그대는/ 마음이 변했나요

✿ 해설

나는 그대를 내 생명이라고까지 생각하고 있는데, 때죽나무의 꽃과 같이 그대는 마음이 변해버린 것인가요라는 내용이다.

때죽나무 꽃은 남성을 비유한 것이다. 생명처럼 생각하고 사랑했던 사람인데 마음이 변해버리자 상대방을 비난하며 탄식한 노래다. 그러나 남성의 노래로도 볼 수가 있겠다.

渡瀬昌忠은 '남성의 변하기 쉬운 기질을 비난한 여성의 노래'라고 하였다『萬葉集全注』 7, p.336].

1361 스미노에(住吉)의/ 아사사하(淺澤)의 들에/ 피는 창포를/ 옷에 물을 들여서/ 입는 날 알 수 없네

✿ 해설

스미노에(住吉)의 아사사하(淺澤)의 들에 피어 있는 창포꽃의 즙으로 옷에 물을 들여서 입을 수 있는 날이 언제인지 알 수 없는 일이네라는 내용이다.

'창포꽃은 여성을 비유한 것이다. 사랑하고 있는 여성과 언제 결혼할 수 있을지 알 수 없어 탄식하는 남성의 노래로 볼 수 있다.

1362 秋去者　影毛將爲跡　吾蒔之　韓藍之花乎　誰探家牟

秋さらば　移し¹もせむと　わが蒔きし　韓藍の花²を　誰か探みけむ

あきさらば　うつしもせむと　わがまきし　からあゐのはなを　たれかつみけむ

1363 春日野尓　咲有芽子者　片枝者　未含有　言勿絶行年

春日野に　咲きたる萩³は　片枝⁴は　いまだ含めり　言な絶えそね⁵

かすがのに　さきたるはぎは　かたえだは　いまだふふめり　ことなたえそね

---

1 **移し**: 꽃의 즙을 천이나 종이에 적셔서 그 색을 물들이는 염색 방법이다.
2 **韓藍の花**: 맨드라미. 꽃을 즙내어서 염료로 사용한다. 여성을 비유한 것이다.
3 **萩**: 여성을 비유한 것이다.
4 **片枝**: 일부. 자매 중의 한 사람이라고 보는 설도 있다.
5 이 작품은 기다려 주기를 바라는 여성의 노래인가.

1362 가을이 되면/ 염색을 하려고요/ 내가 뿌렸던/ 맨드라미꽃일랑을/ 누가 따버렸나요

🌸 **해설**

　　가을이 되면 염색을 하려고 생각해서 내가 씨를 뿌렸던 맨드라미꽃을 도대체 누가 따버린 것인가요라는 내용이다.

　　맨드라미꽃은 여성을 비유한 것이다. 가을이 되면 결혼하려고 생각하고 있던 여성을 다른 사람이 취해버린 것을 억울해하는 남성의 노래로 볼 수 있다. 渡瀬昌忠은 '생각대로 되지 않은 부모의 탄식으로도볼 수 있다'고 하였다[『萬葉集全注』 7, p.338].

1363 카스가(春日) 들에/ 피어 있는 싸리꽃/ 한쪽 가지는/ 아직 봉오리네요/ 소식 끊지 말아요

🌸 **해설**

　　카스가(春日) 들에 피어 있는 싸리꽃은 한쪽 가지는 아직 꽃봉오리네요. 꽃이 필 때까지 소식을 끊지말아 주세요라는 내용이다.

　　渡瀬昌忠은 '두 딸을 가진 부모가 큰딸의 약혼자에게 보낸 노래인가. 큰딸과는 잘 되지 않았지만 작은딸은 이제 곧 성인이 될 것이니 희망을 버리지 말라고 딸의 부모가 남성을 격려하는 것인가. 1362번가의 노래와 같은 사정이 큰딸과 그 약혼자 사이에 있었을 것이다'고 하였다[『萬葉集全注』 7, p.339]. 全集에서는'言な絶えそね'를, '여성의 부모가 남성에게 한 것으로도, 남성이 여성의 부모에게 말한 것으로도 볼 수있다'고 하였다[『萬葉集』 2, p.270]. 大系에서는 '모친의 노래인가'라고 하였다[『萬葉集』 2, p.257].

1364   欲見　戀管待之　秋芽子者　花耳開而　不成可毛將有

　　　　見まく欲り　戀ひつつ待ちし　秋萩¹は　花のみ咲きて　成らず²かもあらむ

　　　　みまくほり　こひつつまちし　あきはぎは　はなのみさきて　ならずかもあらむ

1365   吾妹子之　屋前之秋芽子　自花者　實成而許曾　戀益家礼

　　　　吾妹子が　屋前の秋萩³　花⁴よりは　實になりてこそ⁵　戀ひ益りけれ

　　　　わぎもこが　やどのあきはぎ　はなよりは　みになりてこそ　こひまさりけれ

---

1 秋萩：여성을 비유한 것이다.
2 成らず：사랑이 성취되지 않은 것이다.
3 秋萩：여성을 비유한 것이다.
4 花：사람의 눈을 끄는 자태를 말한다.
5 實になりてこそ：맺어진 후에야말로라는 뜻이다.

1364   만나고 싶어/ 연모하며 기다린/ 가을 싸리꽃/ 꽃만 피어서는요/ 열매 맺지 않을 건가

🌸 **해설**

만나고 싶다고 생각하여, 그리워하면서 기다린 가을 싸리꽃은 꽃만 피어서는 열매는 맺지 않을 것인가라는 내용이다.

'가을 싸리꽃'은 여성을 비유한 것이다. 全集에서는 연애가 결혼으로 이어지지 못할까 하고 남성이 불안해하는 마음을 나타낸 노래로 보았다(『萬葉集』 2, p.270]. 注釋·全集·私注·全注에서도 마찬가지로 해석하였다.

1365   나의 아내의/ 집의 가을 싸리꽃/ 꽃보다는요/ 열매가 되어서야/ 사랑이 결실 맺죠

🌸 **해설**

내가 사랑하는 사람의 집의 가을 싸리꽃은 꽃이 피는 것보다는 열매를 맺고 나서야말로 사랑하는 마음이 더욱 깊어졌다는 내용이다.

'가을 싸리꽃'은 여성을 비유한 것이다. 실제 결혼을 하고 나니 연애 때보다 더욱 여성을 사랑하게 되었다는 내용이다. 사랑을 성취한 남성의 노래. 1364번가의 불안한 마음과 대비된다.

寄鳥

1366　明日香川　七瀬之不行亦　住鳥毛　意有社　波不立目

　　　明日香川　七瀬の淀¹に　住む鳥も　心あれこそ　波立てざらめ²

　　　あすかがは　ななせのよどに　すむとりも　こころあれこそ　なみたてざらめ

寄獸

1367　三國山　木末亦住歷　武佐左妣乃　待鳥如　吾俟將瘦

　　　三國山³　木末に住まふ　鼯鼠⁴の　鳥待つが如　われ待ち瘦せむ

　　　みくにやま　こぬれにすまふ　むささびの　とりまつがごと　われまちやせむ

1　七瀬の淀：많은 여울, 거기에 생긴 물웅덩이를 말한다.
2　波立てざらめ：세상 사람들이 시끄럽게 소문내는 것은 마음이 없기 때문일까라는 내용이다.
3　三國山：攝津이라는 설, 越前이라는 설 등이 있다.
4　鼯鼠：날다람쥐. 야행성이다. 267·1028번가에도 보인다.

새에 비유하였다

1366 아스카(明日香)강의/ 여울 웅덩이들에/ 사는 새들도/ 마음이 있으므로/ 물결 일으키잖네

해설

　　아스카(明日香)강의 많은 여울의 웅덩이에 사는 새조차도 마음을 가지고 있기 때문에 물결을 일으키지 않는 것일 것인데라는 내용이다.

　　사람들 입에 오르내릴까봐 조심을 하고 있는 것일 뿐이지 마음이 없어서 그런 것은 아니라는 내용이다. 大系에서는, '그대는 내가 조용히 있는 것을 마음이 없는 것처럼 비난합니다'로 해석하였다『萬葉集』 2, p.257]. 全集에서는, '사려 깊게 생각하기 때문에 무정한 것처럼 보이는 것이라고 변명하는 내용'이라고 하였다『萬葉集』 2, p.271].

　　'波立てざらめ'를 私注에서는 '사람을 기다리면서 말없이 숨어 있는 것을 비유한 것'이라고 하였다『萬葉集私注』 4, p.191]. 注釋에서는, '이렇게 서로 사람들에게 소문나지 않도록 하자'로 해석하였다『萬葉集注釋』 7, p.335]. 渡瀬昌忠도 '사려 분별심을 잃지 않고 시끄러운 세간의 소문에 흔들리지 않고 결혼이 되도록 하자고 조심하는 젊은 남녀의 마음'이라고 하였다『萬葉集全注』 7, p.342].

짐승에 비유하였다

1367 미쿠니(三國)산의/ 나무 끝에서 사는/ 날다람쥐가/ 새를 기다리듯이/ 기다리다 야위네

해설

　　미쿠니(三國)산에 있는 나뭇가지 끝에서 사는 날다람쥐가 새를 기다리듯이 나도 사랑하는 사람을 기다리다가 애가 타서 야위겠지라는 내용이다.

　　'鼯鼠の 鳥待つが如'를 注釋에서는 '날다람쥐가 새를 잡으려고 기다리듯이'로 해석하였다『萬葉集注釋』 7, p.336]. 그런데 다람쥐는 새를 잡는 동물이 아니다. 渡瀬昌忠은 '실제로 새를 기다리는 것은 아니다. 가지 끝에 올라가서 공중을 나는 것을 새가 찾아오기를 기다리는 것처럼 본 것이겠다'고 하고 여성이 남성을 기다리는 노래로 보았다『萬葉集全注』 7, p.343].

寄雲

1368 石倉之　小野從秋津亦　發渡　雲西裳在哉　時乎思將待

石倉の　小野¹ゆ秋津²に　立ち渡る　雲にしもあれや³　時をし待たむ

いはくらの　をのゆあきづに　たちわたる　くもにしもあれや　ときをしまたむ

寄雷

1369 天雲　近光而　響神之　見者恐　不見者悲毛

天雲に　近く光りて⁴　鳴る神⁵の　見れば恐し　見ねば悲しも⁶

あまくもに　ちかくひかりて　なるかみの　みればかしこし　みねばかなしも

---

1 小野 : 奈良縣 吉野宮瀧의 서쪽이다.
2 秋津 : 宮瀧의 들이다.
3 雲にしもあれや : 'あれや'는 있다면이라는 뜻이다. 'や'는 강한 부정을 동반한 의문이다. 구름도 아닌데 기다릴 수 없다. 구름은 그때의 상황에 따라 변화한다.
4 近く光りて : 가까이서 빛나는 것이며, 가까이서 울리는 것은 아니다.
5 鳴る神 : 고귀한 연인을 비유한 것이다.
6 이 작품은 남녀 모두가 부를 수 있다.

구름에 비유하였다

1368 이하쿠라(石倉)의/ 오노(小野)서 아키즈(秋津)로/ 떠가고 있는/ 구름이기라도 한가/ 때 기
다리는 걸까

🌸 해설

　이하쿠라(石倉)의 오노(小野)에서 아키즈(秋津)로 떠가는 구름이기라도 한 것인가. 때를 기다리는 것일
까라는 내용이다.

　미적지근한 태도를 보이는 상대방에게 분명한 태도를 취할 것을 요구하는 노래로 보인다.

　'時をし待たむ'의 주체를, 노래 부르는 사람 자신을 비유한 것으로 보는 설과, 상대방을 비유한 것으로
보는 설이 있다. 注釋에서는, '구름이 아닌 자신은 그렇게 태평스럽게 때를 기다리고 있을 수 없다'로
해석하였다『萬葉集注釋』7, p.338]. 私注에서도 마찬가지로, '때를 기다리기 힘든 자신의 마음을 반성하고
만약 구름이라면 유유히 때를 기다릴 수 있을 것인데 하고 탄식한 것이다'고 해석하였다『萬葉集私注』
4, p.193]. 大系에서도 자신이 기다리는 것이 무척 힘든 것으로 보았다『萬葉集』2, p.258]. 全集에서는 구름
을 상대방으로 보고, '여성이 미적지근한 것에 대해, 그대는 구름인가. 구름이라면 때를 기다리는 일도
있겠지만 구름도 아닌데 어찌하여 때를 기다리자고 태평한 말을 하는 것인가 하고 초조해하는 남성의
말'이라고 하였다『萬葉集』2, p.271]. 남성의 노래로도 여성의 노래로도 볼 수 있다.

　'小野'를 大系에서는 '미상. 奈良縣 吉野郡 吉野町의 두 곳과, 宮和歌山縣 西牟婁郡 下秋津(현재 田邊市)의
한 곳으로 생각된다'고 하였다『萬葉集』2, p.258].

천둥에 비유하였다

1369 하늘 구름의/ 가까이서 빛나며/ 치는 우렌 양/ 보면은 두렵고요/ 안 보면 슬프네요

🌸 해설

　하늘에 있는 구름 가까이에서 빛나며 치는 천둥과 같이 직접 만나면 두렵고 만나지 않으면 슬프네요라
는 내용이다.

　'見れば恐し'를, 注釋에서는 신분이 높은 귀인이라고 보아야 할 것이라고 하였다『萬葉集注釋』7, p.340].
全集에서도, '신분이 높은 남성과 사랑에 빠진 여성의 노래. 병렬문으로 구성하여 이것저것 번민하는 마음
을 나타낸다'고 하였다『萬葉集』2, p.271]. 私注에서는, '여성의 마음일 것이다. 상대를 귀인으로 보는 것은
맞지 않다. 일반적인 연애감정이다'고 하였다『萬葉集私注』4, p.193].

寄雨

1370　甚多毛　不零雨故　庭立水　太莫逝　人之應知

　　　はなはだも　降らぬ¹雨ゆゑ　にはたづみ²　いたくな行きそ　人の知るべく

　　　はなはだも　ふらぬあめゆゑ　にはたづみ　いたくなゆきそ　ひとのしるべく

1371　久堅之　雨尓波不著乎　怪毛　吾袖者　干時無香

　　　ひさかたの³　雨には着ぬを　怪しくも　わが衣手は　干る時なきか⁴

　　　ひさかたの　あめにはきぬを　あやしくも　わがころもでは　ふるときなきか

비에 비유하였다

1370 그리 심하게/ 내리지 않는 비니/ 뜰의 물이여/ 거세게 흐르지마/ 남들이 알 정도로

🌸 해설

그리 심하게 내리는 비도 아니므로 큰 비가 내릴 때 흐르는 물이 넘쳐흐르는 것처럼 그렇게 대단스럽게 흘러가지 말게나. 남들이 알아버릴 정도로라는 내용이다.

그렇게 깊은 관계가 아니므로 깊은 관계인 것처럼 남이 알 정도로 함부로 행동을 하지 말고 조심하라는 내용이다.

渡瀬昌忠은 '남녀가 그다지 만나고 있지도 않은데 소문만 시끄럽게 나는 일이 없도록, 부모에게 알려지면 만날 수 없게 되므로 하고 조심시키는 노래'로 보았다(『萬葉集全注』 7, p.346).

1371 (히사카타노)/ 비에 입지 않는데/ 이상하게도/ 내 옷의 소매는요/ 마를 날이 없는가

🌸 해설

하늘에서 비가 내리는 날에는 입지도 않는 것인데, 이상하게도 내 옷의 소매는 마를 날이 없는가라는 내용이다.

사랑의 고통 때문에 흘리는 눈물을 닦느라고 옷소매가 늘 젖어 있는 것을 이렇게 표현한 것이다.

寄月

1372　三空徃　　月讀壯士　　夕不去　　目庭雖見　　因緣毛無

　　　　み空ゆく　　月讀壯士¹　　夕去²らず　　目には見れども　　寄る緣も無し³

　　　　みそらゆく　　つくよみをとこ　　ゆふさらず　　めにはみれども　　よるよしもなし

1373　春日山　　々高有良之　　石上　　菅根將見尒　　月待難

　　　　春日山⁴　　山高からし　　岩の上⁵の　　菅の根見む⁶に　　月⁷待ちがたし

　　　　かすがやま　　やまたかからし　　いはのうへの　　すげのねみむに　　つきまちがたし

1　**月讀壯士** : 달을 인격화한 것이다. **女神**으로 되는 경우도 있다. 연인인 남성을 비유한 것이다.
2　**夕去** : 'よひ'로도 훈독할 수 있다.
3　비슷한 내용이 632번가에 보인다.
4　**春日山** : 奈良의 동쪽 近郊.
5　**岩の上** : '上'은 위가 아니라 근처다.
6　**菅の根見む** : 寢(ね)을 시도하는 뜻의 비유인가.
7　**月** : 혹은 暗喩인가.

달에 비유하였다

1372　하늘 떠가는/ 츠쿠요미(月讀)인 달은/ 매일 밤마다/ 눈으로는 보지만/ 가까이 할 수 없네

🌸 **해설**

　　하늘을 떠가는 달은 매일 밤마다 눈으로는 보고 있지만 가까이 다가갈 수 있는 방법이 없네라는 내용이다.
　　'月讀壯士'가 남성성이므로, 이 작품에서 달은 남성을 비유한 것이라고 할 수 있다. 그러므로 이 작품은, 마음으로 사랑하는 사람을 매일 눈으로 보고는 있지만 가까이 할 수 있는 방법이 없어서 안타까워하는 여성의 노래가 된다.
　　渡瀬昌忠은 '멀리서 항상 볼 수는 있지만 가까이 다가가기는 힘든 남성에 대한 동경. 상대방 남성은 신분이 높은 남성인가'라고 하였다(『萬葉集全注』 7, p.348].

1373　카스가(春日)산의/ 고개 높은 듯하네/ 바위의 근처의/ 골풀 뿌리 보려고/ 달 기다림 힘드네

🌸 **해설**

　　카스가(春日)산의 산봉우리가 높은 듯하네. 바위 근처에 있는 골풀의 뿌리가 보고 싶은데 달이 좀처럼 뜨지 않으므로 달을 기다리기가 힘드네라는 내용이다.
　　注釋에서는, '菅の根을 여성에 비유하고 가로막는 일이 있어 만나기 힘든 달을 기다리기 힘든 것으로 비유'한 것으로 보았다(『萬葉集注釋』 7, p.343].
　　渡瀬昌忠은, '만날 약속을 한 상대방이 오지 않을 때에, 무언가 장해가 있는 것인가 하고 추측하는 노래. 남성의 노래로도 여성의 노래로도 볼 수 있다'고 하였다(『萬葉集全注』 7, p.349].

1374 闇夜者　辛苦物乎　何時跡　吾待月毛　早毛照奴賀

闇の夜¹は　苦しきものを　何時しかと　わが待つ月²も　早も照らぬか

やみのよは　くるしきものを　いつしかと　わがまつつきも　はやもてらぬか

1375 朝霜之　消安命　爲誰　千歳毛欲得跡　吾念莫國

朝霜³の　消やすき命　誰がために⁴　千歳もがも⁵と　わが思はなくに⁶

あさしもの　けやすきいのち　たがために　ちとせもがもと　わがおもはなくに

左注　右一首者, 不有譬喩謌類也.⁷ 但, 闇夜歌人,⁸ 所心⁹之故並作此謌. 因, 以此歌載於此次.

---

1 闇の夜：만나지 않는 동안에 마음이 어두운 상태를 말한다.
2 わが待つ月：연인을 비유한 것이다.
3 朝霜：아침에 사라지기 쉽다는 뜻에서 '消'에 연결된다.
4 誰がために：다른 누군가를 위하여라는 뜻이다.
5 千歳もがも：願望을 나타낸다.
6 わが思はなくに：'に'는 역접의 영탄을 나타낸다.
7 不有譬喩謌類也：이 작품의 어디에도 비유가 없다. '正述心緒'의 작품이다.
8 闇夜歌人：1374번가의 작자를 말한다.
9 所心：所思와 같다. 원문의 '心'은 생각한다는 뜻의 동사다.

1374 어두운 밤은/ 괴로운 것인 것을/ 언제일까고/ 내 기다리는 달도/ 빨리 비추지 않나

해설

　어두운 밤은 괴로운 것이네. 언제나 나올까 하고 내가 기다리고 있는 달도 빨리 떠서 비추었으면 좋겠네라는 내용이다.
　'달'은 연인을 비유한 것이다. 위의 작품과 마찬가지로 만날 약속을 한 연인이 빨리 오지 않자 기다리는 동안의 마음이 어두움과 같은 상태임을 표현하고 빨리 연인을 만났으면 좋겠다고 한 것이다.
　大系에서는 '남성을 기다리는 여성의 노래. 앞의 작품에 대해 답하는 노래인가'라고 하였다『萬葉集』 2, p.259]. 私注에서도 여성의 입장에서의 노래라고 하였다[『萬葉集私注』 4, p.195]. 남성의 노래로도 여성의 노래로도 볼 수 있겠다.

1375 아침 서린양/ 꺼지기 쉬운 목숨/ 누군가 위해/ 천년을 살고 싶다/ 나는 생각지 않지요

해설

　아침이 되면 햇살에 사라져버리는 서리처럼 그렇게 사라지기 쉬운 목숨을, 그대 아닌 다른 누군가를 위해서도 천년을 살고 싶다고는 나는 원하지 않지요라는 내용이다.
　오직 상대방 한 사람만을 위한 목숨이라는 내용이다
　左注에서, 이 작품은 1374번가의 작자가 지었다고 하였다.

　좌주　위의 1수는 비유가의 종류는 아니다. 그러나 '闇の夜の…(1274번가)'라고 하는 작자가, 그 심정 때문에 함께 이 노래를 지었다. 그래서 이 노래를 다음에 실었다.

寄赤土[1]

1376　山跡之　宇陀乃眞赤土　左丹着者　曾許裳香人之　吾乎言将成

　　　　倭なる[2]　宇陀の眞赤土の　さ丹[3]着かば　そこ[4]もか人の　吾を言なさむ

　　　　やまとなる　うだのまはにの　さにつかば　そこもかひとの　わをことなさむ

寄神

1377　木綿懸而　祭三諸乃　神佐備而　齋尒波不在　人目多見許曾

　　　　木綿[5]懸けて　祭る三諸[6]の　神さびて　齋ふにはあらず[7]　人目多みこそ[8]

　　　　ゆふかけて　まつるみもろの　かむさびて　いはふにはあらず　ひとめおほみこそ

---

1 赤土 : 黃土도 같다. 염료로 하는 흙이다.
2 倭なる : 'なる'를 원문에서 '之'자를 사용하였다.
3 さ丹 : 'さ'는 접두어. '붉은 색'을 띤다.
4 そこ : 그 일.
5 木綿 : 목면으로 만든 인줄이다.
6 祭る三諸 : 제사지내는 미모로(三諸).
7 齋ふにはあらず : 몸을 씻어서 깨끗이 하는 것이다.
8 人目多みこそ : 만나지 않는다.

붉은 흙에 비유하였다

1376   야마토(大和)의요/ 우다(うだ)의 붉은 흙이/ 옷에 물들면/ 그것으로 사람들/ 나를 소문낼
       건가

   야마토(大和)의 우다(うだ)의 붉은 흙의 붉은 색이 옷에 물들면 그래도 사람들은 나를 소문낼 건가라는
내용이다.
   붉은 색이 옷에 물든다는 것은 두 사람이 맺어지는 것을 말한다.
   渡瀬昌忠은, '두 사람이 잠자리를 함께 하면 세간에서 소문이 나는 것은 아닌가 하고 염려하는 젊은
남성 또는 여성의 노래'라고 하였다[『萬葉集全注』 7, p.352].

神에 비유하였다

1377   면 인줄 걸어/ 제사하는 미모로(三諸)/ 신령스럽게/ 고결한 것이 아니네/ 사람 눈 많아서지요

   목면으로 만든 인줄을 걸어서 제사지내는 미모로(三諸)의 신처럼 그렇게 신령스럽게 고결하게 있는
것이 아니랍니다. 사람들의 눈이 많아서 꺼리는 것 뿐이지요라는 내용이다.
   상대방을 잘 만나지 않는 것은, 자신이 미모로(三諸)의 신처럼 고결하거나 거만해서가 아니라 사람들의
눈 때문에 꺼리고 있을 뿐이라는 뜻이다.
   渡瀬昌忠은, '고고해서 자신을 만나주지 않는 것인가고 묻는 남성에게, 그런 것은 아니고 사람 눈이
많아서 만날 수 없는 것일 뿐이라고 대답한 여성의 노래. 남녀가 만나지 않는 것은 직접 말해지지 않으므로
비유가로 본 것이다'고 하였다[『萬葉集全注』 7, p.353].

1378　木綿懸而　齋此神社　可超　所念可毛　戀之繁尒

　　　　木綿懸けて　齋ふこの神社　越えぬべく¹　思ほゆるかも　戀の繁きに

　　　　ゆふかけて　いはふこのもり　こえぬべく　おもほゆるかも　こひのしげきに

寄河

1379　不絶逝　明日香川之　不逝有者　故霜有如　人之見國

　　　　絶えずゆく　明日香の川²の　淀めらば　故しもあるごと　人³の見まくに⁴˒⁵

　　　　たえずゆく　あすかのかはの　よどめらば　ゆゑしもあるごと　ひとのみまくに

1　**越えぬべく**：神域을 범할 정도의 사랑이라고 하는 비유다.
2　**明日香の川**：明日香川의 급류는 가끔 노래로 불리어진다.
3　**人**：연인이다. 일반화한 표현으로 이 시대에는 아직 **對稱**은 아니다.
4　**見まくに**：'まく'는 'む'의 명사형이다. 'に'는 역접을 나타낸다. '보고 싶은데' 갈 수 없다는 뜻이다.
5　물웅덩이로 비유한 것이다. 『古今集』에 **中臣東人**의 작품으로, 조금 다른 노래를 수록하고 있다.

1378 면 인줄 걸어/ 소중히 하는 신사/ 담 넘을 거라/ 생각될 정도네요/ 사랑하는 맘 깊어

❀ **해설**

　　목면으로 만든 인줄을 걸어서 소중히 하는 신사의 담을 넘어버릴 것처럼 생각이 되네요. 사랑하는
마음이 너무 커서라는 내용이다.
　　私注에서는, '앞의 노래에 대한 답하는 노래일 것이라고 하면, 그대는 사람 눈을 꺼린다고 하지만, 나는
신이 있는 곳도 신경 쓰지 않고 넘으려고 생각할 정도로 계속 그립다고 하는 뜻이 될 것이다. 혹은 앞의
노래와는 독립된, 다만 신사를 넘어가는 정도의 사랑하는 마음을 노래했다고 보는 것이 자연스럽겠다'고
하였다(『萬葉集私注』 4, p.198).
　　渡瀬昌忠은, '만나는 것을 허락하지 않는 여성에 대한, 광적일 정도의 격한 사랑을 호소한 남성의 노래'라
고 하였다(『萬葉集全注』 7, p.354).

강에 비유하였다

1379 계속해 가는/ 아스카(明日香)의 강물이/ 만약 막히면/ 이유 있을 것이라고/ 그 사람은 보겠지

❀ **해설**

　　끊임이 없이 계속해서 흘러가는 아스카(明日香)의 강물이 만약 정체되듯이 찾아오는 것을 멈춘다면,
무언가 이유가 있는 것처럼 그녀는 생각을 하겠지. 그런데 갈 수가 없네라는 내용이다.
　　'人の見まくに'의 '人'을 注釋에서는 제삼자가 아니라 상대방 여성이라고 하였다(『萬葉集注釋』 7, p.349).
私注에서도 연인으로 보았으며, '다니는 것이 소원해진 남성이 상대방에 대한 顧慮를 노래한 것일 것이다'
고 하였다(『萬葉集私注』 4, p.199). 全集에서는 연인이 아니라 제삼자일 것이라고 하였다(『萬葉集』 2, p.274).
渡瀬昌忠은, '만약 두 사람 사이에 보통 때와 다른 무슨 일이 생긴다면, 하고 상대방의 생각 또는 사람의
눈을 신경 쓰는 노래. 남성의 노래로도 여성의 노래로도 볼 수 있다'고 하였다(『萬葉集全注』 7, p.355).

1380　明日香川　湍瀬尓玉藻者　雖生有　四賀良美有者　靡不相

　　　明日香川　瀬瀬に玉藻¹は　生ひたれど　しがらみ²あれば　靡きあはなくに³

　　　あすかがは　せぜにたまもは　おひたれど　しがらみあれば　なびきあはなくに

1381　廣瀬河　袖衝許　淺乎也　心深目手　吾念有良武

　　　廣瀬川⁴　袖つく⁵ばかり　淺きをや　心深めて　わが思へるらむ⁶

　　　ひろせがは　そでつくばかり　あさきをや　こころふかめて　わがもへるらむ

1　玉藻：두 사람을 비유한 것이다.
2　しがらみ：물을 막는 장치다.
3　靡きあはなくに：만날 수 없다는 뜻이다.
4　廣瀬川：廣瀬신사 부근의 강이다.
5　袖つく：잠기다는 뜻이다.
6　이 작품은 남녀 모두 부르는 민요다.

1380 아스카(明日香)강의/ 여울마다 물풀은/ 나 있지만은/ 수책이 있으므로/ 서로 엉기지 못 하네

🌸 해설

아스카(明日香)강의 여울 여울마다 아름다운 물풀은 나 있지만 급한 물 흐름을 막는 수책이 쳐져 있으므로 서로 만나 엉기지 못 하네라는 내용이다.

물풀을 두 연인에 비유한 것이다. 수책은 두 사람이 만나는 것을 가로막는 방해자를 비유한 것이다. 두 사람 사이를 가로막는 것을 한탄하며 자유롭게 만나고 싶은 마음을 노래한 것이다.

1381 히로세(廣瀬)처럼/ 소매 잠길 정도로/ 얕은 것을요/ 마음 속 깊이부터/ 나는 생각했던가

🌸 해설

히로세(廣瀬)강은 여울이, 걸으면 긴 소매 끝이 잠길 정도로 얕은 것인데, 그 정도로 얕은 마음을 지닌 사람을, 나는 마음속 깊이 생각해 버린 것일까라는 내용이다.

히로세(廣瀬)강은 얕은 마음을 지닌 남성을 비유한 것이다.

渡瀬昌忠은, '박정한 남자라고 알면서 애타게 그리워하는 자신을 의아해하는 여성의 마음'이라고 하였다 [『萬葉集全注』 7, p.356].

1382　泊瀬川　流水沫之　絶者許曽　吾念心　不遂登思齒目

　　　　泊瀬川　流る水沫¹の　絶えばこそ²　わが思ふ心　遂げじと思はめ

　　　　はつせがは　ながるみなわの　たえばこそ　わがもふこころ　とげじとおもはめ

1383　名毛伎世婆　人可知見　山川之　瀧情乎　塞敢而有鴨

　　　　嘆きせば　人知りぬべみ³　山川の　激つ情を　塞かへ⁴てあるかも

　　　　なげきせば　ひとしりぬべみ　やまがはの　たぎつこころを　せかへてあるかも

1　水沫 : 'みなあわ'의 축약형이다.
2　絶えばこそ : 끊어짐이 없으므로 이루어진다는 뜻이다.
3　人知りぬべみ : 'べし'가 'み'를 취한 형태이다. 'み'는 'を…み'의 'み'.
4　塞かへ : 'せきあへ'의 축약형이다.

1382   하츠세(泊瀬)강을/ 흐르는 물거품이/ 끊어져야만/ 내가 생각하는 맘/ 못 이룬다 생각지요

해설

    하츠세(泊瀬)강을 흐르는 물거품이 끊어져야만, 내가 사랑하는 마음도 끊어질 것이라 생각이 되지만이라는 내용이다.
    하츠세(泊瀬)강을 흐르는 물거품이 끊어질 리가 없으므로 자신의 사랑하는 마음도 끊어지지 않고 계속될 것이라는 뜻이다.

1383   한숨을 쉬면/ 남이 알아채겠죠/ 산속 급류양/ 격렬한 마음을요/ 막고 있는 것이지요

해설

    이 사랑도 만약 한숨을 쉰다면 남이 알아버릴 것이므로, 산속의 개울이 격렬하게 흐르는 것처럼 그렇게 격렬한, 상대방을 그리워하는 자신의 마음을 막고 있다는 내용이다.

1384 　水隱尓　氣衝餘　早川之　瀬者立友　人二將言八方

　　　水隱り[1]に　息衝きあまり[2]　早川の　瀬には立つ[3]とも　人に言はめやも

　　　みごもりに　いきづきあまり　はやかはの　せにはたつとも　ひとにいはめやも

寄埋木

1385 　眞鉇持　弓削河原之　埋木之　不可顯　事尓不有君

　　　眞鉇持ち[4]　弓削[5]の川原の　埋木の　顯れがたき　事にあらなくに[6]

　　　まかなもち　ゆげのかはらの　うもれぎの　あらはれがたき　ことにあらなくに

---

1 水隱り : 물속에 숨는 것이다.
2 息衝きあまり : 한숨을 쉬다.
3 瀬には立つ : 첫 구와의 대를 일으킨다.
4 眞鉇持ち : 대패를 가지고 활을 깎는다는 뜻에서 '弓削'을 상투적으로 수식하는 **枕詞**다.
5 弓削 : 大阪府 八尾市.
6 事にあらなくに : 언젠가 알 것인데라는 뜻이다.

1384　물속에 숨어/ 한숨을 계속 쉬고/ 흐름 빠른 강/ 여울에 선다 해도/ 남에게 말할 수 있나

해설

　　물속에 숨듯이 사랑을 숨기고는 한숨을 쉬며, 급류인 여울에 선 것처럼 파도가 일듯이 마음이 소용돌이 치지만 어떻게 남에게 말을 할 것인가라는 내용이다.

　　어떤 힘든 상황에서도 혼자서 고통을 감당할 뿐, 자신의 마음을 남에게 말할 수 없다는 내용이다. '瀬には立つとも'를 全集에서는, '모친에게 책망받고 있는 것을 말하는가'라고 하였다[『萬葉集』 2, p.275].

埋木에 비유하였다

1385　(마카나모치)/ 유게(弓削)강에 파묻힌/ 나무와 같이/ 나타나기 어려운/ 일도 아닌 것이라네

해설

　　대패를 가지고 활을 깎는다는 뜻을 이름으로 한 유게(弓削)강에 묻힌 나무가 드러나기가 어렵다고 하는 것도 아닌 것이다는 내용이다.

　　묻힌 나무가 드러나듯이 두 사람의 관계도 언젠가는 드러날 것이라는 뜻이다. 관계가 드러나는 것을 염려하여 불안해하는 마음을 표현한 것이다.

寄海

1386　大船尒　眞梶繁貫　水手出去之　奧者將深　潮者干去友

　　　　大船¹に　眞楫繁貫き²　漕ぎ出なば³　沖は深けむ⁴　潮は干ぬとも⁵

　　　　おほふねに　まかぢしじぬき　こぎでなば　おきはふかけむ　しほはひぬとも

1387　伏超從　去益物乎　間守尒　所打沾　浪不數爲而

　　　　伏越⁶ゆ　行かましものを　まもらひに⁷　うち濡らさえ⁸ぬ　波數まずして⁹

　　　　ふしこえゆ　ゆかましものを　まもらひに　うちぬらさえぬ　なみよまずして

---

1 **大船**：원문, 어떤 이본에는 '大海'로 되어 있다.
2 **眞楫繁貫き**：큰 배처럼 의지가 된다는 뜻을 내포한다.
3 **漕ぎ出なば**：두 사람이 합쳐진다면이라는 뜻이다.
4 **沖は深けむ**：장래의 나의 생각은 깊다는 뜻이다.
5 이 작품은 여성을 유혹하는 노래다.
6 **伏越**：기어서 넘는 산길이다.
7 **まもらひに**：주의해서 본다는 뜻이다.
8 **うち濡らさえ**：수동형이다.
9 이 작품은 주의를 하지 않아서 사람 눈에 띄게 된 것을 비유한 것이다.

바다에 비유하였다

1386 큰 배에다가/ 노를 많이 달아서/ 저어 나가면/ 바다는 깊겠지요/ 썰물이 된다 해도

해설

큰 배의 양쪽에 노를 많이 달아서 저어 나가면, 바다는 항상 깊겠지요. 비록 썰물이 되는 때라고 해도라는 내용이다.

大系에서는, '사랑하는 마음을 서로 확인한 이상 장래 그대를 생각하는 마음은 더욱 깊어질 것이다. 그대의 마음이 비록 얕아진다고 해도'로 해석하였다『萬葉集』 2, p.262]. 注釋에서도 中西 進과 마찬가지로, '마음을 열고 두 사람 사이가 이루어진 이상은 나의 마음은 언제나 깊을 것이다. 비록 무슨 일이 있더라도'로 해석하였다『萬葉集注釋』 7, p.356]. 다만 中西 進은 앞으로 합쳐진다면으로 해석을 한 데 비해, 注釋에서는 이미 두 사람이 합쳐진 상태로 보았다. 私注에서는, '한번 전력을 다해 사랑하기 시작한 이상 앞으로의 일은 얕은 것은 아닐 것이다. 바다의 썰물처럼 어떤 일이 있더라도'로 해석하였다『萬葉集私注』 4, p.203]. 渡瀬昌忠은, '각오를 하고 준비를 해서 결혼을 향하여 출발하자고 하는 의지. 남자의 노래인가'라고 하였다 [『萬葉集全注』 7, p.362].

1387 산길을 통해/ 갈 것을 그랬나봐/ 망설이다가/ 젖어 버렸답니다/ 조수 때 계산 못해

해설

굳이 산길을 통해서 갔더라면 좋았을 것. 망설이는 동안에 파도에 젖어버렸네. 조수 때를 잘 계산하지 못해서라는 내용이다.

大系에서는 '여자 쪽으로 가는데 사람들에게 들켜버렸다'고 해석하였다『萬葉集』 2, p.262].

渡瀬昌忠은, '주의했지만 여자 쪽으로 가는 것을 들켜버렸다. 처음부터 사람 눈에 띄지 않는 곳으로 갔더라면 좋았을 걸 하고 탄식하는 남자의 노래'라고 하였다『萬葉集全注』 7, p.363].

1388 石灑　崖之浦廻尓　緣浪　邊尓來依者香　言之將繁

石灑く¹　崖の浦廻²に　寄する波³　邊に來寄らばか　言⁴の繁けむ

いはそそく　きしのうらみに　よするなみ　へにきよらばか　ことのしげけむ

1389 礒之浦尓　來依白浪　反乍　過不勝者　誰尓絶多倍

礒の浦に　來寄る白波　還りつつ⁵　過ぎかてなくは⁶　誰れにたゆたへ

いそのうらに　きよるしらなみ　かへりつつ　すぎかてなくは　たれにたゆたへ

---

1 **石灑く**: '石ばしる' 등과 같은 형용이다.
2 **崖の浦廻**: 'み'는 彎曲이다.
3 **寄する波**: '來寄る'의 형용이다.
4 **言**: 사람 말이다.
5 **還りつつ**: 'つつ'는 계속을 나타낸다.
6 **過ぎかてなくは**: 'かて'는 할 수 있다는 뜻이다. 'なく'는 'む'의 명사형이다. 주격이다.

1388 바위를 씻는/ 해안의 포구로요/ 밀리는 파도/ 가까이 다가오면/ 소문 시끄럽겠죠

🌸 해설

바위 위를 힘차게 물이 씻어 내리는 포구로 밀려드는 파도처럼 그렇게 그대가 가까이 다가오면 사람들의 소문이 시끄럽게 나겠지요라는 내용이다.

연인이 가까이 다가오는 것을 사람들 눈을 신경 쓰는 내용이다.

'邊に來寄らばか'를, 全集・私注에서는 '사랑하는 여인 가까이 다가가면'으로 해석하였다『萬葉集私注』 4, p.204]. 이렇게 보면 남성의 노래가 된다. 渡瀬昌忠은, '사람들 눈을 신경 써서 남성이 다가오는 것을 두려워하고 있는 여성의 노래'라고 하였다『萬葉集全注』 7, p.363]. 남성의 노래로도 여성의 노래로도 볼 수 있다.

1389 돌 많은 포구/ 밀려오는 흰 파도/ 계속 오듯이/ 지나갈 수 없음은/ 뉘 땜에 번민하나

🌸 해설

돌이 많은 포구에 밀려오는 흰 파도가 밀려갔다가는 계속 다시 돌아오듯이 떠나가지 않고 있는 것은 그대 이외의 다른 누구 때문에 번민하는 것일까요라는 내용이다.

오로지 상대방 때문에 번민하고 있으므로 그 곁을 떠나갈 수 없다는 내용이다.

1390 淡海之海　浪恐登　風守　年者也將経去　榜者無二

淡海の海[1]　波かしこみと　風守り　年はや[2]經なむ　漕ぐ[3]とはなしに

あふみのうみ　なみかしこみと　かぜまもり　としはやへなむ　こぐとはなしに

1391 朝奈藝尓　來依白浪　欲見　吾雖爲　風許増不令依

朝凪[4]に　來寄る白波　見まく欲り　われはすれども　風こそ寄せね

あさなぎに　きよるしらなみ　みまくほり　われはすれども　かぜこそよせね

---

1 淡海の海：琵琶湖를 말한다.
2 年はや：‘や’는 의문을 나타낸다.
3 漕ぐ：결혼한다는 뜻이다.
4 朝凪：‘凪’는 사람들 말이 없음을 비유한 것이다. 따라서 좋은 기회지만 반면에 ‘凪’는 그다지 파도가 밀려오지 않는다. 파도는 연인을 비유한 것이다. 따라서 좋지 않은 것이다.

1390　아후미(近江)의 바다/ 파도가 무섭다고/ 바람 살피듯/ 일 년 벌써 지나나/ 노 젓지 않았는데

🌸 **해설**

　　아후미(近江) 바다의 파도가 무섭다고 바람 상태를 살피듯이 상태를 살피며 일 년이 벌써 지나가는 것일까. 出船해서 노를 젓는 일도 없는데라는 내용이다.

　　적극적이지 못하고 우유부단하게 있다가 일 년이 다 지나간다고 탄식하는 내용이다. 남성의 노래라고 생각된다.

　　全集에서는, '주위 사정이 호전되기를 기다리기만 할 뿐 스스로 난국을 타개할 의지를 가지지 못한 남성에 대해 풍자한 내용인가. 남자 자신의 반성으로 볼 수도 있다'고 하였다『萬葉集』 2, p.277].

1391　아침뜸에요/ 밀려오는 흰 파도/ 보고 싶다고/ 나는 생각하지만/ 바람이 불지 않네

🌸 **해설**

　　아침뜸에 밀려오는 흰 파도와 같은 연인을 보고 싶다고 나는 생각을 하지만 바람이 파도를 보내어 주지 않네라는 내용이다.

　　'흰 파도'는 연인을 비유한 것이다.

　　大系·私注에서는, '보고 싶지만 만날 기회가 없다'고 하였다『萬葉集私注』 4, p.206].

　　渡瀬昌忠은, '오지 않는 남성을 기다리는 여성의 노래'라고 하였다『萬葉集全注』 7, p.366]. 남성의 노래로도 여성의 노래로도 볼 수 있다.

寄浦沙

1392　紫之　名高浦之　愛子地　袖耳觸而　不寐香將成

　　　　紫の[1]　名高の浦[2]の　眞砂子地[3]　袖のみ觸れて[4]　寢ずかなりなむ

　　　　むらさきの　なたかのうらの　まなごつち　そでのみふれて　ねずかなりなむ

1393　豊國之　聞之濱邊之　愛子地　眞直之有者　何如將嘆

　　　　豊國の　企救[5]の濱邊の　眞砂子地[6]　眞直[7]にしあらば　何か嘆かむ

　　　　とよくにの　きくのはまへの　まなごつち　まなほにしあらば　なにかなげかむ

1　紫の：'紫'라고 하는 유명한 염색이라는 뜻으로 '名高'에 연결된다.
2　名高の浦：和歌山縣 海南市 名高町의 해안이다.
3　眞砂子地：'眞砂子'에 사랑스러운 사람(愛子：마나고)의 뜻을 생각했다.
4　袖のみ觸れて：타동사.
5　企救：豊前國(지금의 福岡縣 北九州市) 企救郡.
6　眞砂子地：'まなご(마나고)'의 소리와 'まなほ(마나호)' 소리가 비슷한데서 연결시킨 것이다.
7　眞直：정직한 마음이다.

해변의 모래에 비유하였다

1392 (무라사키노)/ 나타카(名高)의 포구의/ 마나고(眞砂子) 땅에/ 소매만이 닿고는/ 잠 못 자고 끝나나

※ 해설

자줏빛 색이 유명하다고 하는 뜻을 이름으로 한 나타카(名高) 포구의 마나고(眞砂子) 땅에 소매만 닿고는 거기에서 잠을 자지도 못하고 끝나는 것인가라는 내용이다.

마나고(眞砂子)는 연인을 비유한 것이다. 지명 眞砂子(마나고)와 愛子(마나고)의 일본어 발음이 같으므로 이렇게 표현한 것이다. 연인을 보기만 하고 함께 잠을 자지 못하고 끝나는 것을 아쉬워하는 남성의 노래다.

'紫の'를 大系에서는, '일반적으로는 枕詞다. 紫色이 귀하고 유명한 색이라는 뜻에서 名高를 수식한다. 한편 名高를 옛날에 村崎(무라사키)라고 했으므로 이렇게 말한다고도 한다는 설도 있다'고 하였대『萬葉集』 2, p.263].

1393 토요쿠니(豊國)의/ 키쿠(企救)의 해변 가의/ 마나고(眞砂子) 땅의/ 정직한 마음이라면/ 무엇을 탄식할까

※ 해설

토요쿠니(豊國)의 키쿠(企救) 해변의 마나고(眞砂子) 땅 이름처럼, 상대방 남성이 그렇게 정직한 마음을 가지고 있다면 무엇을 탄식할 것인가라는 내용이다.

상대방 남성이 진실하지 못한 것을 탄식하는 여성의 노래다.

'眞砂子地 眞直にしあらば'을 渡瀬昌忠은, '마나고(眞砂子)의 모래땅이 평평한 평지라면'으로 해석하였다 [『萬葉集全注』 7, p.367].

寄藻

1394 塩滿者　入流礒之　草有哉　見良久少　戀良久乃太寸

潮滿てば　入りぬる礒の　草¹なれや²　見らく³少く　戀ふらくの多き

しほみてば　いりぬるいその　くさなれや　みらくすくなく　こふらくのおほき

1395 奧浪　依流荒礒之　名告藻者　心中尓　疾跡成有

沖つ波　寄する荒礒の　名告藻⁴は　心のうちに　疾となれり

おきつなみ　よするありその　なのりそは　こころのうちに　やまひとなれり

---

1 草 : 해초를 말한다. 여성을 비유한 것이다.
2 なれや : 'なればや'의 축약형이다.
3 見らく : '見る'의 명사형이다.
4 名告藻 : 모자반. 여기서는 연인을 비유한 것이다.

해초에 비유하였다

1394 밀물이 되면/ 숨어버리는 바위/ 해초인가요/ 보는 것 조금이고/ 그리워하는 일 많네

🌸 **해설**

그대는, 밀물이 되면 바닷물 속으로 곧 잠겨서 숨어 버리고 마는 바위의 해초인가요. 아주 조금밖에 만나지 못하고 그리움으로 고통당하는 일이 많네라는 내용이다.

'해초'는 사랑하는 여성을 비유한 것이다. 잠깐밖에 만날 수 없는 것을 안타까워한 마음을 나타내었다.

1395 바다 파도가/ 밀려오는 바위의/ 모자반은요/ 남몰래 마음속에/ 근심거리 되었네

🌸 **해설**

바다의 파도가 밀려오는 거친 바위에 자라나 있는 '나노리소(모자반)'는, 남들 모르게 마음속의 근심거리가 되어버렸다는 내용이다.

연인의 이름을, 또는 연인과의 일을 말하지 못하는 답답함을 노래한 것이다.

'なのりそ'는 오늘날의 '혼다와라(ほんだわら)'로 해초의 한 종류인 모자반이다. 'なのりそ'의 'のり'는 원형이 '告(の)る'이며 '말하다'라는 뜻이다. 그런데 'な'는 두 가지로 해석을 할 수 있다. 첫째는 '名告藻'인데 이렇게 보면 '이름을 말하라'는 뜻의 해초가 된다. 두 번째는 '勿告藻로 쓰는 경우이다. 이렇게 쓰게 되면 'な'는 하지 말라는 부정명령을 나타내는 '勿'을 뜻하므로 '이름을 말하지 말라'는 뜻이 된다. 여기서는 두 번째 뜻이다.

'名告藻'를 渡瀬昌忠은, '이름을 말하라는 나노리소'라고 해석하였으며 '생각하는 여성을 만날 수 없는 남성의 괴로운 마음'이라고 하였다『萬葉集全注』 7, pp.369~370].

1396 紫之　名高浦乃　名告藻之　於礒將靡　時待吾乎

　　　紫の　名高の浦[1]の　名告藻[2]の　礒に靡かむ[3]　時待つわれを[4]

　　　むらさきの　なたかのうらの　なのりその　いそになびかむ　ときまつわれを

1397 荒礒超　浪者恐　然爲蟹　海之玉藻之　憎者不有手

　　　荒礒越す　波は恐し　しかすがに[5]　海の玉藻の　憎くはあらずして[6]

　　　ありそこす　なみはかしこし　しかすがに　うみのたまもの　にくくはあらずして

1　名高の浦: 和歌山縣 海南市 名高町의 해안이다.
2　名告藻: 1395번가의 주 참조. 마음속에 숨겨둔 연인이다.
3　礒に靡かむ: 자신을 따른다.
4　時待つわれを: 영탄을 나타낸다.
5　しかすがに: 그렇다고 해서라는 뜻이다.
6　憎くはあらずして: 원문의 '時待吾乎'의 '乎'를 '手'로 한 이본도 있다.

1396 (무라사키노)/ 나타카(名高)의 포구의/ 모자반이요/ 바위에 쏠리게 될/ 때를 기다리는 나

🌸 **해설**

　자줏빛 색이 유명하다고 하는 뜻을 이름으로 한 나타카(名高)포구의 나노리소가 바위에 쏠리게 될 때를 기다리는 자신이라는 내용이다.

　私注에서는, '여성의 속마음을 노래한 것'이라고 하였다『萬葉集私注』 4, p.208]. 여성의 노래로 본 것이다. 渡瀬昌忠은, '1395번가에 대해 답한 노래로도 볼 수 있다. 아름다운 여성이 스스로 다가올 때를 기다리고 있다'고 해석하였다『萬葉集全注』 7, p.370]. 남성의 노래로 보았다.

1397 바위를 넘는/ 파도는 두렵다네/ 그렇다 해서/ 바다의 해초가요/ 미운 것은 아니랍니다

🌸 **해설**

　험한 바위를 넘는 파도는 두려운 것이네. 그렇다 해서 바다의 해초가 미운 것은 아니라는 내용이다.

　私注에서는, '玉藻를 여성에 비유하고, 파도를 주위 사람들에 비유한 것이다'고 하였다『萬葉集私注』 4, p.209]. 주위 사정은 좋지 않지만 여성에게 마음이 끌린다는 뜻이다

寄船

1398　神樂聲浪乃　四賀津之浦能　船乗尓　乗西意　常不所忘

　　　樂浪の　志賀津¹の浦の　船乗りに　乗りにし心²　常忘らえず³

　　　ささなみの　しがつのうらの　ふなのりに　のりにしこころ　つねわすらえず

1399　百傳　八十之嶋廻乎　榜船尓　乗尓志情　忘不得裳

　　　百づたふ⁴　八十の島廻を　漕ぐ船に⁵　乗りにし心　忘れかねつも

　　　ももづたふ　やそのしまみを　こぐふねに　のりにしこころ　わすれかねつも

---

1 志賀津：滋賀縣 大津市. 琵琶湖의 선착장. 1253번가에도 보인다. 원문의 '神樂(카구라)의 聲'을 '사사'라고
　한다. 그래서 '神樂聲浪'은 사사나미가 된다. 줄여서 樂浪이라고 쓴다. 『萬葉集』에서 'ささなみ'를 '神樂聲浪'
　으로 쓴 것은 이 작품뿐이다.
2 乗りにし心：마음에 들어버린 것이다.
3 常忘らえず：가능을 나타낸다.
4 百づたふ：100까지 이어져 간다는 뜻으로 50·80을 상투적으로 수식하는 枕詞다.
5 漕ぐ船に：여러 가지 굴곡을 가지고 마음을 사로잡은 여성을 비유한 것이다.

배에 비유하였다

1398 사사나미(樂浪)의/ 시카(志賀)의 항구에서/ 배를 타듯이/ 그 사람 탄 내 마음/ 잊을 수가
      없네요

1399 (모모즈타후)/ 많은 섬들 해변을/ 젓는 배 타듯/ 그 사람 탄 내 마음/ 잊기가 힘드네요

1400　嶋傳　足速乃小舟　風守　年者也経南　相常歯無二

　　　　島傳ふ　足速の小舟　風守り　年はや經なむ¹　逢ふとはなしに²

　　　　しまづたふ　あしはやのをぶね　かぜまもり　としはやへなむ　あふとはなしに

1401　水霧相　奥津小嶋尓　風乎疾見　船縁金都　心者念杼

　　　　水霧らふ³　沖つ小島⁴に　風を疾み⁵　船寄せかねつ　心は思へど

　　　　みなぎらふ　おきつこしまに　かぜをいたみ　ふねよせかねつ　こころはおもへど

1402　殊放者　奥從酒嘗　湊自　邊著経時尓　可放鬼香

　　　　こと放けば⁶　沖ゆ放けなむ⁷　湊より　邊着かふ時に　放くべきものか⁸

　　　　ことさけば　おきゆさけなむ　みなとより　へつかふときに　さくべきものか

1　**年はや經なむ**：1390번가와 비슷한 생각이다.
2　제4구까지는 사랑의 비유다.
3　**水霧らふ**：수분을 머금고 뿌옇게 흐린 상태를 말한다.
4　**沖つ小島**：연인을 말한다.
5　**風を疾み**：세간이 시끄러우므로라는 뜻이다.
6　**こと放けば**：'こと'는 같다는 뜻이다.
7　**沖ゆ放けなむ**：願望을 나타낸다.
8　**放くべきものか**：강한 부정을 동반한 의문이다.

1400 섬들 지나는/ 속도가 빠른 작은 배/ 바람 살피다/ 해가 지나가는가/ 만나는 일도 없이

🌸 **해설**

  섬들을 지나가는, 속도가 아주 빠른 작은 배라도 바람의 상태를 살피느라고 있듯이, 주위 상태를 살피다가 해가 점점 지나가는 것인가. 만나는 일도 없이라는 내용이다.

  보통 때는 민첩한데 주위 사정을 살피느라고 멈칫거리다가 만나지도 못하고 한 해가 다 지나간다는 뜻이다. 내용으로 보아 남성의 노래로 생각된다.

1401 물안개가 낀/ 바다의 작은 섬에/ 바람이 심해서/ 배를 대기 힘드네/ 마음으론 생각해도

🌸 **해설**

  물안개가 끼어 있는 바다의 작은 섬에, 바람이 심해서 배를 대기가 힘이 드네. 마음으로는 대고 싶어도라는 내용이다.

  사랑하는 사람을 만나고 싶지만 주위 상황 때문에 여의치 않은 것을 말하고 있다. 작은 섬은 여성을 비유한 것이다.

  大系에서는 연인에게 부모가 붙어 있어서 가까이 가기 힘든 것으로 보았다『萬葉集』2, p.264].

1402 멀어지려면/ 바다에서 그러지/ 항구에서요/ 해안에 도착할 때/ 멀어져야 하는가

🌸 **해설**

  마찬가지로 거리를 두고 사이가 멀어지려고 한다면 바다에서 멀어지지. 항구에서 해안에 도착할 때가 되어서 그렇게 사이가 멀어져야 하는 것인가라는 내용이다.

  'おき'를 全集에서는, '아직 누구에게도 알려지지 않고 자신도 절실한 감정을 가지기 전에'로 해석하고, '당연히 결혼할 것이라고 자타가 모두 믿고 있었는데 상대방이 파탄을 말해온 것을 분개하는 내용의 노래'라고 하였다『萬葉集』2, p.280]. 全注에서도 그렇게 해석하고 남성의 노래로 보았는데 'おき'를 약혼도 하지 않고 있을 때로 보았다『萬葉集全注』7, p.376]. 이렇게 보면 결혼이 임박해서 헤어지는 일이 생겨서 당혹하는 내용이 된다. 어느 쪽으로 보든 상대방의 이별의 통보에 당혹해하는 마음을 표현한 것이다.

旋頭歌[1]

1403 三幣帛取　神之祝我　鎭齋杉原　燎木伐　殆之國　手斧所取奴

御幣帛取り　神の祝が　鎭齋ふ杉原[2]　薪伐り　殆しくに　手斧取らえぬ

みぬさとり　みわのはふりが　いはふすぎはら　たきぎきり　ほとほとしくに　てをのとらえぬ

挽謌[3]

1404 鏡成　吾見之君乎　阿婆乃野之　花橘之　珠尓拾都

鏡なす[4]　わが見し君を　阿婆の野[5]の　花橘の　玉[6]に拾ひつ[7]

かがみなす　わがみしきみを　あばののの　はなたちばなの　たまにひりひつ

1　旋頭歌: 비유가 중에서 **旋頭歌** 형식의 노래라는 뜻이다. 노래 형식 때문에 특별히 표시한 것이다.
2　杉原: 三輪의 **神杉**. 귀한 여성을 비유한 것이다.
3　挽歌: 저본에는 이 다음에 '雜挽'이 들어 있다.
4　鏡なす: 'わ'를 수식한다.
5　阿婆の野: 奈良市.
6　玉: '實'을 '玉(魂)'으로 본다.
7　고귀한 사람을 화장했을 때의 **挽歌**다. 화장은 7세기 말 이후에 시작되었다.

세도우카(旋頭歌)

1403 공물을 들고/ 미와(三輪)의 神官이요/ 제사하는 삼목 들/ 섶나무 베다/ 위험천만하게도/
도끼를 빼앗길 뻔

挽歌

1404 거울과 같이/ 내가 보아온 그를/ 아바(阿婆)의 들의/ 귤나무의 열매인듯/ 구슬을 주웠지요

1405 蜻野叫　人之懸者　朝蒔　君之所思而　嗟齒不病

秋津野¹を　人の懸くれば　朝蒔きし²　君が思ほえて　嘆きは止まず

あきづのを　ひとのかくれば　あさまきし　きみがおもほえて　なげきはやまず

1406 秋津野尒　朝居雲之　失去者　前裳今裳　無人所念

秋津野に　朝ゐる雲の　失せゆけば³　昨日も今日も　亡き人思ほゆ

あきづのに　あさゐるくもの　うせゆけば　きのふもけふも　なきひとおもほゆ

1407 隱口乃　泊瀬山尒　霞立　棚引雲者　妹尒鴨在武

隱口の　泊瀬の山⁴に　霞立ち　棚引く雲⁵は　妹にかもあらむ

こもりくの　はつせのやまに　かすみたち　たなびくくもは　いもにかもあらむ

---

1 秋津野 : 奈良縣 吉野郡 吉野町. 원문의 '叫'는 '叫'와 같다. 절규하는 소리 '춘'를 표시한다.
2 朝蒔きし : 화장한 재를 뿌리는 풍속이 있었다.
3 失せゆけば : 구름은 영혼을 운반한다고 생각하였고, 살아 있는 사람이 쉬는 숨으로도 보았다. 따라서 화장
  연기도 구름으로 보았다. 흔적으로 보았던 그것조차 없어지면이라는 뜻이다.
4 泊瀬の山 : 泊瀬山 뿐만이 아니라 泊瀬 지방의 산들을 말한다. 泊瀬川을 따라서 있는 여러 봉우리를 말한다.
  奈良縣 磯城郡 初瀬町.
5 棚引く雲 : 산 주위를 흐리게 하면서 하늘에 구름이 일어난다.

1405 아키즈(秋津)들을/ 남들 입에 올리면/ 아침에 뿌린/ 그대가 생각나서요/ 탄식 끊이지 않네

🌸 **해설**

아키즈(秋津)들을 남들이 입에 올려서 말을 하면, 아침에 화장을 해서 그 재를 뿌려버린 그대가 생각이 나서 탄식이 계속 나온다는 내용이다.

私注에서는, '삼베 씨를 뿌린다고 하는, 相聞의 노래에서 변한 것인지도 모른다'고 하였다『萬葉集私注』 4, p.216〕.

全集에서는 '秋津野'를, '奈良縣 吉野郡 吉野町의 秋津인가. 和歌山縣 田邊市 秋津町의 秋津인가 확실하지 않다'고 하였다『萬葉集』 2, p.280〕.

1406 아키즈(秋津)들에/ 아침에 이는 구름/ 사라진다면/ 어제도 오늘도요/ 떠나간 이 생각하네

🌸 **해설**

아키즈(秋津)들에 아침에 이는 구름이 사라진다면 어제도 오늘도요 떠나간 이 생각하네라는 내용이다.
'구름'을 사랑하는 사람의 혼으로 보았다. 私注 · 全注에서는 1405번가와 관련이 있다고 하였다.

1407 (코모리쿠노)/ 하츠세(泊瀬)의 산을요/ 흐리게 하며/ 걸려 있는 구름은/ 내 아내인 것인가요

🌸 **해설**

영혼이 머무는 곳이라는 뜻의 하츠세(泊瀬)산을 흐리게 하며 걸려 있는 구름은 사랑하는 아내의 혼인가라는 내용이다.
'隱口の'는 깊숙이 들어간 곳이라는 뜻으로도 영혼이 머무는 곳이라는 뜻으로 해석되기도 하는데 '泊瀬'를 상투적으로 수식하는 枕詞다.
'구름'을 사랑하는 아내를 화장한 연기로 본 것이다.

1408　狂語香　逆言哉　隱口乃　泊瀬山尒　盧爲云

　　　狂語か　逆言か¹　隱口の　泊瀬の山に　盧せり²といふ

　　　たはことか　およづれことか　こもりくの　はつせのやまに　いほりせりといふ

1409　秋山　黄葉何怜　浦觸而　入西妹者　待不來

　　　秋山の　黄葉あはれび³　うらぶれて⁴　入りにし⁵妹は　待てど來まさず

　　　あきやまの　もみちあはれび　うらぶれて　いりにしいもは　まてどきまさず

1　逆言か : 믿을 수 없는 말이라는 뜻이다.
2　盧せり : 주어가 없다.
3　あはれび : 원문 '何怜'은 'あはれ'의 뜻이다. 여기서는 동사로 사용한다.
4　うらぶれて : 죽음의 세계에 마음이 빼앗겨버린 亡者의 모습을 말한다.
5　入りにし : 산속에 他界가 있다는 사상이다.

1408 미친 말인가/ 미혹하는 말인가/ (코모리쿠노)/ 하츠세(泊瀨)의 산에요/ 거처 마련했다 하네

해설

미친 말인가, 미혹하는 말인가 영혼이 머무는 곳이라는 뜻의 하츠세(泊瀨)산에 임시거처를 마련했다고 하네라는 내용이다.

아내가 사망하여 하츠세(泊瀨)산에 매장된 사실을 듣고 믿어지지 않는다며 탄식하는 내용이다. 남성의 노래로도 여성의 노래로도 볼 수 있다. 이 작품에는 '구름, 연기'가 보이지 않고 '廬를 마련했다고 하였으므로 매장된 것임을 알 수 있다.

注釋·全集에서도 매장된 것으로 보았다. 渡瀨昌忠은, 매장되었다고 하면서도, '이 1수만을 분리하여 읽으면 사망한 사람은 남자일 수도 여자일 수도 있고, 장례법도 화장이라고 한정할 수는 없지만 앞의 노래와 마찬가지로 아내가 화장된 것이라고 보는 것이 자연스럽다'고 하였다『萬葉集全注』7, p.386].

1409 가을 산 속의/ 단풍잎 슬쓸함에/ 마음 빼앗겨/ 들어가 버린 아내/ 기다려도 오잖네

해설

가을 산 속의 단풍의 애상적인 모습에 매료되어서 마음도 기운이 빠져 들어가 버린 그녀는 아무리 기다려도 돌아오지를 않네라는 내용이다.

아내가 사망하여 산 속에 묻힌 것을 단풍 때문에 산속으로 들어간 것으로 표현하였다.

'あはれび'를 大系·全注에서는 '아름답다고'로 해석하였다. 'うらぶれて'를 大系에서는 '마음에 느끼고'로 [『萬葉集』2, p.266], 注釋·全集·全注에서는 '풀이 죽어서'로 해석하였다.

1410　世間者　信二代者　不徃有之　過妹尓　不相念者

　　　　世間は　まこと二代は　行かざらし[1]　過ぎにし妹に　逢はなく思へば

　　　　よのなかは　まことふたよは　ゆかざらし　すぎにしいもに　あはなくおもへば

1411　福　何有人香　黑髮之　白成左右　妹之音乎聞

　　　　福[2]の　いかなる人か　黑髮の　白くなるまで　妹の聲を聞く

　　　　さきはひの　いかなるひとか　くろかみの　しろくなるまで　いものこゑをきく

---

1 行かざらし : '行く'는 경과하는 것이다.
2 福 : 무사한 것이다. 목숨이 무사하여 생명을 유지하는 사람을 말한다. 오늘날의 행복과 어감이 다르다.

1410 이 세상에는/ 참으로 두 번 생은/ 지낼 수 없네/ 떠나가 버린 아내/ 못 만날 것 생각하면

🌸 **해설**

이 세상에는 참으로 두 번의 생은 지낼 수가 없는 듯하네. 이 세상을 떠나가 버린 아내가 다시 살아서 돌아와 만날 일이 없는 것을 생각하면이라는 내용이다.

사망한 아내를 다시 만날 수 없는데서 이 세상 삶이 한번 뿐인 것을 생각하며 무상함을 느끼고 있다. 아내를 잃은 남성의 탄식이다.

1411 생명 긴 것은/ 어떤 사람인 걸까/ 검은 머리가/ 흰 머리 될 때까지/ 아내의 목소리 듣나

🌸 **해설**

오래도록 무사하게 목숨을 유지하는 사람은 도대체 어떤 사람인 것일까. 검은 머리가 흰머리 될 때까지 오래 살아서 아내의 목소리를 듣는 것인가라는 내용이다.

자신은 일찍 아내를 저세상으로 떠나보내었는데, 아내의 목소리를 들으며 함께 오래 사는 사람은 어떤 사람인가 하고 부러워한 노래다. '아내의 목소리를 듣나'고 하였으므로 남성의 노래임을 알 수 있다.

1412　吾背子乎　何處行目跡　辟竹之　背向尓宿之久　今思悔裳

わが背子を　何處行かめと[1]　さき竹[2]の　背向[3]に寝しく[4]　今し悔しも

わがせこを　いづちゆかめと　さきたけの　そがひにねしく　いましくやしも

1413　庭津鳥　可鶏乃垂尾乃　亂尾乃　長心毛　不所念鴨

庭つ鳥　鶏の垂尾の　亂尾[5]の　長き心[6]も　思ほえぬかも

にはつとり　かけのたりをの　みだれをの　ながきこころも　おもほえぬかも

1　**何處行かめと** : 의문을 받으며 강한 부정을 동반한다.
2　**さき竹** : 대나무 끝을 뒤로 젖힌다는 뜻에서 대를 말한다.
3　**背向** : 등을 돌리는 것이다.
4　**寝しく** : 비슷한 노래로 3577번가가 있다.
5　**亂尾** : 길이의 형용이다.
6　**長き心** : 오래 살고 싶다는 마음이다.

1412　사랑하는 님/ 어디로 갈 건가고/ (사키타케노)/ 등 돌리고 잔 것이/ 지금은 후회되네

❀ 해설

　　사랑하는 남편이 어디로 가는 일이 설마 있을 것인가 하고 안심하고는, 자른 대처럼 등을 돌리고 잔 것이 지금 생각하니 후회가 되네요라는 내용이다.

　　남편이 저세상으로 가지 않고 오래도록 함께 살 것이라 생각하고는, 등을 돌리고 자기도 한 것이 분하다는 것이다. 생각보다 빠른 남편의 죽음을 두고 과거에 더 잘하지 못한 것을 후회하는 아내의 마음이다. 1411번가까지는 사망한 아내를 생각하는 남편의 노래였는데, 이 작품은 사망한 남편을 생각하는 아내의 노래다. 'さき竹の'는 자르기 전에는 배를 마주한 상태인데 자르면 등을 돌리게 되므로 '背向'을 상투적으로 수식하게 된 枕詞다渡瀬昌忠, 『萬葉集全注』 7, p.390].

1413　(니하츠토리)/ 닭이 내린 꼬리가/ 헝클어졌듯/ 오래 살고 싶던 맘/ 생각이 되지 않네

❀ 해설

　　집에서 키우는 닭이 내린 꼬리가 헝클어져 있듯이 길게 살고 싶다고 생각하던 마음도 지금은 그런 생각이 들지 않는다는 내용이다.

　　'亂尾の 長き心も'를 全集에서는 사랑하는 사람이 죽은 자의, 슬픔의 노래라고 하였다『萬葉集』 2, p.282]. 渡瀬昌忠은, '사랑하는 사람이 사망하였으므로 편안하게 오래 살 마음이 나지 않는다는 뜻'으로 보았다『萬葉集全注』 7, p.390]. 작품 내용을 언뜻 보면 挽歌라고 보이지 않으므로 私注에서는, '의미상으로는, 반드시 挽歌로 보지 않으면 안 되는 성격은 보이지 않지만, 민간에서 만가로 사용한 것일 것이다'고 하였다『萬葉集私注』 4, p.220].

1414　薦枕　相卷之兒毛　在者社　夜乃深良久毛　吾惜責

薦枕¹　相纏きし兒も　あらばこそ　夜の更くらくも　わが惜しみせめ

こもまくら　あひまきしこも　あらばこそ　よのふくらくも　わがをしみせめ

1415　玉梓能　妹者珠甗　足氷木乃　淸山邊　蒔散柒

玉梓²の　妹は珠³かも　あしひきの　淸き⁴山邊に　蒔けば⁵散りぬる

たまづさの　いもはたまかも　あしひきの　きよきやまへに　まけばちりぬる

---

1 薦枕 : 왕골로 짠 베개를 말한다.
2 玉梓 : 본래 '使'를 수식하지만, '玉'에 이끌린 까닭에 '妹'를 수식하였다. 여성을 白玉이라고 한다.
3 珠 : 이슬 등을 말할 때의 玉이다.
4 淸き : '淸'은 '玉・珠・散'과 일련의 감정이다.
5 蒔けば : 화장한 재를 뿌리는 것이다.

1414 왕골 베개를/ 서로 함께 벤 그녀/ 있어야만이/ 밤 깊어가는 것도/ 나는 애석할 텐데

✿ 해설

왕골로 짜서 만든 베개를 서로 함께 베고 잤던 그녀가 살아 있어야만, 둘이 함께 더 많이 있고 싶어서 밤이 깊어져 가는 것도 아쉬울 텐데라는 내용이다.

밤이 깊어지면 새벽이 다가오고 새벽이 되면 헤어져야 하므로 밤이 깊어가는 것이 아쉬울 텐데 사랑하는 사람이 사망하고 없으므로 밤이 깊어가는 것도 아쉽지 않다는 뜻이다.

1415 (타마즈사노)/ 아내는 구슬인가/ (아시히키노)/ 깨끗한 산기슭에/ 뿌리니 흩어졌네

✿ 해설

내가 보낸 심부름꾼이 다니던 아내는, 정말은 구슬이었던 것이네. 힘든 산길의 깨끗한 산기슭에 재를 뿌리니 흩어져 버렸네라는 내용이다.

아내를 화장한 재를 뿌리고 난 뒤의 쓸쓸함과 무상함을 느낀 노래다.

全集에서는 '玉梓'를, '妹'를 수식하는 枕詞. 일반적으로는 '使'에 연결된다. 옛날에 가래나무 지팡이를 가진 심부름꾼이 연락을 담당하고 있었으므로 수식하게 된 것은 아닐까라고 한다. 또 글자를 알지 못하던 세계의, 문자에 의하지 않은 편지로 수수께끼·그림으로 뜻을 나타내는 것 같은 것이 행해지고 있었던 일도 보고되며, 그것을 '타마즈사, 타마부사, 玉무스비 등으로 불렀던 것 같다. (중략) 여기서는 '타마즈사'를 보내는 상대로서의 아내라는 뜻에 의한 것이라 생각된다'고 하였다『萬葉集』 2, pp.282~283].

'あしひきの'는 산을 상투적으로 수식하는 枕詞다. 권제2의 107번가에서는 '足日木乃'로 되어 있다. 어떤 뜻에서 산을 수식하게 되었는지 알 수 없다. '足引之'의 글자로 보면, 험한 산길을 걸어가다 보니 힘이 들고 피곤하여 다리가 아파서 다리를 끌듯이 가게 되는 산이라는 뜻에서 그렇게 수식하게 되었는지도 모르겠다. 이것은 1262번가에서 'あしひきの'를 '足病之'로 쓴 것을 보면 더욱 그렇게 추정을 할 수가 있겠다.

或本謌[1]曰

1416 玉梓之　妹者花可毛　足日木乃　此山影尓　麻氣者失留

玉梓の　妹は花かも　あしひきの　この山かげに　蒔けば失せぬる[2]

たまづさの　いもははなかも　あしひきの　このやまかげに　まけばうせぬる

羈旅謌[3]

1417 名兒乃海乎　朝榜來者　海中尓　鹿子曾鳴成　𢙣怜其水手

名兒の海[4]を　朝漕ぎ來れば　海中に　鹿兒[5]そ鳴くなる　あはれその鹿兒

なこのうみを　あさこぎくれば　わたなかに　かこそなくなる　あはれそのかこ

1　或本謌: 1415번가의 다른 전승이다.
2　蒔けば失せぬる: 꽃이 지는 것처럼이라는 내용이다.
3　羈旅謌: 노래 뜻에 의해 挽歌 속의 羈旅歌로 보는 설도 있다. 또 앞의 1250번가까지의 羈旅歌의 보완이라고 하는 설도 있다. 그러나 위의 挽歌群과 일련의 다른 자료를 첨부한 것으로 보인다. 다른 자료는 히토마로(人麿)와 관계가 있다.
4　名兒の海: 大阪의 住吉.
5　鹿兒: '鹿'은 바다를 건넌다. 『攝津風土記』등. 제5구의 '鹿兒'와 함께 水手(카코)로 하고 '水夫そ 喚ぶなる'로 읽고, 물에 빠져 죽은 水死 挽歌로 보는 설이 있다.

어떤 책의 노래에 말하기를

1416 (타마즈사노)/ 아내는 꽃인가봐/ (아시히키노)/ 이 산 그늘에다가/ 뿌리니 없어졌네

✿ **해설**

내가 보낸 심부름꾼이 다니던 아내는, 정말은 꽃이었던 것이네. 힘든 산길의 산그늘에 재를 뿌리니 흩어져 사라져 버렸네라는 내용이다.

여행 노래

1417 나고(名兒)의 바다를/ 아침에 저어오면/ 바다 속에서/ 사슴이 울고 있네/ 아아 불쌍한 사슴

✿ **해설**

나고(名兒) 바다를 아침에 배를 저어서 오면 바다에서 사슴이 우는 소리가 들리네. 아아 불쌍한 사슴이여라는 내용이다.

全集에서는, 사슴 우는 소리를 듣자 생각나는 불쌍한 水夫로 해석을 하고는, "카코"는 사슴의 애칭이다. 사슴이 바다를 헤엄쳐 건너는 것은 逸文 『攝津風土記』의 刀我野(神戶市 夢野)의 수사슴이 아하지(淡路)의 북쪽 끝에 있는 野島의 암사슴을 만나러 가는 도중에 바다에서 사살되었다고 하는 전설과 『播磨風土記』 飾磨郡條의 伊刀島의 지명 기원 전설 등에서도 알 수 있다. 그러나 제5구의 원문에는 '水手'라고 되어 있고, 제4구의 '鹿子' 쪽을 借訓으로 보고 水夫가 바다에서 울고 있다고 해석하여 무언가 전설적인 내용을 노래한 것이라고 하는 설도 있다. 오늘날 남자 어부를 오지카(수사슴)라고 하는 지방도 있는데(어촌민속지) 하나의 견해로 인정된다'고 하였다[『萬葉集』 2, p.283]. 私注에서는, '아마 항해 중에 水夫를 水葬했던가, 혹은 무인도에 버리고 온 선원의 마음일 것이다. 사슴 소리를 듣고 水手를 생각한다고 하는 것도 당시의 어감상 부자연스러운 것은 아니었을 것이다. '水手' '鹿子'는 통하지만 사용하는 글자는 이 노래에서는 분명히 구분하고 있는 것이다. 이 노래를 挽歌가 아니라 앞의 羈旅部에 넣어야 할 것을 편집, 또는 書寫의 사정으로 여기에 실었다고 보는 것은 이 노래를 만가로 보지 않는 잘못된 추단에 지나지 않는다'고 하였다[『萬葉集私注』 4, pp.222~223].

渡瀨昌忠은, 제5구의 원문 '水手'를 그대로 '水手'로 보고 '사슴 우는 소리에 마음이 끌리지만 동시에 같은 '카코' 발음에서 배를 젓는 사람 '楫子=水手'(死者가 되었다)를 연상하고 슬퍼한 것'으로 보았다[『萬葉集全注』 7, p.396].

'나고(名兒)'를 全集에서는, '所在不明. 1153번가의 名兒와 같은 곳이라면 住吉 해안의 지명인가'라고 하였다[『萬葉集』 2, p.283].

이연숙 李姸淑

　부산대학교 국어국문학과를 졸업하고 동대학원 국어국문학과 석·박사과정(문학박사)과 동경대학교 석사·박사과정을 수료하였다. 현재 동의대학교 국어국문학과 교수로 있으며, 한일문화교류기금에 의한 일본 오오사카여자대학 객원교수(1999.9~2000.8)를 지낸 바 있다.

　저서로는『新羅鄕歌文學研究』(박이정출판사, 1999),『韓日 古代文學 比較研究』(박이정출판사, 2002 : 2003년도 문화관광부 추천 우수학술도서 선정),『일본고대 한인작가연구』(박이정출판사, 2003),『향가와『만엽집』작품의 비교 연구』(제이앤씨, 2009 : 2010년도 대한민국학술원 우수학술도서 선정) 등이 있으며 논문으로는「고대 동아시아 문화 속의 향가」외 다수가 있다.

한국어역 **만엽집 5**

　－ 만엽집 권 제7 －

초판 인쇄 2013년 12월 9일 ┃ 초판 발행 2013년 12월 16일
역해 이연숙 ┃ 펴낸이 박찬익
펴낸곳 도서출판 **박이정** ┃ 주소 서울시 동대문구 용두동 129-162
전화 02) 922-1192~3 ┃ 팩스 02) 928-4683
홈페이지 www.pjbook.com ┃ 이메일 pijbook@naver.com
등록 1991년 3월 12일 제1-1182호
ISBN 978-89-6292-527-2 (93830)

* 책값은 뒤표지에 있습니다.